Alle Jahre wieder
Liebeschaos zur Weihnachtszeit

CHANTAL SCHREIBER,
HORTENSE ULLRICH,
IRENE ZIMMERMANN U.A.

Alle Jahre wieder

LIEBESCHAOS *zur* WEIHNACHTSZEIT

PLANET!

MARTINA SAHLER

1

Der Adventskalender der magischen Momente

Mein schönstes Weihnachtsgeschenk habe ich dieses Jahr schon vor dem ersten Dezember bekommen. Sicher wisst ihr, wer es mir überreicht hat: Philipp natürlich – ist doch klar!

Er hat für mich einen *Adventskalender der magischen Momente* gebastelt. Ich habe in meinem ganzen Leben noch kein cooleres Geschenk in den Händen gehalten.

Er hat 24 Streichholzschachteln – die großen für die langen Streichhölzer zum Kaminanzünden – in sechs Reihen zu jeweils vier aneinandergeklebt. Diese hat er mit Rosenfolie beklebt und auf jeder einzelnen Schachtel eine glitzernde Perle befestigt. Das ist der Knauf, um die Schublade aufzuziehen.

Der Clou ist natürlich der Inhalt. Denn dieses Jahr gibt es weder Schokolade noch Gummibärchen oder Gutscheine für mich – ich bekomme tatsächlich jeden Tag einen magischen Moment, an den wir beide uns mit klopfenden Herzen gern erinnern.

Ich kann mir schon denken, was mich da so erwartet.

Vielleicht hat er die blaue Kornblume gepresst, die wir gefunden haben, als wir auf dem Heuschober so verliebt miteinander getobt haben.

Vielleicht hat er auch die Eintrittskarten von unserem ersten gemeinsamen Kinobesuch aufgehoben.

Möglicherweise entdecke ich einen Download-Code für den

Song, zu dem wir unseren ersten Schmuseblues getanzt haben, und bestimmt finde ich auch kleine Zettel, die anfangen mit »Weißt du noch …« und die mich an einen besonderen Tag erinnern. Vielleicht schenkt er mir auch einen gemalten Kussmund zur Erinnerung an den Abend, als wir uns zum ersten Mal geküsst haben, und ich kann mir auch vorstellen, dass er die Muscheln und den Ostseesand aufgehoben hat, nachdem wir mit seinen Eltern einen Tag am Meer verbracht und uns heimlich eine Bucht zum Küssen gesucht haben …

Ach, ich bin so gespannt, was er sich alles hat einfallen lassen. Ich freue mich jetzt schon jede Nacht vor dem Einschlafen auf den nächsten Tag.

Übrigens, wenn euch diese Idee gefällt – ihr dürft das gerne nachmachen. Ich habe Philipp gefragt, er ist in solchen Dingen sehr großzügig. Noch ist es Zeit, und wenn ihr einen Liebsten habt, von dem ihr wisst, dass er sich über einen solchen magischen Adventskalender freuen würde, dann nichts wie ran an Schachteln, Kleber und Schere! Macht ja nichts, wenn er – weil ihr noch Zeit zum Basteln braucht – am zweiten oder dritten Dezember erst anfängt, die Türchen zu öffnen. Ich bin ganz sicher, damit bereitet ihr eurem Freund eine megagroße Freude. Natürlich könnt ihr auch für die beste aller Freundinnen einen solchen Kalender basteln. Magische Momente gibt es ja in vielerlei Beziehungen.

Eure Lilly aus der Villa Wildsee

Bastle einen Adventskalender

Du willst deiner besten Freundin oder jemandem aus deiner Familie etwas ganz Persönliches schenken? Dann bastle einen Adventskalender! Hier kommen ein paar Ideen und eine Anleitung, um in null Komma nichts einen tollen Adventskalender zu zaubern.

- Wie Philipp in der Geschichte kannst du Streichholzschachteln mit Geschenkpapier umwickeln und bunt verzieren (u.a. mit Masking Tape, Klebesternen, Buntstiften). Hinein passen beispielsweise kleine Zettel mit lieben und lustigen Sprüchen, Gedichte oder Gutscheine. Aber auch kleine Süßigkeiten lassen sich gut darin verstauen.

- Du kannst deine eingepackten Überraschungen auch mit einem ganz einfachen Hilfsmittel optimal präsentieren: Um sie perfekt in Szene zu setzen, brauchst du einen Faden oder Geschenkband. Befestige daran nun das Geschenk und hänge es an einen stabilen Kleiderbügel – am bestem aus Holz. Das sieht super aus, und die Geschenke sind gut aufgehoben. Alternativ können die Päckchen auch an einen dickeren Ast gehängt werden, den man mit Tannenzweigen dekoriert.

Mit ganz einfachen Mitteln kriegst du einen wirklich besonderen Adventskalender gebastelt: und zwar aus leeren Klopapierrollen. Du benötigst außerdem Krepp- und Tonpapier sowie dekoratives Geschenkband.
Die Enden der Klopapierrollen müssen nach innen gefaltet werden, sodass sie gut verschlossen sind. Nicht vergessen: Überraschungen vorher einfüllen. ☺
Wickle die Rollen nun in das Krepppapier ein und binde die beiden überstehenden Enden wie bei einem Bonbon zu. Nun kannst du aus dem Tonpapier Kreise ausschneiden, sie nummerieren und auf die Geschenkrollen aufkleben. Fertig ist der Adventskalender aus Klopapierrollen!

IRENE ZIMMERMANN

2

Die Weihnachtsoma

»Emmy, du könntest schon mal die Plätzchen auf die Teller verteilen«, schlägt Mama vor. »Oder mit Jan spielen.«

»Au ja, wir spielen Weltraum!«, brüllt mein kleiner Bruder. »Ich bin eine Mondrakete und du bist … äh …«

»Spinner«, maule ich hinter dem Rücken meiner Mutter. Ich habe keine Lust auf Plätzchen, ich will nicht Weltraum spielen, ich will auch nicht Weihnachten feiern, ich will nur eines: diesem doofen Bastian keine Träne mehr nachweinen!

»Die Plätzchen …«

»Tut mir leid, Mama, aber ich muss noch Weihnachtsgeschenke verpacken!«, behaupte ich und verschwinde in meinem Zimmer.

Mein erster Blick fällt auf den kuscheligen roten Schal, den ich für Bastian gestrickt habe, mit ganz weicher Wolle und sehr, sehr viel Liebe. Ich merke, wie mir schon wieder die Tränen hochsteigen. Warum musste er auch gerade heute Schluss machen? Um halb zwei mittags, per SMS? *Das mit uns geht nicht mehr! Mach's gut. Bastian.*

Wütend stopfe ich den Schal unter die Bettdecke; dann verpacke ich den selbst gebastelten Katzenkalender für Mama und das Ritterbuch, das ich für Jan beim Schulflohmarkt gekauft habe. Ich weiß, dieses Jahr wird es ein sehr trauriges Weihnachtsfest werden: Zum einen kann ich mich nicht mehr darauf freuen, am ersten Feiertag Bastian zu treffen, zum anderen fehlt Papa. Er ist vor einem halben Jahr ausgezogen und hat jetzt eine neue Familie.

Letztes Jahr waren wir noch alle an Weihnachten in den Bergen. Es schneite, fast so heftig wie jetzt. Ich setze mich auf die Fensterbank und schaue dem Schneetreiben zu. Es könnte alles so schön sein, wenn …

»Ich will auch hoch«, jammert Jan. »Hilfst du mir?«

Eigentlich ist das ja meine Fensterbank, aber weil Weihnachten ist, will ich mal nicht so sein. Gnädig reiche ich meinem Bruder die Hand und ziehe ihn hoch.

»Aber du darfst hier nur sitzen, solange du die Klappe hältst«, ermahne ich ihn. »Ich brauch nämlich Ruhe zum Nachdenken.«

Ich hätte es ja aber wissen müssen, dass mein Bruder keine zehn Sekunden still sein kann. Jedes Auto, das unten auf der Straße vorbeifährt, wird kommentiert, dann fällt ihm ein Weihnachtslied ein, dessen erste Strophe er mir fünfmal vorsingt … Kleine Brüder können einen in den Wahnsinn treiben!

»Eh, Emmy, guck mal, da unten steht der Nikolaus!«, schreit er plötzlich so laut neben meinem linken Ohr, dass ich fast einen Hörschaden kriege.

»Quatsch!«, gebe ich zurück. »Das ist eine alte Frau mit einem roten Mantel, eine Oma, wenn du es genau wissen willst, du Blödmann.«

»Eine Weihnachtsoma!«, brüllt er begeistert. »Eine echte Weihnachtsoma!«

Ich schüttle bloß den Kopf, was bei Jan sofort zu noch mehr Gebrüll führt. So lange, bis Mama kommt und wissen will, warum wir uns nicht wenigstens an Heiligabend vertragen können.

»Ich hab die Weihnachtsoma gesehen«, verkündet mein Bruder.

Ich tippe mir unauffällig auf die Stirn. Mama verzieht das Gesicht, aber dann schaut sie doch aus dem Fenster, weil Jan nicht lockerlässt.

»Das ist …«, sagt Mama.

»Eine Weihnachtsoma«, unterbricht sie Jan. »Was macht die da?«

»Sie wartet wahrscheinlich auf jemanden«, erklärt Mama. »So, ihr beiden, jetzt könnt ihr mir in der Küche helfen. Wir machen heute Kartoffelsalat und dazu gibt es Würstchen.«

Eine halbe Stunde später – es ist inzwischen dunkel geworden – gehe ich in mein Zimmer, um die Geschenke für Mama und Jan zu holen. Ganz zufällig schaue ich nochmals aus dem Fenster und erschrecke, als ich die alte Frau immer noch auf der Straße stehen sehe: unter einer Laterne, im heftigsten Schneegestöber.

»Ich geh mal runter und rede mit der Frau«, meint Mama, als ich ihr das erzähle. »Unsere Bescherung muss dann eben ein paar Minuten warten.«

Von wegen ein paar Minuten! Es wird noch Stunden dauern, bis bei uns schließlich die Bescherung stattfindet.

»Frau Friedrich wollte jemanden besuchen«, erklärt Mama, als sie wieder zurückkommt – die alte Frau mit rotem Mantel im Schlepptau. »Aber das hat nicht geklappt und sie kann sich auch nicht so genau erinnern …«

»Aber natürlich kann ich mich erinnern, meine Liebe!« Frau Friedrich strahlt uns an. Sie sieht so aus, wie ich mir immer eine Oma gewünscht habe: mit weißen Löckchen, fröhlichen blauen Augen und vielen kleinen Falten im Gesicht. »Hier im

Haus wohnt mein Neffe. Er hat mich zum Abendessen eingeladen. Da freu ich mich wirklich drauf, ich hab nämlich seit dem Frühstück nichts mehr gegessen. Dumm nur, dass mir der Name meines Neffen entfallen ist.«

»Oh«, sagt Mama, »das kriegen wir schon hin. Vielleicht wollen Sie erst mal bei uns eine Kleinigkeit mitessen. Wir haben Kartoffelsalat und Würstchen.«

Frau Friedrich hat ihren Neffen sofort vergessen. »Kartoffelsalat und Würstchen, wie herrlich!«, ruft sie begeistert. »Das ist mein Leibgericht!«

»Hier im Haus gibt es bestimmt keinen Neffen. Mal überlegen, was wir jetzt machen«, flüstert Mama mir zu, während sie schnell noch einen Teller und Besteck holt.

Nach dem Essen beugt sich Frau Friedrich über den Tisch. »Was hast du denn da?«, fragt sie Jan und zaubert ein silbernes Glöckchen hinter seinem linken Ohr hervor. »Und da ist ja noch eines!«

Mein Bruder kriegt sich nicht mehr ein vor Begeisterung. Er klettert auf den Schoß der Weihnachtsoma und bettelt: »Kannst du mir einen großen Hund zaubern?«

Sie überlegt kurz. »Einen Hund herzuzaubern ist ziemlich schwierig. Ich möchte damit lieber noch ein bisschen warten. Haben wir überhaupt schon Weihnachtslieder gesungen?«

Mama deutet auf die CD, die auf dem Tisch liegt, aber die Weihnachtsoma schüttelt entschieden den Kopf. Sie hat nämlich das Klavier entdeckt, fragt: »Darf ich?« – und dann sitzt sie auch schon auf dem Hocker davor und legt los.

Zwischen den einzelnen Weihnachtsliedern kommen wir kaum zum Atemholen, denn die Weihnachtsoma hat ein unerschöpfliches Repertoire.

Fast hätten wir das Klingeln an der Eingangstür überhört. Neumanns aus dem ersten Stock! Aber ausnahmsweise wollen sie sich dieses Mal nicht beschweren, sondern wissen, was für eine tolle Weihnachtsparty bei uns stattfinde.

»Immer hereinspaziert!«, ruft die Weihnachtsoma am Klavier und spielt zur Begrüßung einen Tusch.

Kurze Zeit später sitzen Siegles aus dem vierten Stock und sogar der neue Nachbar von nebenan bei uns im Wohnzimmer. Jan hat sich mit Felix Neumann verbrüdert und düst mit ihm als Weltraumrakete umher, Frau Siegle hat eine Suppenschüssel mit selbst gebackenen Plätzchen mitgebracht, aus der wir uns alle bedienen müssen, und der neue Nachbar hat einen Dresdner Stollen beigesteuert.

Die Kerzen am Weihnachtsbaum brennen, es duftet nach Zimttee und Gewürzen. Am Klavier: immer noch die Weihnachtsoma. Sie war früher Pianistin, erzählt sie mir während einer Verschnaufpause, als ich ihr ein Glas Tee einschenke.

»Ich würde auch gern Klavier spielen können«, sage ich. »Papa hat oft gespielt. Seit er weg ist, verstaubt es nur.«

Die Weihnachtsoma lächelt mich an. Dann zwinkert sie mir zu. »Klavierspiel ist kein Hexenwerk. Ich bring's dir bei. Nächstes Jahr Weihnachten bist dann du dran. Und jetzt spiel ich eine Polonaise. Was hältst du davon?«

Es klingelt schon wieder an der Tür.

»Nur herein!«, ruft Mama. »Jeder ist herzlich willkommen zu unserer Weihnachtsparty!« Aber dann wird sie doch etwas blass, als sie den Polizisten an der Tür stehen sieht. »Hat sich jemand wegen Ruhestörung beschwert?«, fragt sie kleinlaut.

Er schüttelt den Kopf und versucht, der Polonaise auszuweichen, die gerade ins Treppenhaus zieht. »Nein, es geht um eine Vermisstenanzeige. Wir suchen eine alte Frau, sie ist aus dem Altersheim verschwunden und wurde zuletzt hier in der Straße gesehen. Sie trägt einen roten Mantel. Sollten Sie die Frau sehen, rufen Sie doch bitte sofort …«

»Frau Friedrich!«, unterbricht Mama ihn.

»Maria Friedrich, genau. Woher wissen Sie …? Wo ist Frau Friedrich?«

»Sie sitzt am Klavier«, sagt Mama. »Aber bitte erschrecken Sie die alte Dame nicht.«

Der Polizist will etwas sagen, aber weil die Polonaise in diesem Moment aus dem Treppenhaus zurückkommt, bleibt ihm nichts anderes übrig, als sich einzureihen und mit uns den Weihnachtsbaum zu umrunden.

»Rufen Sie mich an, wenn die Party vorbei ist!«, ruft der Polizist Mama zu und dann tanzt er mit Siegles und Neumanns und dem neuen Nachbarn zur Haustür hinaus.

»Und jetzt kommt die Bescherung«, lacht die Weihnachtsoma. »Oder wollt ihr vielleicht keine Geschenke?«

»Ich will Geschenke, ganz viele Geschenke!«, ruft Jan. »Zauberst du mir jetzt einen Hund?«

»Jan«, mahnt Mama, »sei bitte vernünftig! Hier in der Wohnung können wir keinen Hund halten.« Sie reicht der Weihnachtsoma einen Teller mit Gebäck. »Und jetzt stärken Sie sich erst einmal. Sie haben so wunderschön Klavier gespielt … ein wunderschönes Weihnachtsgeschenk.«

Geschenk? … Na klar, jetzt kommt mir die Idee!

Ich renne in mein Zimmer, hole den roten Schal unter dem Bett hervor und wickle ihn ganz schnell in den Rest Weihnachtspapier, der noch auf dem Tisch liegt. Dann rufe ich Jan und erkläre ihm kurz, was Sache ist. Er nickt begeistert, aber als wir wieder im Wohnzimmer stehen, hat er natürlich sofort vergessen, was er sagen sollte, und meint nur: »Da, für dich!«, während er der Weihnachtsoma das Päckchen hinstreckt.

Sie schaut uns überrascht an. »Für mich?«

»Ja, für Sie«, sage ich.

»Für unsere Weihnachtsoma!«, ruft Jan, dem endlich wieder eingefallen ist, was er sagen sollte. »Und krieg ich jetzt meinen Hund?«

Ich halte meinem Bruder den Mund zu, während Frau Friedrich das Päckchen auswickelt und sich gerührt den Schal um die Schultern legt.

»So einen warmen Schal habe ich mir schon immer gewünscht«, sagt sie. »Aber jetzt kriegt der Kleine endlich seinen Hund.«

Mit einem leisen »Simsalabim« fasst sie in ihre Tasche und holt einen schwarzen Stoffhund heraus.

»Das ist Hadumar, ein Zauberhund«, erklärt sie. »Wenn du willst, erzähle ich dir morgen mehr von ihm. Aber ich glaube, ich muss langsam wieder nach Hause. Und dann wollte ich eigentlich ja noch meinen Neffen besuchen … wenn mir nur der Name einfallen würde …«

»Es kommt gleich jemand, um sie abzuholen«, sagt Mama freundlich. »Zuerst sollten wir aber noch die anderen Geschenke auspacken. Es ist ja schließlich Bescherung.«

Aber Jan interessiert sich nicht die Bohne für die anderen Päckchen. Er sitzt bei der Weihnachtsoma auf dem Schoß und will sie auf keinen Fall gehen lassen.

»Ich will meine Weihnachtsoma behalten«, heult er. »Im Kindergarten haben alle eine Oma. Ich bin der Einzige, der keine hat. Und deshalb will ich …«

»Natürlich«, sagt Mama und streicht ihm über den Kopf.

»Wir fragen einfach Frau Friedrich, ob sie unsere Oma sein will. Ja?«

»Weihnachtsoma!«, verbessert Jan.

Frau Friedrich nickt. »Ich will gerne eure Oma sein. Bei mir im Altersheim ist es nämlich ziemlich langweilig. Von wegen Party!« Sie lacht und nimmt mich in den Arm. »Und dir bringe ich das Klavierspielen bei, einverstanden?«

»Einverstanden!«, rufe ich, und da klingelt es auch schon. Der nette Polizist von vorhin steht vor der Tür und ruft: »Frohe Weihnachten allerseits. Das Taxi ist da!«

Vom Fenster aus schauen wir unserer Weihnachtsoma nach. Die hat sich bei dem Polizisten untergehakt und geht mit vorsichtigen Trippelschritten über die Straße, wo das Polizeiauto-Taxi wartet.

Es schneit immer noch; große, dicke Flocken tanzen im matten Schein der Straßenlaternen.

Mir ist plötzlich so leicht. Kommt vielleicht daher, weil ich nicht mehr an Bastian denke. Vor einer Stunde hat er mir noch eine SMS geschrieben: *Ich hab nachgedacht, von mir aus geht es doch weiter!*

Aber ich bin mir gar nicht so sicher, ob ich überhaupt noch will. Was ich aber weiß, ist: Ich werde Klavierspielen lernen, vielleicht werde ich ja auch mal Pianistin wie Frau Friedrich.

Mit der linken Hand klimpere ich ein paar Akkorde auf dem Klavier. Ob Frau Friedrich das unten auf der Straße vielleicht gehört hat? Sie dreht sich nämlich um und winkt zu uns hoch. Wir winken zurück.

Fröhliche Weihnachten!

Lieder für die Weihnachtszeit

Du brauchst die ultimative Song-Playlist für die Adventszeit, um in Weihnachtsstimmung zu kommen?
Das sind die beliebtesten und schrägsten Songs, mit denen dir das garantiert gelingt:

Ariana Grande: Santa Tell Me

*

Helene Fischer: Alle Jahre wieder

*

She & Him: Have Yourself A Merry Little Christmas

*

Rolf Zuckowski: In der Weihnachtsbäckerei

*

Justin Bieber: Mistletoe

*

Julien Bam: SANTA ist der Boss

*

Miley Cyrus: Rockin' Around The Christmas Tree

*

Pentatonix: God Rest Ye Merry Gentlemen

*

Scott Matthew feat. Sia: Baby It's Cold Outside

*

Wham!: Last Christmas

*

Mariah Carey: All I Want For Christmas Is You

*

Frank Sinatra: Santa Claus Is Coming To Town

*

Daniela Andrade: Let It Snow

*

Jose Feliciano: Feliz Navidad

CHANTAL SCHREIBER

Die Sache mit dem Mistelzweig

3

Also, irgendwie glaube ich, ich bin in einem Paralleluniversum. Da drüben steht Leo mit Tina unter dem Mistelzweig und sie küssen sich. Der Plan sah aber verdammt noch mal so aus, dass er *mich* küssen sollte. Ich hatte mir alles genau zurechtgelegt: warten, bis das Gedränge am größten ist, dann für ihn und mich Punsch holen. Punsch trinken und ihn dabei unauffällig in Richtung Mistelzweig schubsen, unter wiederholter Anwendung des vielfach vor dem Spiegel geübten Augenaufschlags.

Ich hab sogar überlegt, mir für die Gelegenheit falsche Wimpern zuzulegen, aber dann hatte ich diesen Albtraum, dass die eine mir in den Punsch fällt und die andere abrutscht und wie ein Bärtchen auf meiner Oberlippe kleben bleibt. Den Rest des Traums hab ich verzweifelt versucht Leo zu überzeugen, dass ich kein Mann bin.

Also, nein, keine falschen Wimpern. Aber doppelt Wimperntusche und ein ganz und gar kussechter und supernatürlich ungeschminkt wirkender Lippenstift. Kein Gloss, das sieht zwar toll aus, aber wir könnten voneinander abrutschen oder er könnte sich mitten im schönsten, romantischen Moment von mir losreißen und statt »Ach, Mary!« was Ernüchterndes wie »Bäh! Vanille!« sagen.

Es war also alles strategisch durchgeplant. Der Einzige, der sich nicht an den Plan gehalten hat, war Leo. Denn nun steh ich hier mit zwei Bechern Punsch in der Hand und er steht dort mit Tina. Unter dem Mistelzweig. Ich fange an diesen Mistelzweig zu hassen. Mistelzweige sollten aus der heimischen Flora verbannt werden.

Ich muss hier raus und zwar schnellstens. Ich drücke die klebrigen Punschbecher also zwei Mädels in die Hand, die gerade reinkommen, wühle mich an der Garderobe durch geschätzte fünfzig Jacken, bis ich meine rote Steppjacke gefunden habe, und stelle fest, dass nur noch ein Handschuh in der Tasche steckt. Na toll. Der andere liegt irgendwo in diesem Gewühl von Daunenparkas und Wollmänteln und Skijacken. Oder am Boden, in dem Fall sind wahrscheinlich schon hundert Leute drauf herumgetrampelt.

Will ich jetzt wirklich hier auf dem Boden herumkriechen, während Leo drinnen im Schummerlicht mit Tina schmust? Nein, will ich nicht. Ich begnüge mich also mit einem Handschuh und flüchte.

Draußen ist es kalt, dunkel und unweihnachtlich. Nicht eine Schneeflocke. Ich liebe Weihnachten, aber es ist eben nur halb so schön, wenn es nicht weiß ist. Eine Schneedecke über der Stadt hätte jetzt etwas sehr Tröstliches.

Ich nehme mein Handy und drücke die Kurzwahl für den einzigen Menschen, mit dem ich jetzt reden will. Wenn ich nicht gleich mit ihm reden kann, fange ich an zu heulen – und ich will nicht heulen.

»Hey, Mary«, meldet Till sich. »Wie war die Vorstellung?«

»Gut. Das Jesuskind hatte ein paar gesundheitliche Probleme. Aber sonst war's ein Knaller.« Pause.

»Und wie läuft die Feier?«

»Oh, ganz toll. Für Leo und Tina jedenfalls. Da ist schon

eine Warteschlange am Mistelzweig, weil sie sich nicht wegbewegen.«

»Oh, Scheiße. Das ist … tut mir leid für dich.«

»Ich hatte alles so schön … so schön geplant …« Nun schluchze ich natürlich doch los.

»Ach, Mary. Du und deine Pläne.«

Ich schluchze kommentarlos in mein Handy.

»Wie wär's, wenn du einen neuen Plan machst? Du könntest mich abholen und wir gehen auf den Weihnachtsmarkt bei der Kirche.«

»Du kannst Weihnachtsmärkte nicht ausstehen«, schniefe ich.

»Das ist nichts als ein böses Gerücht«, lacht er.

»Ich weiß nicht …« Und ich weiß wirklich nicht. Warum ich mich eigentlich ziere. Nach Hause will ich ganz bestimmt noch nicht. Vielleicht will ich nur betonen, dass ich eigentlich viel zu verzweifelt bin, um irgendwas zu unternehmen. Aber ich weiß genau, dass Till der Einzige ist, der mich jetzt aufheitern kann.

»Na, komm schon. Die haben sogar künstlichen Schnee!«

Das weiß ich natürlich, ich war schließlich schon dreimal da. Die haben auch ein altmodisches Karussell und einen Stand mit absolut genialem Christbaumschmuck: gläserne Rentiere und silberne Schweine mit Flügeln und so was. Hab ich schon erwähnt, dass ich Weihnachten *liebe?*

»Okay, ich bin in zehn Minuten bei dir.«

Till ist mein Großer-Bruder-Ersatz. Seit ich denken kann, wünsche ich mir einen großen Bruder, aber sogar ich muss zugeben, dass so ein Wunsch schwer zu erfüllen ist. Ich mache also meinen Eltern deswegen keine Vorwürfe. Auch nicht dafür, dass sie einen *kleinen* Bruder nachproduziert haben. Der ist zwar eine schreckliche Nervensäge, aber auch schrecklich süß. Nur, ein *großer* Bruder ist eben doch ganz was anderes.

Tills Familie ist neben uns eingezogen, als ich acht war und er zehn. Seither ist er der beste große Bruder gewesen, den man sich wünschen kann. Er hat so lange mit mir Ball gespielt, bis ich endlich richtig fangen konnte. Er hat mir alle doppelten aus seiner Abziehbilder-Sammlung geschenkt. Ich durfte seinen Hund ausführen und sagen, dass es meiner ist. Seit er sich mit der blöden Gang im Park unterhalten hat, rufen die mir nicht mehr »Jungfrau Maria« hinterher.

Neuerdings hört er sich sogar meine Jungsgeschichten an und gibt mir Einblicke in die männliche Seele. Er ist immer, immer für mich da, wenn's mir schlecht geht. Er ist großer Bruder und beste Freundin in einer Person.

Also, ich habe natürlich eine beste Freundin, Ida. Aber die ist zur Zeit schwer verknallt in Gerd aus der Parallelklasse, was sich leider auf ihre Fähigkeit zuzuhören negativ auswirkt. Und ihr Sprachschatz ist derzeit sowieso auf »Er ist ja so süß!« reduziert. Mit ein Grund, warum ich fand, es wäre an der Zeit, die Sache mit Leo ins Rollen zu bringen, anstatt ihn weiterhin quer über drei Schulbänke hinweg stumm anzuhimmeln. Also, das war natürlich nicht alles. Wir sind beide in der Theatergruppe und haben gemeinsam in der Weihnachtsaufführung gespielt, eine Art modernes Krippenspiel. Ich war natürlich Maria und er war Josef und echt gut. Josef kam als richtig cooler Typ rüber. Wir haben drei Wochen geprobt und natürlich kommt man sich irgendwie näher, wenn man ständig gemeinsam in einem Stall hockt. Ich war ganz sicher, als er mir von der anderen Seite der Krippe gerührt ins Auge blickte, dass das echte Gefühle waren.

Und heute, nach der Aufführung – die, nebenbei bemerkt,

ein Riesenerfolg war, und zwar nicht nur, weil der Kopf des Jesuskindes abgefallen ist, als ich es aus der Krippe gehoben habe –, heute Abend wäre es einfach perfekt gewesen. Tina war doch nur ein Hirte, verdammt noch mal!

Ich könnte schon wieder losheulen. Die schönen Bilder von Ida und mir, gemeinsam mit unseren Freunden, die beide »so süß« waren. Zu viert ins Kino, zum Eislaufplatz oder zum Weihnachtsmarkt. Nichts als Seifenblasen.

Ein Glück, dass Till wenigstens solo ist. Die Mädchen mögen ihn, er ist groß, dunkelblond, mit braunen Augen. Ein guter Sportler. Ich kriege immer wieder mal mit, dass er mit einem Mädchen ins Kino geht oder eins zu einem Handballmatch mitnimmt. Aber er hat sich irgendwie nie länger auf eine festgelegt. Und ich habe sowieso eine Sonderstellung bei ihm. Logisch. Er ist für mich ja auch was Besonderes.

Als ich bei unserem Gartentor ankomme, steht Till schon da. Navygrüne Jacke, Haare, die in alle Richtungen stehen. Er umarmt mich zur Begrüßung.

»Arme Mary«, meint er. »Wo der Typ doch immerhin dein Ehemann war.«

»Die altmodischen Werte zählen eben nichts mehr in der heutigen Zeit«, schniefe ich, als wir unsere Schritte Richtung Weihnachtsmarkt lenken. »Ich wollte, ich hätte bei dem albernen Stück nicht mitgespielt, dann wär das alles nicht passiert.«

»Ach, komm. Du hast schon vorher für ihn geschwärmt.«

»Ja, aber nur ein bisschen. Aber dann hatten wir plötzlich so viel gemeinsam …«

»Ein Plastikkind, Ochs und Esel, ein paar Hirten und drei heilige Könige. Ja, so was verbindet.« Er grinst und ich muss auch grinsen.

Aber dann finde ich meine schlechte Laune gleich wieder.

»Schuld ist wieder mal nur mein blöder Name. Warum kann ich nicht Anna heißen oder Lisa?«

»Dein Name passt doch zu dir. Wahrscheinlich stehst du deswegen so auf Weihnachten.« Till lacht plötzlich auf.

»Und was ist daran so komisch?«, frage ich misstrauisch.

»Na, mir fällt grade ein: Bei *meinem* Namen denkt jeder an einen Scherzkeks in Strumpfhosen mit einer Glöckchenmütze auf dem Kopf! Wär dir das vielleicht lieber?«

»Stimmt gar nicht. Bei Till denkt jeder sofort an diesen großen, gut aussehenden, sportlichen Typen, der mir einen kandierten Apfel ausgibt.«

»Ach, *der!*« Er blickt mich von der Seite an. »Mal sehen, ob ich ihn irgendwo finden kann.«

Till steuert auf eine der Hütten zu und kauft mir einen kandierten Apfel. Die Leute reden ja immer davon, dass Schokolade glücklich macht. Schokolade ist okay, aber ich finde, kandierte Äpfel können das besser. Und gebrannte Mandeln kommen in der Skala der Glücklichmacher gleich danach. Bevor ich noch eine meiner Reden über gebrannte Mandeln und wie arm die Menschheit ohne sie dastünde, anfangen kann, kauft Till auch davon eine Portion. Warum gibt es so wenige Jungen, die so sind wie er, frage ich mich.

»Willst du mich heiraten?«, seufze ich laut und nehme den Apfel mit der handschuhlosen Linken, damit keine Wollflusen an der Zuckerglasur kleben bleiben. »Ich weiß gar nicht, wieso ich so viel Zeit mit anderen Männern verplempere.«

Ich habe nur Augen für die gebrannten Mandeln und den kandierten Apfel, aber als Till nicht antwortet, werfe ich ihm doch einen schnellen Blick zu und ertappe ihn dabei, wie er mich komisch anstarrt.

»Ist was?«, frage ich verblüfft.

»Gar nichts, nein.« Er schüttelt energisch den Kopf, als wollte er irgendwas loswerden. »Lass uns da rübergehen. Ich hab meine Mütze verloren und meine Ohren fallen gleich ab.«

An dem Stand gibt es Weihnachtsmannmützen, Mützen mit großen Rentiergeweihen aus Filz und Mützen diverser Fußballklubs.

»Spießer«, schimpfe ich, als er sich gegen die Biene-Maja-Fleecekappe entscheidet und stattdessen ein dunkelbraunes Strickbeanie nimmt. Ich werfe einen Blick auf die Schals und Handschuhe, die vor meiner Nase baumeln. Ob ich den vermissten Handschuh jemals wiederfinden werde? Auf einmal merke ich, dass hier nicht nur Strickwaren hängen. »Nichts wie weg«, sage ich, nehme Till am Arm, der gerade noch seine Mütze bezahlen kann, und zerre ihn weg.

»Was ist denn auf einmal?«

»Nichts. Ich kann nur heute keine Mistelzweige mehr sehen.«

Till wirft einen Blick zurück und zuckt mit den Schultern. »Wir sind auf einem Weihnachtsmarkt. Wird schwierig werden, den Dingern auszuweichen.«

Die ganze Zuckerglasur von meinem Apfel ist weg und meine Hand eiskalt. Ich werfe einen ziemlich großen Apfelbutzen in den nächsten Mülleimer, stecke meine tiefgekühlte Hand in die Manteltasche. Plötzlich kommt mein heulendes Elend wieder hoch. »Ich hatte alles so schön geplant. Ich hab's schon vor mir gesehen.«

»Man kann nun mal nicht alles planen, Mary.«

»Aber Planen gibt mir Sicherheit. Wenn ich etwas vorher genau durchdacht habe, dann weiß ich, dass es möglich ist. Dann bin ich vorbereitet.«

»Aber die besten Dinge passieren doch ungeplant. Überleg

doch mal. Was ist das Beste, was dir in deinem Leben bisher passiert ist? Mach eine Liste.«

»Oh, das ist fies. Natürlich passieren die Dinge manchmal einfach. Manchmal muss man aber auch nachhelfen. Und dann ist man mit Planen besser dran.«

»Ja. Bei Mathearbeiten oder wenn man eine Brücke baut. Aber das mein ich nicht. Machst du nun eine Liste oder nicht?«

Wir schlendern weiter zwischen den Hütten durch. Mittwochabend, und in ein paar Tagen ist Weihnachten. Punsch trinkende, lachende Menschen. Das Karussell sieht so niedlich aus und die kleinen Pferde darauf wirken viel zu zart, um die dick angezogenen Kinder tragen zu können. Wir steuern auf einen mit Lichterketten verzierten Torbogen aus Stroh und Tannenzweigen zu, den Übergang zwischen Park und Weihnachtsmarkt.

»Also gut.« Mal nachdenken. Die besten Dinge, die mir je passiert sind. Da muss doch was Geplantes dabei gewesen sein. »Ha! Der Familienurlaub in Finnland vor zwei Jahren! Der steht auf jeden Fall auf der Liste! Und du wirst doch nicht behaupten, dass ein Urlaub was Ungeplantes ist.«

»Soviel ich weiß«, sagt Till sanft, »seid ihr nur nach Finnland geflogen, weil deine Mutter bei einer Tombola zwei Flüge nach Helsinki gewonnen hat. Eigentlich wolltet ihr nach Griechenland. Also ungeplant.«

Er hat recht. Das hatte ich schon wieder vergessen.

»Oh. Jetzt aber. Jonas! Er ist zwar eine kleine Nervensäge, aber trotzdem steht er definitiv auf der Liste. Vollkommen geplant.« Meine Eltern wollten nach meiner Geburt unbedingt noch ein Kind. Von ungeplant kann also keine Rede sein.

Till lächelt mich mitleidig an. »Armes Schaf«, sagt er. »Du hast mir selbst erzählt, dass deine Eltern es drei Jahre lang drauf angelegt haben und dass deine Mutter erst wieder schwanger wurde, als sie schon aufgegeben hatten. Also ungeplant.«

Verdammt. Er hat schon wieder recht. Die Freude war umso größer gewesen, weil keiner mehr damit gerechnet hatte.

»Sonst nichts mehr?«

»Dass ihr in unser Haus gezogen seid, gilt wohl auch nicht als geplant?«, frage ich vorsichtig. »*Irgendjemand* hat es schließlich geplant!«

»Ja, aber nicht du!«, lacht Till und sieht mich an. »Das steht also auch auf der Liste?«

»Was denkst du denn?« Ich erwidere verwundert seinen Blick. »Das steht ganz oben, gleich neben Jonas. Ich weiß nicht, was ich all die Jahre ohne dich gemacht hätte. Du bist für mich wie ein ...« Komischerweise zögere ich, »großer Bruder« zu sagen. Irgendwas hält mich davon ab.

»Sag's nicht«, sagt Till, nimmt dann ganz langsam, wie in Zeitlupe, mein Gesicht in seine Hände und küsst mich. Auf den Mund.

Ich bin so verblüfft, dass ich danach gar nichts sage und ihn nur anstarre. Meine Lippen kribbeln, als wären sie elektrisch geladen. In meinem Bauch steigt ein ganz eigenartiges Gefühl hoch. Und mir ist überall warm, sogar in der Hand ohne Handschuh.

Sein Gesichtsausdruck verändert sich und er wirkt plötzlich bestürzt und schuldbewusst. »Mary, es tut mir leid. Ich hätte nicht ... ich weiß auch nicht. Du bist in diesen Typen verknallt und ... lass es uns einfach vergessen, okay?«

»Till, warte!« Ich erwische ihn gerade noch am Ärmel. »Ich hatte echt keine Ahnung ... wir kennen uns so lange und ...«

Jetzt schaut er fast gequält drein. »Ich weiß, ich weiß. Erspar uns das, okay?«

»Nein, ich will damit nur sagen: Ich bin ein doofes, blindes Huhn.«

Seine Mundwinkel wandern langsam nach oben und in seinen Augen zieht so ein Strahlen auf. Natürlich könnte es auch sein, dass das nur die Lichter von dem Torbogen sind.

»Ach, echt?«

»Ja. Und das grade eben kommt auf die Liste.«

»Ehrlich?« Er kommt wieder einen Schritt näher.

»Ehrlich. Es war viel besser als alles, was ich mir vorgestellt habe. Du weißt schon.« Ich starre auf meine Stiefelspitzen. »Mit Leo.« Ich sehe ihn wieder an und diesmal bin ich es, die bestürzt und schuldbewusst dreinschaut. »Und ich hab dir dauernd die Ohren vollgejault, wie süß dieser Typ ist, und wollte von dir noch Tipps, wie Jungs so ticken und …«

»Vergiss es«, unterbricht Till mich. »Lass uns lieber dafür sorgen, dass deine Liste ein bisschen länger wird.« Und dann küsst er mich noch mal.

Irgendwann, ganz lange Zeit oder ganz kurze Zeit später lacht er und sagt: »Schau doch mal nach oben!«

Ich hebe den Kopf und muss auch lachen. Da ganz oben an dem Torbogen aus Stroh und Tannenzweigen hängt zwischen den Lichtern – ein Mistelzweig.

11 Dinge, für die man weihnachtliches Masking Tape verwenden kann

1) Geschenke verzieren

2) Weihnachtskarten gestalten

3) Teelichter verschönern

4) Lesezeichen basteln

5) Fähnchen mit Zahnstochern bekleben (siehe auch Anleitung auf S. 225)

6) Weihnachtskarten gestalten

7) Als Geschenk für die beste Freundin

8) Bilderrahmen verzieren

9) Stifte verschönern

10) Handyhülle schmücken

11) Schlüssel bekleben (damit man sie auf den ersten Blick erkennt)

4

Scharfe Plätzchen

Dreißig glänzende Plätzchen liegen vor uns, fein säuberlich angeordnet in Zehnerreihen, zehn mit einem J, zehn mit einem M und zehn mit einem P verziert.

»Machst du jetzt Augen zu. Hebst du Arme zum volle Mond. Dann fest denke, wie Junge dich küsst«, lese ich den Mädels das Ende des Rezepts vor.

Melli verschränkt die Arme vor der Brust. »Also, wenn das klappt, dürft ihr mich Kunigunde nennen.«

»Pssst, du darfst nicht zweifeln«, ermahnt Julia sie, »sonst wirkt der Zauber nicht!«

Von Anfang an war sie mit heiligem Ernst bei der Sache und auch ich habe mich von Alvas Rezept in den Bann ziehen lassen und stundenlang mit den Mädels darüber diskutiert, ob jede von uns drei Tränen in die Masse weinen darf oder ob wir den Teig in drei Teile teilen müssen.

»Na gut, wenn's sein muss«, seufzt Melli, schließt die Augen, hebt ihre Arme Richtung Vollmond und stellt sich hoffentlich vor, wie Lukas sie küsst. Ich habe kein Problem damit, mir einen Kuss von Pit vorzustellen, eigentlich mache ich nichts anderes seit letztem Samstag, als ich ihn zu unserem Adventsding eingeladen habe. Pit, ja, so heißt er. Ich habe ihn gefragt.

»Und du?«

»Pia!«

»Pia und Pit. Passt irgendwie«, hat er gesagt, mir noch mal mit Ernie und Bert zugewinkt und ist dann lässig davongeschlendert.

Völlig berauscht schaute ich ihm nach. Was hatte er damit gemeint? Dass wir zusammenpassen? Was sonst? Ich war so beseelt, dass ich nicht mal merkte, dass ich in meinem dünnen Pulli kurz vor dem Erfrierungstod stand.

Erst Melli und Julia, die sich, kaum war er weg, sofort auf mich stürzten, machten mich darauf aufmerksam, dass ich zitterte wie ein Affe in der Arktis.

»Zitterst du vor Kälte oder weil gerade der Wunderknabe vor dir gestanden hat?«, plapperte Melli los und kriegte sich gar nicht mehr ein. »Der ist ja noch viel schnuckeliger, als ich gedacht habe. Sag bitte, dass er einen Zwillingsbruder hat.«

»Nein, zwei!«, kreischte Julia hysterisch.

Umso stolzer war ich, als ich ihnen berichten konnte, dass er zum Adventsding kommen würde.

»So ein Glück möchte ich auch mal haben«, seufzte Julia.

»Leo kommt bestimmt auch«, tröstete ich sie gnädig im Hoch meiner Gefühle, da holte mich Melli hart auf den Boden zurück.

»Mag sein, dass dein Wunderknabe kommt, aber mach dir lieber nicht zu viele Hoffnungen. Also, wenn du mich fragst, ist der jeden Tag auf drei Partys, so wie der aussieht.«

Sumpfkuh! Trotzdem bin ich gleich nach dem Markt zu Alva und habe mir von ihr das Rezept geben lassen. Sicher ist sicher.

Ich schließe die Augen, hebe die Arme zum Mond und stelle mir vor, wie Pit mich in seine Arme schließt, mich mit seinen weichen Lippen anlächelt und küsst. So muss es einfach kommen, bitte!!!!

»Was ist denn hier los? Heilige Messe?«, platzt meine Mutter in die Küche und will sich gleich auf unsere Plätzchen stürzen. »Mmmh, die riechen aber gut.«

»Finger weg!« Gerade noch rechtzeitig kann ich ihr das Blech vor der Nase wegreißen und es in meinem Zimmer in Sicherheit bringen.

»Ob wir mal eins probieren?«, fragt Julia leise und streckt eine Hand aus. »Ich wüsste zu gern, wie sie wirken.«

Melli haut ihr auf die Finger. »Bloß nicht! Am Ende reißt du uns noch die Kleider vom Leib!«

Ich nicke, obwohl ich mich auch kaum beherrschen kann. »Die sind für Samstag und basta. Und kein Wort zu niemandem!«

Samstag, fünf Uhr. Das Adventsding kann losgehen. Wir haben alles vorbereitet, mit Kerzen und Lichterketten eine romantische Adventsstimmung gezaubert, die beste Weihnachtsmusik rausgesucht, den Punsch aufgesetzt und noch Tonnen weiterer Plätzchen gebacken. Dann sind wir zusammen ins Bad und haben uns stundenlang gestylt. Jetzt stehen wir an der Tür und warten mit Weihnachtsmützen auf dem Kopf auf den ersten Gast. Durch das Treppenhaus dringt glockenhelles Gelächter zu uns rauf. Wir verziehen die Gesichter. Kein Pit, Leo oder Lukas. Das können nur Hannah und Mitzi sein.

Als sie schwer schnaufend unsere Etage erreichen, begrüßen sie uns überschwänglich und wollen gleich die geheimnisvollen Plätzchen probieren.

Sauer schaue ich die Mädels an. Wer war das?

Eine läuft rot an. Julia!

»Ist mir leider so rausgerutscht«, entschuldigt sie sich, nachdem wir Mitzi und Hannah auf später vertröstet haben.

Die haben es aber natürlich auch gleich Doro und Natascha gesteckt. Super! Wenigstens haben die Jungs, die einer nach dem anderen einlaufen, keinen blassen Schimmer, was wir mit ihnen vorhaben.

Pit lässt auf sich warten, aber immerhin kreuzen Leo und Lukas auf, woraufhin sich Melli und Julia sofort in zwei Piepsmäuse verwandeln.

Kaum sind sie weiter ins Wohnzimmer, stöhnt Melli: »Ich brauch jetzt unbedingt ein Plätzchen!«, und stürzt in die Küche, wo wir die kostbaren Teile in einer roten Herzdose gebunkert haben. Die anderen Mädchen riechen gleich Lunte und plötzlich stehen sieben aufgeregte Weiber um die Dose herum und kriegen leuchtende Augen, als ich sie feierlich öffne. Vorsichtig nimmt sich jede eins und beißt andächtig hinein.

»Huuu, ganz schön scharf!«, meldet sich Hannah als Erste.

Melli grinst in die Runde. »Muss ja auch!«

Wir kichern albern.

»Aber lecker!«

»Und wie!«

»Und? Merkt ihr schon was?«, fragt Julia.

Wir horchen alle in uns rein. Mir ist warm, sehr warm. Das kann aber auch daran liegen, dass der immer noch heiße Backofen meinen Hintern beheizt.

Plötzlich kreischt Mitzi auf. »Ich. Ich merk was. Oh Gott, ist das gut.« Hysterisch wirft sie sich Julia um den Hals. »Los, küss mich, Julia. Oh Julia!«

Dann kriegt sie den Lachflash des Jahrhunderts und alle stöhnen.

In dem Moment platzt Karl in die Küche. »Oh, cool, Damenkränzchen, darf ich mitmachen?«

»Bist du etwa eine?«, fragt Hannah.

»Klar, wusstest du das nicht«, flötet er und schnappt sich, ehe wir uns versehen, drei von unseren wertvollen Plätzchen.

Dummerweise hat ihn keines der Mädels auf der Liste, sodass die Plätzchen verschwendet sind. Ich weiß sowieso nicht, ob der Zauber bei den anderen wirkt. Schließlich sind nur unsere Tränen drin. Fünf P-Plätzchen lasse ich in der Dose, den Rest verteilen wir auf einen Teller und dann geht es ran damit an die Jungs. Die Mädchen bieten sie ihnen als die Superspezialität an und ich renne zur Tür, weil es klingelt. Das muss Pit sein. Bitte! Aber es ist nur unser Nachbar, der Fingerpuppen kaufen möchte.

»Mama ist noch nicht da!«, knurre ich und mache ihm die Tür vor der Nase zu. Dann kehre ich zurück ins Wohnzimmer.

Der Plätzchenteller ist fast leer. Die Mädels zwinkern mir zu, nur Melli scheint ihres noch nicht an den Mann, sprich Lukas, gebracht zu haben.

»Probier doch mal, die sind echt lecker«, versucht sie sie ihm schmackhaft zu machen, aber er stopft sich lieber ein paar Vanillekipferl in den Mund.

»Nee, lass mal, die sind besser!«

»Denkst du vielleicht!«

»Weiß ich!«

Und zack, hat Karl auch schon das letzte geklaut. Sofort sendet Melli mir SOS-Blicke zu und lotst mich damit in die Küche.

»Ich brauche noch welche, unbedingt«, fleht sie mich an.

Weil sie es ist, rücke ich drei raus, sodass mir noch zwei bleiben.

»Danke«, haucht sie und ist auch schon wieder verschwunden.

Ich schaue auf die Uhr, schon Viertel vor sechs. Wo bleibt er nur? Wo bleibt Pit, verdammt?

Da endlich ertönt wieder die Klingel. Mein Herz hüpft bis in die Mütze. Ich lasse die Dose stehen und stürme zur Tür, reiße sie auf, lausche und versuche die Schritte zu deuten. Eigentlich hören sie sich nach Mama an, aber die hat einen Schlüssel und eigentlich noch längst nicht Feierabend. Nach ewig langer Zeit wird langsam jemand sichtbar. Es ist Mama!

»Juhu!«, keucht sie. »Hab meinen Schlüssel vergessen!«

»Aber es ist doch noch gar nicht acht«, entfährt es mir entgeistert.

»Hermi vertritt mich«, sagt sie gut gelaunt, schiebt mir eine eiskalte Hand in den Nacken, um mich zu ärgern, entledigt sich lachend ihrer Jacke und steuert direkt aufs Wohnzimmer zu. »Dann werde ich mal allen Hallo sagen!«

Auch das noch. Ich folge ihr genervt und bin heilfroh, dass die Plätzchen anscheinend nicht wirken. Niemand knutscht auch nur im Ansatz. Alle sitzen brav auf ihren Plätzen und albern rum oder schwingen Reden. Mama begrüßt sie, hofft, dass sie sich amüsieren und, typisch Mama, dass sie mal zu ihrem Stand kommen. Als alle »Ja, gern« geantwortet haben, verdrückt sie sich zufrieden in die Küche.

»Ich hab's endlich geschafft«, raunt Melli mir glücklich zu.

»Glückwunsch!«, sage ich und verziehe mich in mein Zimmer.

Wenn ich mich weit aus dem Fenster beuge, kann ich runter auf die Straße sehen. Dicke Flocken fallen vom Himmel auf die Menschen, die sich unten durch den Schnee kämpfen. Nur von Pit weit und breit keine Spur. Ob ich ihm doch zu zickig war? Vielleicht hat er ja auch eine Freundin, schießt es mir durch den Kopf. Oder sein Bruder ist krank geworden, weil ich es Mama gegenüber behauptet habe, und jetzt ist er mit ihm im Krankenhaus. Oh Gott! Alles ist möglich. Aber egal, was es ist, ich kann jetzt unmöglich bei den anderen sein. Sie haben die Musik aufgedreht. Tanzen wahrscheinlich.

Ich lehne mich weit aus dem Fenster und fange mit der Zunge Schneeflocken auf. Die Welt versinkt im Weiß. Wie gern würde ich jetzt mit Pit durch den Schnee rennen! Aber er kommt nicht. Pia Mönckenberg, das einsamste Mädchen der Welt.

Enttäuscht mache ich das Fenster zu, pfeffere meine Weihnachtsmütze aufs Bett und will mich gleich hinterherwerfen, um dort für den Rest meines verkorksten Lebens zu bleiben, da klingelt mein Handy.

»Ja!«, melde ich mich knapp und halte die Luft an. Es ist Pit. Pit, der meine Hausnummer vergessen hat. »Siebzehn«, krächze ich und drücke, nachdem er aufgelegt hat, das Handy an mein Herz, das auf der Stelle schlägt, als hätte ich einen Zehnkilometersprint hinter mir.

Das gibt es nicht. Er kommt. Ist gleich da. Ich stelle mir vor, wie er mich mit seinen blauen Augen anblitzt und ich ihm eins von Alvas Geheimplätzchen unterjuble, da schiebt sich ein anderes, ein schreckliches Bild vor mein inneres Auge.

Die Dose. Ich blöde Kuh habe sie in der Küche stehen lassen, als Mama geklingelt hat. Eine böse Vorahnung macht sich in mir breit. Panisch spurte ich aus dem Zimmer. Durch den Flur. Ins Wohnzimmer, wo es seltsamerweise sehr dunkel ist und eins, zwei, drei, vier Pärchen eng umschlungen zu langsamer Musik Schieber tanzen und Julia und Melissa auf dem Sofa mit Leo und Lukas rumknutschen. Nur Karl ist solo und schaut mich seltsam an. Das gibt es doch nicht. Die Plätzchen scheinen sie tatsächlich verzaubert zu haben. Bevor Karl mich zum Tanzen auffordern kann, schiebe ich mich an den Tänzern vorbei und rase in die Küche.

Keiner da. Ich hetze zum Tisch. Auch nicht die Dose. Wo ist sie, verdammt? Wo sind meine Plätzchen? Jetzt klingelt es auch schon. Ich hetze zur Tür, drücke den Summer und renne zurück. Reiße Schränke auf, sogar den Kühlschrank. Nichts. Das darf doch nicht wahr sein. Der schönste Junge der Welt ist auf dem Weg zu mir und der Schlüssel zu seinem Herzen ist weg. Ich bin verloren, werde wieder nur blöd rumstottern oder gar nichts sagen und ihn für immer verlieren.

»Pia! Besuch für dich!« Meine Mutter.

Ich hole tief Luft, ziehe meinen Rock glatt, bringe meine Haare in Form und stöckle zur Haustür. Da steht er, Pit, hinreißend wie eh und je, und zieht sich die verschneite Mütze vom Kopf.

»Mensch, hast du schöne Haare«, säuselt Mama neben ihm und ist kurz davor, sie zu streicheln. »Ach, wenn ich dreißig Jahre jünger wäre.«

Oh nein, was macht sie da?

»Früher war ich ja ein echter Feger«, sie fährt sich lasziv durch die Haare, »ich meine, bin ich eigentlich immer noch, so was verlernt man ja nicht.« Sie schaut ihm tief in die Augen. »Und deine Augen, so blau wie, wie …«

Sie hat meine Plätzchen auf dem Gewissen, schießt es mir plötzlich durch den Kopf.

»Wie die blaue Grotte!«

Oh Mann, Mütter können so peinlich sein. Jetzt will er bestimmt nichts mehr von mir. Bevor sie noch mehr Unheil anrichtet, gehe ich energisch dazwischen. »Besser du guckst jetzt wieder die Schwarzwaldklinik, Mama!«

»Schwarzwaldklinik?«

Ich mache ihr hektische Zeichen mit den Augen und endlich kapiert sie es. »Bin ja schon weg.«

»Danke!«

Sie geht, dreht sich aber wieder um. »Wenn du noch mal Fingerpuppen brauchst, egal welche, meine Nummer hast du ja.«

»Mama!«

Mama winkt Pit zu und verschwindet endgültig in ihrem Zimmer. Genervt lasse ich meine Schultern sinken und seufze. Ich habe mal gelesen, dass sich Männer ihre Schwiegermütter immer genau anschauen. Daraus schließen sie dann, wie man später wird. Pit hat wahrscheinlich für immer genug gesehen.

»Zu viel Glühwein«, sage ich entschuldigend und lächle schief.

Pit grinst und fummelt an seiner Jacke rum. Okay, das war's. Er will gleich wieder gehen. Kann ich verstehen. Seltsamerweise zieht er sie aber nicht an, sondern ein kleines Geschenk heraus und überreicht es mir.

»Für mich?«

»Ist sonst noch jemand hier?«

Ich schüttle den Kopf und reiße das Geschenkpapier auf. Darunter kommt ein kleines Krümelmonster zum Vorschein.

Pit schaut mich erwartungsvoll an. »Unsere Lieblingsfigur.«

Ich kann nicht anders und küsse ihn auf die Wange. Pia Mönckenberg, das glücklichste Mädchen der Welt. Dann schauen wir uns an, lächeln und kommen uns immer, immer näher …

Superleckere Schokoladenplätzchen mit Chili

ZUTATEN:

120 g weiche Butter

110 g Rohrzucker

2 Eier

250 g Mehl

150 g Zartbitterschokolade

1 frische Chilischote

1 Packung Vanillezucker

REZEPT:

Zuerst musst du die Chilischote halbieren und entkernen. Pass aber auf, dass du dir danach nicht mit den Händen in die Augen fasst – am besten Einweghandschuhe anziehen!

Die Chili zusammen mit dem Zucker im Mixer zerkleinern, bis ein sehr feiner Zuckerstaub entsteht. Danach die Butter schaumig rühren und Chilizucker, Vanillezucker sowie zwei Eier unterrühren. Die Zartbitterschokolade fein raspeln und ebenfalls unterheben. Zum Schluss das Mehl nach und nach hinzufügen.

Forme nun mit einem Löffel kleine Häufchen und platziere sie auf dem mit Backpapier ausgelegten Blech. Dabei muss genügend Abstand gehalten werden, da der Teig noch aufgeht.

Im vorgeheizten Backofen bei 200 Grad 10-15 Minuten backen.

Und dann heißt es: Auf die Plätzchen, fertig, los!

MARTINA SAHLER

5

Mein Nikolaus

»Packst du dem netten Herrn bitte die drei Goldkugeln ein, Muriel? Nimm erst das Seidenpapier, dann das Packpapier, und sei vorsichtig, ja?«

Klar bin ich vorsichtig! Was denkt Tante Jenna bloß! Ich werde doch nicht eines dieser kostbaren Schmuckstücke fallen lassen.

Ich kann mich in dieser Holzhütte auf dem Weihnachtsmarkt gar nicht sattsehen. Überall liegen, hängen und stehen die wunderhübschesten Deko-Artikel zum Verkauf. Antike Schaukelpferde als Baumschmuck, goldverzierte Engel mit silbernen Haaren, Kugeln in allen Größen, Perlenketten, Lametta in regenbogenbunten Farben, duftende Kerzen, blinkende Lichterketten, originelle Gestecke …

Ein Traum, hier arbeiten zu dürfen!

Ich reiche dem Kunden mit der Schiffermütze seine Ware und nehme die Scheine von ihm in Empfang. Die sortiert dann allerdings Tante Jenna in die Geldkassette ein, die schon überquillt vor Euros.

Der diesjährige Weihnachtsmarkt lohnt sich für sie. Und für mich am Ende auch: Tante Jenna gibt mir 30 Euro für jeden Nachmittag, an dem ich ihr helfe. So ein Angebot konnte ich nicht ausschlagen, oder?

Ein Ehepaar drängelt sich um die fliederfarbenen Kugeln,

die Tante Jenna in einen Strauch gehängt hat, wo sie blinken und schimmern. Zwei Frauen kichern über den Weihnachtsmann aus Pappmaschee, der aussieht, als wäre er von seinem Schlitten heruntergeplumpst. Sie erkundigen sich nach dem Preis. Ich kann ihnen wie Miss Christmas persönlich Auskunft geben. Ich kenne alle Preise. Schließlich arbeite ich bereits seit zwei Wochen hier.

Der Duft nach Glühwein weht von rechts heran. Von links hüllt uns eine Honigwolke aus Bienenwachs ein. Ich bin froh, dass wir nicht den Platz neben dem Fischwagen haben, der ständig belagert ist.

Die Gerüche aus der Nachbarschaft versetzen mich in allerschönste Festtagsstimmung. Das kann ich gerade gut gebrauchen, denn eigentlich hatte ich auf das erste Weihnachten allein mit Mama und meiner kleinen Schwester Billy überhaupt keine Lust. Von mir aus hätte es auch ausfallen können.

»Oh, hi, Muriel! Was machst du denn hier?«

Mist, Linda und Valerie. Es war nur eine Frage der Zeit, wann mich eine von meinen neuen Klassenkameraden hier entdeckt. In dieser Kleinstadt kann man sich nicht aus dem Weg gehen. In der Schule nicht und in der Freizeit schon gar nicht.

»Ja, nach was sieht es denn aus?«, gebe ich zurück, verschränke die Arme vor der Brust und grinse die beiden an.

Sie tuscheln miteinander und kichern. »Was kostet denn der Engel da oben?« Ich nenne ihnen den Preis. »Und die Serviettenringe hier?« Ich antworte. »Und wenn ich drei Kugeln von dieser Sorte nehme, gibt es dann Rabatt?«

Noch bevor ich etwas erwidern kann, mischt sich Tante Jenna ein. »Sucht euch aus, was euch gefällt, und dann rechnen wir das aus. Wenn ihr nur quasseln wollt, dann macht den Platz bitte frei für andere Kunden, ja?«

Linda hebt hochmütig den Kopf, Valerie schnalzt verächtlich. Aber sie wenden sich ab und winken, ohne sich umzudrehen. »Tschüssi, Muriel! Viel Spaß noch in dem Kramladen und gute Geschäfte weiterhin!«

Ich balle die Hände zu Fäusten. Diese Zimtziegen! In meiner neuen Klasse, die ich seit dem Sommer besuche, gibt es viele blöde Mitschüler, aber die beiden toppen sie alle.

Mir schießen die Tränen in die Augen, wenn ich daran denke, wie schön alles vorher war, als Mama und Papa noch zusammenlebten und wir alle in Dortmund waren.

Das Unglück brach im Mai über mich herein, als meine Eltern verkündeten, dass sie sich trennen würden. Aber nicht etwa Papa zog aus unserem Haus in Dortmund aus, sondern Mama mit uns. Sie wollte in der Nähe ihrer Schwester Jenna wohnen und außerdem wieder in dem Hospital als Krankenschwester arbeiten, in dem sie ihren Beruf erlernt hat.

Mama braucht Jenna, weil meine Tante nichts lieber tut, als sich um mich und Billy zu kümmern. Außerhalb der Weihnachtszeit betreibt sie einen Shop mit Deko-Artikeln direkt am Marktplatz. Der Laden läuft gut genug, dass sie sich zwei Angestellte leisten kann. So steht sie als *Babysitter* fast rund um die Uhr zur Verfügung. Nicht dass ich mit meinen dreizehn Jahren eine Aufpasserin brauchte, aber Billy ist erst sechs. Sie ist dieses Jahr eingeschult worden.

Damit Billy sich hier einlebt, reißt sich Mama fast ein Bein aus. Ständig lädt sie Mädchen zu uns ein, damit Billy neue Freundinnen findet und nicht wegen des Umzugs leidet. Für heute hat sie sogar eine große Nikolausparty mit acht Mitschülerinnen organisiert.

Jennas Freund Andy hat sich sofort bereit erklärt, für die Erstklässlerinnen den Nikolaus zu spielen. Er arbeitet als Autoschlosser und ist ein Pfundskerl mit melonendickem Bauch. Ich habe Mama versprochen, später dazuzukommen und bei der Bespaßung der Mädels zu helfen.

Wir wohnen hier am Marktplatz in demselben Altbau, in dem auch Tante Jenna ihre Wohnung hat, direkt über ihrem Shop.

»Sind die alle so zickig in deiner Klasse?«, erkundigt sich Tante Jenna nun, nachdem sie einem Ehepaar zwei Kartons mit Engelshaar verkauft hat.

Ich zucke mit den Schultern. Ich will nicht darüber reden. Ich wäre so viel lieber in Dortmund geblieben. Da hätte ich zwar vermutlich keinen coolen Job in der Vorweihnachtszeit, aber dafür meine beste Freundin Isy und – Patrick. Mit Isy war ich schon seit dem Kindergarten befreundet, Patrick kannte ich gerade mal zwei Wochen. Wir waren noch kein Paar, nein, aber wir hätten eines werden können. Er war neu in dem Fußballverein, in dem auch ich trainierte, und ich habe vom ersten Tag an gespürt, dass er mich länger anschaut als die anderen Mädchen. Isy meinte immer, wir würden bestimmt bald zusammenkommen, aber das hat sich ja nun erledigt.

Hier stehe ich, ohne beste Freundin, ohne den Typ, der vielleicht mein Herz erobert hätte. Und da soll ich noch gute Laune verbreiten?

Mein Handy in der Hosentasche vibriert. Ich ziehe es hervor und sehe eine Nachricht von Isy. *Alles klar in eurer Hütte?* Ich muss grinsen. So war es schon immer zwischen Isy und mir – wir spüren es, wenn wir aneinander denken. *Yup, alles im Lack.*

Dass wir mit WhatsApp, Facebook und Skype Kontakt halten, ist ja klar. Aber ich spüre in den letzten Wochen, dass wir uns nicht mehr alles anvertrauen. Die Freundschaft verändert sich, wenn man beim Quasseln nicht mehr jeden Gesichtsausdruck mitbekommt, wenn man das Lachen des anderen nicht hört und den vertrauten Geruch nicht mehr einatmet. Wenn man sich nicht mehr berühren kann beim Trösten.

»Ich würde gern diese Schneekugel mit *Rudolph the Red-Nosed Reindeer* kaufen. Oh – hi, Muriel.«

Ich schrecke aus meinen Gedanken hoch und sehe in das Gesicht von … von … wie heißt sie noch? Sie ist ebenfalls in meiner Klasse, aber eine von den Stillen. Richtig, jetzt fällt es mir ein. »Hallo, Nina. Ja, die Schneekugel ist hübsch, nicht?«

Nina schiebt mir das Geld rüber, und ich packe ihr das Teil ein. Dabei erzählt sie, dass die Kugel ein Geschenk für ihre Oma sein soll, die schwer pflegebedürftig ist und die sie jeden Nachmittag besucht. Sie lacht. »Sie hat seit dreißig Jahren einen Rentier-Sammel-Fimmel. Dieser hier fehlt ihr aber noch.«

»Du besuchst sie jeden Nachmittag?«, frage ich sie überrascht.

Nina zuckt mit den Schultern. »Normal, oder? Aber wenn du magst und Zeit hast, können wir trotzdem gerne mal etwas zusammen unternehmen. Schlittschuhlaufen drüben am Eichensee oder so.« Sie wird tomatenrot unter ihrem Pony.

»Klar, gute Idee. Mach ich gerne. Das können wir morgen in der Schule bequatschen, okay?«, sage ich noch, als sich drei weitere Kunden herandrängeln und meine Aufmerksamkeit beanspruchen.

Tante Jenna streichelt meine Schulter. »Die ist nett, oder?«

Ich nicke. Ich habe zuvor noch nie ein Wort mit Nina gewechselt. Vielleicht war es ein Fehler, sich nur über die Ziegen aufzuregen, statt nach den Netten zu suchen.

Meine Laune hebt sich, nachdem ich mich mit Nina verabredet habe. Ich straffe die Schultern und lächle den nächsten Kunden entgegen, erkläre und berate, kassiere und grüße freundlich zum Abschied.

»Du machst das wundervoll, Muriel! Du bist das geborene Verkaufstalent«, flüstert mir Tante Jenna ins Ohr.

Einen Herzschlag später stocke ich in der Bewegung, weil mich inmitten der Ansammlung von Kunden der Blick aus zwei haselnussbraunen Augen trifft. Sie haben einen Goldschimmer, als würden sich unsere schönsten Kugeln darin spiegeln. Sie scheinen zu lächeln, denn ich bemerke kleine Fältchen am Lidrand. Den Mund darunter sehe ich nicht, denn der Typ, zu dem diese Goldbraunaugen gehören, hat den Schal weit nach oben gezogen.

Als er jetzt an die Reihe kommt, zieht er den Strickschal herunter. Wow – das hübscheste Lächeln, das ich je gesehen habe! Ich lächle zurück und kann meinen Blick nicht von seinen Augen lösen. Er ist eine Handbreit größer als ich. Vielleicht ist er zwei Jahre älter. Die blonden Haare fallen ihm fransig mit einem Seitenscheitel über die Stirn. Was für ein niedlicher Kontrast – die goldbraunen Augen und die blonden Haare. Seine Schultern sind breit, seine Figur ist kantig. Wahrscheinlich hat er sich in dem Sportgeschäft am Marktplatz neue Trainingsshirts gekauft, denn er trägt einen Papierbeutel mit dem Schriftzug des Ladens.

»Diese Schneekugel hier«, sagt er und deutet auf das Teil mit dem rotnasigen Rentier. Na, die gehen ja heute weg wie warme Semmeln. Ich hoffe, dass meine Hände nicht zittern, als ich die Kugel nehme und in Papier einschlage. Zum Glück ist Tante Jenna mit anderen Kunden beschäftigt. Sie würde sofort merken, dass etwas nicht stimmt.

Dabei weiß ich selbst nicht so genau, was eigentlich nicht stimmt. Ich weiß nur, dass ich nie einen süßeren Typen gesehen habe als den, für den ich gerade das Rentier in der Kugel einwickle.

Als ich ihm das Paket reiche, berühren sich unsere Finger. Ich zucke zurück – Stromstoß! Er starrt mir immer noch ins Gesicht, als er die Kugel in die Jackentasche steckt, hält an seinem Lächeln fest. Mir wird abwechselnd heiß und kalt.

»Viel Spaß damit«, krächze ich und räuspere mich. Gleichzeitig merke ich, dass meine Wangen anfangen zu glühen.

»Ist nicht für mich. Das soll ein Geschenk sein.« Seine Stimme ist tief und ruhig und mir läuft ein Schauer über den Rücken. Gleichzeitig dreht sich mir der Magen um bei dem Gedanken daran, dass er mit der hübschen Schneekugel seine Freundin beglücken will.

Unsere Begegnung dauert knapp zwei Minuten, da taucht er auch schon wieder in der Menschenmenge auf dem kleinen Marktplatz unter. Ich sehe ihm hinterher, lächle, als er sich noch einmal umdreht und grüßend die Hand hebt. Ich bewege mich nicht von der Stelle, versuche dem Gefühl seiner Finger an meiner Hand nachzuspüren und seine Stimme in meinem Kopf klingen zu lassen.

»… würde ich den ganzen Karton nehmen, wenn das geht. Hallo? Hören Sie mir überhaupt zu? Wollen Sie verkaufen oder Maulaffen feilhalten, junge Dame?«

Ups. Ich reiße mich zusammen, um die ältere Kundin zu bedienen, die schon ungehalten wird. Mein Herz wummert immer noch in meiner Brust.

Ob er morgen wiederkommt? Aber warum sollte er das tun? Wie viele Schneekugeln kann ein Mensch verschenken?

Ich wünschte, ich würde ihn wiedersehen, aber wie es um

mein Glück in den letzten Wochen bestellt ist, rechne ich mir keine Chancen aus. Wenn ich ihn wiedersehe, dann wahrscheinlich mit seiner Freundin, die ihre Wange an die Schneekugel schmiegt und glücklich bis zum Himmel und zurück ist.

»Das scheint jemand vergessen zu haben. Wollen Sie das nehmen?« Die junge Frau, die nun an der Reihe ist, hebt eine Tüte vom Boden auf und reicht sie mir. »Die steht hier rum – hat bestimmt jemand liegen gelassen vor Begeisterung über die herrliche Auslage hier.«

Ich greife nach der Tüte, will sie zu meinen Füßen verstauen, da sehe ich: Es ist die Papiertasche mit dem Schriftzug des Sportgeschäfts! Mister Golden Eye persönlich hat sie hier vergessen.

Meine Tante ist schon an meiner Seite, fischt mit spitzen Fingern darin herum und zieht ein rotes Teil mit weißem Plüsch hervor. Oh my god, eine Nikolausmütze! Darunter kommt ein Nikolausmantel zum Vorschein! Von wegen Trainingsshirts.

»Ich bin gleich wieder da!«, werfe ich meiner Tante hin, schnappe mir den Beutel und stürme aus der Hütte.

Ich sehe seinen blonden Haarschopf noch drüben beim Plätzchenbäcker, aber da spaziert er gerade weiter in eine Seitenstraße vom Marktplatz. Ich drängle mich an den Menschen vorbei und flitze ohne Jacke und ohne Schal wie ein Kugelblitz über den Weihnachtsmarkt.

Als ich ihn eingeholt habe, steht er an einer Haustür, die er mit seinem Schlüssel öffnen will. So nah bei mir wohnt der, und ich habe ihn noch nie gesehen!

Außer Atem bleibe ich vor ihm stehen, hebe die Tüte. »Hier, schau mal, die hast du an unserem Stand vergessen.« Fieberhaft überlege ich mir, was ich noch Schlaues sagen könnte, um die Begegnung zu verlängern.

Er nimmt mir die Tüte mit einem Lächeln ab. »Oh, supernett, dass du mir extra nachgelaufen bist. Tausend Dank. Das hätte Ärger gegeben, wenn ich die Klamotten verloren hätte. Die sind nur geliehen. Ich bin Aushilfsnikolaus drüben im Kaufhaus am Markt.« Wenn er zerknirscht guckt, sieht er nicht weniger süß aus, als wenn er lächelt.

Ich starre nur und kriege keinen Ton mehr heraus.

»Na dann? Danke, man sieht sich! Vielleicht kann ich mich ja mal revanchieren«, sagt er und verschwindet in dem Altbau.

Ich stehe da mit hängenden Schultern und fiepsendem Atem. Jetzt merke ich auch die Kälte, die durch mein dünnes Shirt dringt. Aber innerlich ist mir so warm wie an einem knisternden Kaminfeuer.

Eine halbe Stunde später bin ich in unserer Wohnung, verteile nach Zimt und Nüssen duftende Plätzchen und veranstalte Stopp-Tanzen mit den Freundinnen meiner Schwester, die alle hibbelig sind, weil sie jeden Augenblick Nikolaus Andy erwarten.

Ich bin mir nicht sicher, ob alle Sechs- und Siebenjährigen noch an ihn glauben. Auf jeden Fall ist keine dabei, die die Party verdirbt. Alle sind gespannt, was ihnen der dicke Mann im roten Mantel erzählen wird und was er für sie aus dem Sack zaubert.

Wenn ich nur den Namen *meines* Nikolauses wüsste! Warum habe ich Dummie ihn bloß nicht danach gefragt? Wenigstens weiß ich, wo er wohnt. Da kann ich vielleicht in den nächsten Tagen gaaanz zufällig vorbeischlendern und hoffen, dass man sich wiedertrifft. Oder ob ich im Kaufhaus mal nach einem jugendlich wirkenden Mann im roten Mantel Ausschau halten soll?

»Muriel! Katastrophe!«, ruft da meine Mama mit gerauften Haaren, aufgerissenen Augen und dem Handy in der Hand. »Andy hat gerade angerufen. Er schafft es nicht bis sechs! Du liebe Zeit, was sollen wir jetzt machen? Die Mädels werden so enttäuscht sein, wenn kein Nikolaus kommt!«

Es dauert keine drei Herzschläge, bis ich die Lösung habe. »Gib mir fünf Minuten«, werfe ich meiner Mama hin.

Diesmal ziehe ich mir die Jacke über, bevor ich losdüse.

In dem Altbau, in dem Mister Golden Eye verschwunden ist, leben vier Parteien.

Du liebe Zeit, wie soll ich hier meinen Nikolaus finden?

Ich klingle im Parterre links und drücke mich gegen die Tür, als es summt. Eine junge Frau mit Schweißbändern an Stirn und Handgelenken schaut mir mit hochgezogenen Brauen entgegen. Hm, das kann wohl kaum seine Mutter sein … »Entschuldigung, ich suche einen Jungen, blond, braune Augen, vielleicht 15 Jahre alt.«

»Sorry, kenn ich nicht.« Sie schlägt mir die Tür vor der Nase zu und ich überlege, wie peinlich es noch werden kann, da öffnet sich die Tür hinter mir und heraus schaut – Nina!

Drehe ich jetzt durch? Was geht hier? Warum wohnt Nina im selben Haus wie mein Nikolaus?

Nach der ersten Verwirrung versuche ich ihr zu erklären, was und wen ich suche. Sie grinst mich an. »Die Beschreibung passt auf meinen Bruder. Sicher meinst du Nico.« Sie wendet den Kopf. »Nico? Besuch für dich.«

Und da stehe ich ihm zum dritten Mal an diesem Tag gegenüber und muss darauf achten, mein Herzstolpern unter Kontrolle zu bringen. Ich erkläre ihm, warum wir sehr dringend einen Nikolaus brauchen, und ob er vielleicht bereit wäre, so spontan …

Wenig später ziehe ich den Nikolaus an meiner Hand quer über das Kopfsteinpflaster des Marktplatzes bis zu unserer Wohnung über dem Deko-Shop.

»Hohoho«, macht Nico, als er den Flur betritt und bei den kleinen Partygästen tritt erwartungsvolles Schweigen ein. Alle hocken sich auf den Boden, während Nico von dem Blatt, das ich ihm in die Hand gedrückt habe, vorliest – mit toller Betonung und so, als ob er jedes einzelne Mädchen tatsächlich das Jahr über beobachtet hätte.

Er macht das großartig und stockt nur ein Mal, als vom Flur her ein zweites *Hohoho* erklingt.

Hilfe!

Mama und ich wechseln einen Blick. Meiner Mutter stehen schon wieder die Haare zu Berge. Sie springt auf und lotst Onkel Andy, der es offenbar noch geschafft hat, in die Küche, damit die Mädels keinen Schaden fürs Leben bekommen, wenn sie auf einmal von zwei Nikoläusen besucht werden.

»Das hast du großartig gemacht«, sage ich, als ich Nico später zur Tür bringe. »Echt super, dass du so spontan eingesprungen bist.«

»Immer wieder gerne«, sagt Nico. »Ich bin froh, dass ich mich so schnell revanchieren konnte.«

»Kommst du morgen noch mal zu unserem Stand?«, frage ich mit klopfendem Herzen.

Nico schaut mich mit zusammengezogenen Brauen an. »Äh, eigentlich habe ich die Geschenke zusammen.«

Ich grinse wie ein Kobold. »Ich könnte mir vorstellen, dass du die Schneekugel umtauschen möchtest, nachdem du dich mit deiner Schwester unterhalten hast.«

»Oh, sie hat die gleiche für Oma gekauft?« Ein Schnell-Checker ist er auch noch.

Ich lächle ihn an. »Kein Thema, ich helfe dir gern, wenn du etwas anderes aussuchen magst.«

»Würdest du danach einen Spaziergang mit mir machen, wenn deine Tante auf dich verzichten kann? Zum Eichensee oder so? Ich würde mich gern mal mit dir ohne rote Mütze unterhalten«, sagt Nico mit einem Grinsen inmitten des weißen Rauschebarts. Seine Goldaugen funkeln.

Das hört sich nach einem Weihnachtswunsch von der Sorte an, die man auf der Stelle erfüllen möchte. Da wird auch Tante Jenna zustimmen. Hundertpro. Ich lächle ihn an und nicke.

Ein Nikolausstiefel für deine beste Freundin

Du möchtest deiner besten Freundin oder deiner Familie eine kleine Freude zum Nikolaus machen? Hier kommen ein paar Ideen, mit denen du den Stiefel füllen kannst:

- Schoko-Nikolaus
- Nüsse
- Mandarinen
- Zeitschrift
- Selbst zusammengestellte Backmischung im Glas
- Selbst gemachte Plätzchen
- Auswahl an (weihnachtlichen) Teesorten
- Weihnachtstasse
- Socken

CHANTAL SCHREIBER

6

Glückssache

»Komm endlich, Maxi! Wir verpassen noch den Bus!« Carolin stemmte die Arme in die Hüften und sah sich ungeduldig nach ihrer Freundin um, die mit einem Fuß auf dem ausgetretenen Weg, mit dem anderen im tiefen Schnee stapfte – und zwar in der falschen Richtung.

»Gleich! Ich bin mir ganz sicher, dass ich hier noch eines gesehen habe neulich beim Ausreiten …«

»Warum hast du's dann nicht neulich beim Ausreiten mitgenommen?«

»Na, ich wollte grade angaloppieren und … ha!« Triumphierend schwenkte Maxi ein Hufeisen durch die Luft. »Ich hab's doch gewusst! Wie viele haben wir?«

Carolin warf einen Blick auf den Inhalt des Plastiksacks, den sie neben sich im Schnee abgestellt hatte. »Keine Ahnung. Sie wiegen jedenfalls eine Tonne! Kommst du jetzt endlich?«

Maxi warf das letzte Hufeisen in den Sack, wo es mit einem dumpfen metallischen Geräusch landete. Dann nahm sie einen Griff, Carolin den anderen. »Keine Panik, das schaffen wir locker. Schminken können wir uns ja im Bus.«

»Übers Schminken hab ich mir eigentlich keine Gedanken gemacht.«

Maxi grinste. »Dafür hast du ja auch mich. Glaub mir, Naturschönheit, selbst dein Aussehen lässt sich noch optimieren.

Ich hab einen Lippenstift, der genau zu dem Shirt passt, das ich dir für heute geliehen habe …«

»Mal sehen …«

»Max wird da sein!«

Carolin wurde rot. »Schon gut. Ich nehm den albernen Lippenstift!«

»Gutes Kind.«

»Ich kann mir immer noch nicht recht vorstellen, dass irgendjemand so verrückt sein sollte, für alte Hufeisen Geld auszugeben!«, meinte Carolin, als sie aus dem Wald Richtung Hauptstraße bogen. Die Bushaltestelle war schon in Sichtweite.

»Lara hat gesagt, in der Stadt würden sie sie uns aus der Hand reißen! Sie sind vielfältig einsetzbar: als Glücksbringer für Silvester, als rustikaler Türschmuck …«

»Du hörst dich an wie ein Versandkatalog!«

»Ich bin eben gut vorbereitet! Eine von uns muss ja die Verkaufsgespräche übernehmen!«

Von »müssen« konnte gar keine Rede sein. Was für Carolin ein Albtraum war, war für Maxi das Selbstverständlichste von der Welt: wildfremde Menschen anquatschen und mit strahlendem Lächeln und lockerem Geplauder dazu bringen, dass sie genau das taten, was sie wollte. In diesem Fall: ihre Hufeisen kaufen.

»Zehn Euro pro Eisen, hat Lara gesagt! Und sie sind weggegangen wie warme Semmeln!«

»Zehn Euro? Du spinnst wohl! In der Stadt funktioniert das vielleicht, aber bei uns haben Hufeisen nicht solchen Seltenheitswert. Wenn wir fünf Euro für eins kriegen, können wir von Glück reden.«

Maxi zuckte mit den Schultern. »Dann eben fünf. Wir werden trotzdem reich. Damit können wir unseren Jahresbedarf an Karotten und Pferde-Leckerlis zahlen!«

»Es sei denn, wir verpassen den Bus!«, rief Carolin und deutete mit der Hand Richtung Straße. Gerade bog der Bus um die Kurve.

Die Mädchen begannen zu laufen, ein ziemliches Kunststück mit dem schweren Sack voller Hufeisen, der zwischen ihnen hin und her schwang.

»Aua!«

»Was denn?«

»Hufeisen an Schienbein!«, keuchte Maxi. »Soll ich nicht vielleicht vorlaufen und den Fahrer bezirzen, bis du mit den Eisen nachkommst?«

»Das hättest du wohl gerne! Mach lieber schneller!«

Der Fahrer hatte sie zum Glück schon bemerkt und wartete mit einem Grinsen im Gesicht, bis sie den Bus erreicht hatten. »Na, Mädels«, sagte er. »Da hat der Nikolaus euch wohl mehr gebracht, als ihr tragen könnt! Oder habt ihr eine Bank ausgeraubt?«

»Knapp daneben«, meinte Maxi. »Aber möchten Sie vielleicht ein Hufeisen kaufen? Vielfältig einsetzbar: als Glücksbringer für Silvester, als rustikaler Türschmuck – pro Stück nur zehn Euro!«

»Maxi!«, zischte Carolin und wäre am liebsten im Erdboden versunken.

»Na gut«, lenkte Maxi mit einem strahlenden Lächeln und einem Achselzucken ein, »fünf Euro für Sie, weil Sie auf uns gewartet haben! Spezieller Nikolaus-Aktionspreis!«

Carolin beobachtete ungläubig, wie der Fahrer nach kurzem Überlegen tatsächlich seine Geldbörse zückte und einen Fünf-Euro-Schein herausnahm. »Meine Frau ist so abergläubisch«, meinte er, »die freut sich bestimmt! Und danke für den Spezialpreis!«

»War mir ein Vergnügen!« Maxi steckte den Fünfer ein und begann, nach Münzen zu kramen.

»Lass nur, auf die Fahrt seid ihr eingeladen«, sagte der Fahrer mit einem Augenzwinkern. »Wo ihr doch zwei Glücksfeen seid! Jetzt aber ab nach hinten! Ich muss meinen Fahrplan einhalten!«

»Na, was sagst du jetzt?«, fragte Maxi stolz, schälte sich aus ihrem Anorak und dem dicken Pulli und nahm ihre Mütze ab. Sie hatten die letzte Sitzreihe ganz für sich.

»Ich finde das verdammt ungerecht.«

»Ungerecht?« Maxi sah Carolin verblüfft an. »Was denn?«

»Dass du zwei Stunden eine Mütze tragen kannst und deine Haare danach kein bisschen platt gedrückt sind!«

Maxis lockige blonde Mähne erweckte tatsächlich eher den Eindruck, als käme sie frisch vom Friseur und nicht von einem schweißtreibenden Marsch durch den winterlichen Wald.

Carolins Haar war glatt und dunkel und hatte sich außerdem elektrostatisch aufgeladen.

»Das kriegen wir schon hin«, meinte Maxi zuversichtlich und leerte den Inhalt ihres Rucksacks auf den Sitz zwischen ihnen. »Ladies and Gentlemen, Maxis kleine Styling-Apotheke! Wir haben immerhin eine halbe Stunde Fahrt vor uns!«

Die halbe Stunde verging wie im Flug und Maxi platzte fast vor Unternehmungslust und Vorfreude, als der Bus in Altenburg am Marktplatz hielt. Sie war erst nach Ostern mit ihren Eltern nach Wieselberg gezogen, in das kleine Kuhkaff außerhalb von Altenburg. Alles hatte sich für sie verändert, seit sie die Stadt hinter sich gelassen hatte. Na ja, nicht alles. Mit ihrer besten Freundin Lara hatte sie immer noch viel Kontakt und sie besuchten einander. Aber hätte ihr vor acht Monaten jemand erzählt, dass sie auf dem Land leben, täglich einen Pferdestall ausmisten und ein kleines Islandpferd reiten würde, sie hätte sich an die Stirn getippt. Carolin hatte sie anfangs nicht ausstehen können – diese Zeit kam Maxi jetzt schon unendlich weit weg vor. Carolins großen Bruder Vic hingegen hatte sie auf Anhieb gemocht. Sie war in seine blauen Augen gekippt und nicht mehr aufgetaucht, sozusagen.

Maxi lächelte vor sich hin. Sie freute sich wie wahnsinnig darauf, mit Vic gemeinsam auf das Nikolausfest in der Schule zu gehen.

Als der Bus hielt, sah Maxi aus dem Fenster und blickte sich um. »Vic wollte uns doch eigentlich abholen kommen, oder?«

»Mist!« Carolin war blass geworden.

»Was ist denn?«

»Er hat dich also nicht erreicht? Und ich hab mir schon gedacht, du bist aber verdammt gut drauf, dafür dass …«

»Dass was …?«, fragte Maxi mit einem mulmigen Gefühl in der Magengrube.

»Dass Vic nicht kommen kann. Er muss als Nikolaus einspringen, für unsere kleinen Cousins in Schwaigeröd. Er hat bestimmt versucht dich anzurufen, aber im Wald ist ja so gut wie kein Empfang.«

Maxi tastete nach ihrem Handy und fand es in einer Jackentasche. Drei Anrufe und eine SMS. Sie öffnete die Nachricht. »*Tut mir echt leid! Ich mach's bestimmt wieder gut! Aber Jonas und Pauli brauchen einen Nikolaus! Melde mich später, V.*«

»Ach, Mann.« Für Maxis Vorfreude war das ein heftiger Dämpfer.

»Aussteigen, meine Damen!«, kam von vorne die Stimme des Fahrers. »Oder wollt ihr noch eine Runde drehen?«

»Da, deine Jacke!«

»Warte, mein Lipgloss liegt hier noch irgendwo!«

»Hast du meinen Schal gesehen?«

Hastig rafften die Mädels ihr Zeug zusammen und sprangen aus dem Bus, der Sekunden später wieder abfuhr.

»Warum muss denn ausgerechnet Vic den Nikolaus spielen?«, fragte Maxi niedergeschlagen, als sie sich von der Bushaltestelle auf den Weg zur Schule machten. »Und warum erfährt er das erst jetzt?«

»Unser Onkel hat für die beiden Kleinen und den halben Kindergarten einen Nikolaus gebucht und der hat heute abgesagt. Grippe. Ihren Papa würden Jonas und Pauli sofort erkennen und deshalb …«

»Schon klar«, seufzte Maxi. »Am Nikolaustag haben kleine Cousins Vorrang. Aber kann er nicht wenigstens nachkommen?«

»Schwaigeröd ist ziemlich weit. Eineinhalb Stunden mit dem Bus von Wieselberg und abends fahren die Busse nicht mehr so oft …«

»Na ja.« Maxi seufzte erneut. »Ich hoffe, dass die kleinen Glückspilze ihn wenigstens zu schätzen wissen. Dann werde ich mich eben heute Abend ganz auf das Geschäftliche konzentrieren.« Plötzlich blieb sie stocksteif stehen. »Carolin! Wo sind die Hufeisen?«

Carolin starrte sie entsetzt an. »Ich … ich hab sie nicht! Ich dachte, du hättest sie beim Aussteigen gehabt!«

»Ich hatte doch den Rucksack! Und deine Jacke!«

»Und ich hab noch das Lipgloss und den Schal genommen!«

»Oh nein, das darf alles nicht wahr sein.«

Sie waren fast bei der Schule angekommen, aber der letzte Rest von Maxis guter Laune war nun auch wie weggeblasen. »Weißt du was? Ich seh zu, dass ich die Hufeisen wiederkriege. Vielleicht hab ich ja Glück.«

»Ach, Maxi, das ist nicht dein Ernst! Die Hufeisen sind unterwegs nach Mitterbach! Und du weißt ja nicht mal mit Sicherheit, ob sie dann noch im Bus liegen!«

»Schon, aber ich hätte ja jetzt doch nichts von dem Fest. Ohne Vic und ohne Hufeisen.«

»Ach, komm, du kannst nicht einfach abhauen und mich hier allein lassen, ich …«

»Sieht nicht so aus, als würdest du lange allein bleiben!«, unterbrach Maxi sie. Ein großer Junge mit dunkelblonden, halblangen Haaren steuerte auf sie zu.

»Hey, Carolin!«

»Max!« Carolin wurde wie üblich rot und Max strahlte sie wie üblich an. Nun standen die beiden wieder da und wussten nicht, was sie sagen sollten. Maxi bückte sich, wie um ihre Schuhe zuzubinden, und tat dann, als würde sie das Gleichgewicht verlieren. Dabei gab sie Carolin einen so heftigen Schubs, dass die stolperte und Max in die Arme taumelte.

»Oh, tut mir echt total leid«, grinste Maxi, als sie wieder aufstand. »Also, ich geh dann jetzt. Viel Spaß, Leute.«

Als sie nach ein paar Schritten noch mal über die Schulter zurücksah, gingen Max und Carolin *sehr* dicht nebeneinander auf das Schultor zu. Noch kein Händchenhalten, aber das konnte ja noch werden im Laufe des Festes. Maxi hatte jedenfalls getan, was sie konnte. Ein *Nikolaus*fest. Sie seufzte. Warum musste ein Schulfest für Gymnasiasten auch ausgerechnet am Nikolaustag stattfinden? An jedem anderen Tag wäre Vic nicht mit Rauschebart und Geschenkesack irgendwo in der Pampa unterwegs gewesen. Na egal. Sie würde sich jetzt darauf konzentrieren, ihre Hufeisen wiederzufinden.

Sie sah auf die Uhr. Kurz vor vier und es war schon beinahe dunkel. Am Marktplatz stand gerade ein Bus, der Fahrer machte offenbar Pause. Er saß mit einer Zeitung und einem Wurstbrot hinter dem Lenkrad.

»Entschuldigung«, sagte Maxi und klopfte an die Scheibe. Die Tür öffnete sich. »Ich hab da vorhin was im Bus liegen lassen, in dem, der jetzt nach Mitterbach unterwegs ist. Wie kann ich das denn wiederkriegen?«

»Hm.« Der Busfahrer kaute nachdenklich. »Das ist der 25C. Der wird in Mitterbach vermutlich eingezogen und kommt erst morgen früh wieder zum Einsatz. Schulroute.«

»Und vergessene Gegenstände?«

»Bleiben bis Ende der Woche in Mitterbach und werden dann ins Fundbüro in Altenburg geschickt.«

»Alles klar. Und wie komm ich jetzt nach Mitterbach?«

»Mit mir bis Ingolstätten Markt und dann in den 24C umsteigen.«

»Und das kostet?«

»Zwei fünfzig.«

Mit einem Seufzer rückte Maxi ihren eben erst verdienten Fünfer raus und setzte sich in den Bus.

Gut eineinhalb Stunden später stieg sie durchgerüttelt in Mitterbach aus dem 24C. Im Büro sagte man ihr, dass keiner der Fahrer etwas abgegeben hätte.

»Kann ich nicht selber nachsehen? Der Bus steht doch jetzt hier, oder?«

»Leider nicht. Auf der 22-er Route hatte ein Kollege einen Motorschaden, wir haben ihm den Bus als Ersatz geschickt.«

»Das heißt, der Bus ist jetzt wo?«

»Hmmm.« Der Mann in der blauen Uniform studierte den Fahrplan. »Der fährt ganz rauf bis nach Ensberg. Dort übernimmt er dann die 22B nach Vogelsang.«

Maxi schwirrten die Buslinien und Ortsnamen schon im Kopf herum. »Und kommt er dann wieder hier vorbei?« Eigentlich hatte sie ja gehofft, in Mitterbach den Sack mit den Hufeisen wiederzukriegen – dann hätte sie es immer noch vor acht zurück aufs Schulfest geschafft.

Der Beamte schüttelte den Kopf. »Nein, der fährt dann die Südroute über Lemming und Schlierbach.«

»Aha.« Also ob sie eine Ahnung hätte, wo Lemming und Schlierbach waren. »Und was mach ich jetzt?«

Der Mann sah auf die Uhr. »In dreißig Minuten kommt der 14C. Den nimmst du bis Stegen und steigst dort um in den 13C bis Lümmeln. Da müsste dein Bus dann um neunzehn Uhr achtundvierzig vorbeikommen.«

Maxi hatte keine Energie mehr, nachzufragen, wie sie dann von Lümmeln zurück nach Hause kam. Neunzehn Uhr achtundvierzig! Das mit dem Fest konnte sie sich abschminken. Aber es gab schließlich vor Weihnachten noch genug andere Gelegenheiten, die Hufeisen zu verkaufen. Sie und Carolin hatten immerhin stundenlang alle Reitwege abgesucht, bis sie ihren Schatz zusammenhatten. Also würde sie ihn auch nicht so einfach aufgeben. »Okay, das mache ich. Und was kostet das?«

»Zwei fünfzig.«

Na toll. Nun war der ganze Fünfer weg. Woher kam eigentlich dieser alberne Aberglaube, dass Hufeisen Glück bringen?

Ihr Buch hatte sie schon auf der Fahrt nach Mitterbach

ausgelesen, entsprechend langweilig wurden die Warterei auf Bus 14C und die Fahrt nach Stegen. Dort musste sie wieder zweiundzwanzig Minuten auf den 13C warten. Frierend ging sie auf und ab. Nicht mal telefonieren konnte sie, weil ihr Akku fast leer war, und den letzten Rest wollte sie sich lieber für einen Notfall aufsparen – wie ein Telefonat mit Vic nach seinem Nikolauseinsatz oder so. Als der Bus endlich kam, war Maxi nur noch froh, wieder im Warmen zu sein. Sie begann die Autos zu zählen, die den Bus überholten. Sie kam bis sechzehn, und das Nächste, was sie bewusst wahrnahm, war, dass ihr Kopf gegen die Scheibe schlug. Eingeschlafen! Mist! Sie sah auf die Uhr. Neunzehn Uhr zweiundvierzig! Ein Glück. Sie mussten jeden Augenblick in Lümmeln sein und dort würde sie dann um neunzehn Uhr achtundvierzig endlich ihre Hufeisen wiederkriegen.

Sie zog Jacke und Schal an, setzte ihren Rucksack auf. Neunzehn Uhr fünfundvierzig, dann sechsundvierzig. Das wurde aber verdammt knapp. Sie ging durch den Mittelgang nach vorne zum Fahrer. »Entschuldigung«, fragte sie. »Sollten wir nicht längst in Lümmeln sein?«

»Lümmeln? Da sitzt du im falschen Bus, Mädchen. Das hier ist der 13E, nicht der 13C.«

»Aber als ich in Stegen eingestiegen bin …«

»Der 13E nach Lüden fährt zwei Minuten früher. Wird öfter verwechselt, sieht so ähnlich aus auf der Anzeige. Tut mir leid.«

Maxi war den Tränen nahe. Dann war die ganze Odyssee vergeblich gewesen! »Also gut«, sagte sie mit zittriger Stimme. »Und wie komm ich von hier nach Wieselberg?« Sollten die verdammten Hufeisen doch bleiben, wo der Pfeffer wächst. Dass die blöden Dinger nichts als Pech brachten, war jetzt offiziell erwiesen. Sie war müde und hungrig und wollte nur noch nach Hause.

»Am besten, du steigst bei der nächsten aus. Der 12A Richtung Altenburg fährt auch durch Wieselberg.«

»Danke«, sagte Maxi niedergeschlagen. Wenigstens musste sie dann nicht noch ein weiteres Mal umsteigen. Was ich für ein *Glück* habe, dachte sie mit einem gehörigen Groll auf ihre Hufeisen. Es war zwanzig nach acht, als sie endlich in den Bus Richtung Wieselberg stieg. Sie fragte extra noch mal nach, ob es auch der richtige war, als sie einstieg und ihre Fahrkarte löste. Noch mal zwei fünfzig. Der Hufeisenverkauf war echt ein tolles Geschäft gewesen.

Sie setzte sich in die letzte Reihe, lehnte die Stirn gegen das Fenster und starrte hinaus. Der Bus fuhr an, bremste dann wieder abrupt. Oh nein, bitte keinen Motorschaden, keinen defekten Reifen oder sonst was in der Art! Sie hatte für einen Tag genug Pannen erlebt!

Nein, der Fahrer war offenbar nur noch mal stehen geblieben, um einen verspäteten Fahrgast zusteigen zu lassen. Beinahe hätte Maxi laut aufgelacht: weißer Wattebart, roter, pelzbesetzter Mantel. Beim Einsteigen stieß der Nikolaus mit seiner Mütze an die Decke. Jetzt scherzte er offenbar mit dem Fahrer darüber, nahm die Mütze ab, mit der auch gleich die weißen Haare mitgingen. Darunter waren sie dunkel.

Können wir bitte endlich fahren, dachte Maxi genervt. Der Nikolaus ist sowieso an allem schuld. Wenn nicht heute Nikolaus wäre, dann wäre Vic nicht zu seinen Cousins gefahren und ich wäre nicht abgelenkt gewesen, als ich in Altenburg ausgestiegen bin, und hätte die Hufeisen nicht liegen lassen. Nur *er* ist an allem schuld.

Der Nikolaus mit den dunklen Haaren kam langsam nach

hinten, offenbar hatte der Jutesack, den er schleppte, ein ziemliches Gewicht. Musste er sich unbedingt in ihre Nähe setzen? Der Typ wollte doch hoffentlich nicht mit ihr plaudern? Sie vergrub sich in ihrem Sitz.

Na endlich. Der Busfahrer hatte die Tür geschlossen.

»Maxi???«

Wie? Maxi riss die Augen auf und sah dem Nikolaus direkt in seine unglaublich blauen Augen. Weißer Rauschebart oder nicht, diese Augen hätte sie überall auf der Welt erkannt.

»Vic! Wieso bist du …? Wie kommst du …?«

Maxi stand auf, der Bus fuhr los, Vic verlor das Gleichgewicht und stolperte direkt in Maxis Arme.

»Vic«, sagte sie in seinen Wattebart hinein.

»Maxi«, sagte er, und plötzlich war Maxi wieder vollkommen glücklich. Die Müdigkeit, die schlechte Laune, der ganze allgemeine Weltschmerz: vergessen. Vic war da und es gab auf der Welt mit Bestimmtheit keinen besseren Ort als die letzte Reihe in diesem beinahe leeren Bus.

Sie und Vic setzten sich nebeneinander.

»Ich versteh aber echt nicht, wie du hierherkommst«, sagte er.

»Das ist eine lange Geschichte«, antwortete Maxi. »Es kommen viele Ziffern und Ortsnamen drin vor.«

»Wir haben Zeit«, sagte er und nahm den weißen Bart ab. »Der Nikolaus ist ab jetzt außer Dienst!«

»Ach nein, lass ihn drauf«, bettelte Maxi. »Irgendwie siehst du echt verdammt süß damit aus.«

Vic legte seinen Arm um sie und Maxi kuschelte sich an seinen roten Mantel. »Du spinnst«, sagte er.

Maxi lachte auf. »Du hast ja keine Ahnung«, sagte sie. »Warte, bis ich dir die Geschichte erzählt hab.«

»Dann leg los!«

»Mach ich gleich. Aber ich bin halb verhungert. Der Nikolaus-Sack da sieht verdächtig schwer aus, dafür dass du deine Gaben schon verteilt hast. Ist da noch was Essbares drin?«

»Ja, jetzt wo du danach fragst, da ist echt so einiges drin.« Er griff in den Jutesack und holte etwas hervor, was er in Maxis Schoß plumpsen ließ.

»Das ist doch nichts Essbares«, sagte sie enttäuscht, »das ist ...« Sie nahm den Gegenstand in die Hand, hob ihn hoch und sah Vic verblüfft an. »Ein Hufeisen! Ich werd verrückt!« Sie griff in den Jutesack und da war sie, die verlorene Plastiktragetasche! »Du hast unsere Hufeisen gefunden!«

»Ja, ein Glück, dass wir alle immer am liebsten in der letzten Reihe sitzen. Wenn man von Schwaigeröd kommt, muss man in Vogelsang umsteigen und dann ...«

»Oh, schon klar«, unterbrach Maxi. »Der 22B. Die Südroute.«

Vic sah sie verblüfft an. »Seit wann kennst du dich in der Gegend so gut aus?«

»Oh, du würdest dich wundern«, meinte Maxi. »Aber erzähl weiter.«

»Na ja, sie lagen unter der letzten Sitzbank und ich hab mir den Fuß dran gestoßen. Und weil ich ja wusste, dass ihr die Dinger seit Wochen sammelt, hab ich Carolin angerufen und die hat mir alles erzählt. Allerdings weiß ich immer noch nicht, wie der Bus, mit dem ihr gefahren seid, nach Vogelsang gekommen ist.«

»Oh, weil auf der 22er-Route ein Bus Motorschaden hatte und unserer als Ersatz geschickt wurde.«

»Okay, nun werde ich wirklich langsam neugierig auf die Geschichte.«

»Ich würd sie dir ja erzählen, aber mein Gehirn arbeitet nicht richtig, wenn ich hungere. Sind da echt *nur* Hufeisen drin?«

»Hufeisen, Käsebrote, Weihnachtskekse und Festtagsstollen. Außerdem Mandarinen und ein Schokoladen-Nikolaus.«

»Hab ich dir schon gesagt, wie froh ich bin, dass du hier bist?«

Vic grinste sein kleines Vic-Grinsen und sah sie mit seinen Vic-blauen Augen an und alle Schmetterlinge in Maxis Bauch flatterten gleichzeitig.

»Sagst du das nicht eher zu den Käsebroten?«, fragte er.

»Definitiv nicht«, antwortete Maxi. »Aber du kannst sie jetzt trotzdem endlich rausrücken.«

»Und du bist nicht enttäuscht, dass wir nicht gemeinsam beim Schulfest waren?«

»Kein bisschen. Diese Busfahrt ist das Beste seit Langem. Hättest du mich vorher gefragt, ob ich lieber mit dir auf dem Schulfest oder im 12A irgendwo zwischen Lüden und Wieselberg sein möchte ...«

»Sag bloß, dann hättest du dich für den Bus entschieden?«, unterbrach Vic sie lachend.

»Nein, aber nur weil ich nicht gewusst hätte, was ich verpasse. Und weißt du, was das Zweitbeste ist?«

»Nein?«

»Dass ich jetzt meine Hufeisen guten Gewissens für zehn Euro verkaufen kann. Weil sie nämlich *doch* Glück bringen.«

Außergewöhnliche Geschenkidee: Hufeisen

Ein Hufeisen bringt nicht nur Glück, es kann auch wunderbar als Deko oder Geschenk genutzt werden. Hier ein paar Anregungen, was du mit einem Hufeisen alles machen kannst:

1) Schlüsselbrett: Ein Hufeisen an ein Brett genagelt (am besten ein quadratisches), ergibt einen tollen Schlüsselhalter. Schlage danach weitere Nägel durch die Nägellöcher in das Brett, daran können dann später die Schlüssel aufgehängt werden.
Tipp: Das Schlüsselbrett sieht noch schöner aus, wenn du es zuvor in deiner Lieblingsfarbe bemalst.

2) Blickfang fürs Zimmer: Umwickle den unteren Teil des Hufeisens mit einem Garn, sodass es schön rustikal aussieht. Wenn du es lieber bunter magst, verziere das Hufeisen mit einer dekorativen Blume oder auch mit Geschenkbändern. Außerdem kannst du mit Kleber und Glitzer das Hufeisen zum Strahlen bringen. Am besten nutzt du dafür eine Heißklebepistole.

3) Bilderrahmen: Ob ein Foto von deiner Familie, deinem Lieblingspferd oder deiner besten Freundin und dir – so sticht jedes Foto ins Auge! Schneide das Foto so aus, dass es ungefähr die Form des Hufeisens hat, lasse aber am Rand noch ca. 1 cm Platz. Jetzt kannst du die überstehenden Enden an das Hufeisen kleben. Fertig ist der außergewöhnliche Bilderrahmen!

Falls du vor deiner Haustür noch nicht zufällig über ein Hufeisen gestolpert bist (das kommt auch sehr selten vor), kannst du bei einem Hufschmied oder Pferdehof in der Nähe anfragen, ob sie gebrauchte Hufeisen zu verschenken haben. Ansonsten findet man Hufeisen auch in Bastelläden.

HORTENSE ULLRICH

Aladdins Weihnachts-Wunderlampe

7

Ich hatte den perfekten Plan. Dieses Jahr würde ich Lucilla zu Weihnachten ein Geschenk überreichen, das sie aus den Socken haut. Etwas, von dem ich schon vorher wusste, dass sie es supertoll findet. Denn für Lucilla das Passende zu finden, ist echt schwer für mich. Vor allem da Lucilla und ich ja einen sehr unterschiedlichen Geschmack haben. Also scheidet schon mal aus, dass ich einfach etwas kaufe, was ich selbst toll finde. Aber auch mein Prinzip, etwas zu kaufen, was ich mir selbst nie im Leben kaufen würde, hat nicht immer funktioniert. Lucilla freut sich zwar, wenn sie mein Geschenk auspackt, aber meist sagt sie: »Wie lieb, dass du an mich gedacht hast.« Übersetzung: »Danke für die Mühe, aber ich finde es nicht so toll.« Denn sonst würde man doch anders reagieren, oder? Ernsthaft: Sie freut sich, dass ich an sie gedacht habe? Bitte? Natürlich denke ich an sie. Sie ist meine beste Freundin, also ist es doch wohl keine Überraschung, dass ich ihr zu Weihnachten etwas schenke.

Ich rufe wenigstens immer: »Hey, super! Toll!«, wenn ich ihr Geschenk für mich auspacke. Auch wenn es meist Bilderrahmen sind, die sie verschenkt. Romantische Bilderrahmen natürlich: pink mit Herzchen, pink mit Rüschen – echt: ein gerüschter Bilderrahmen – pink mit der Aufschrift *Love* und pink mit Rosen. Immer voll die Romantik im Blick. Womit ich nichts am Hut habe. Aber egal, meine Trefferquote bei ihren Geschenken, war ja bisher auch nicht sehr hoch. Das lag vor allem daran, dass, wenn ich für sie was Pinkes oder Herziges gekauft habe, sie es meist schon hatte. Nun ja.

Aber diesmal wollte ich einen Treffer landen. Einen hundertprozentigen. Und dafür hatte ich den perfekten Plan ausgearbeitet.

»Hast du schon ein Weihnachtsgeschenk für deine Mutter?«, fragte ich sie.

Lucilla seufzte. »Nein. Immer noch nicht.«

»Ich auch nicht«, log ich. Ich hatte schon längst ein Geschenk für meine Mutter, aber es war Teil meines Plans zu behaupten, ich wäre noch auf der Suche.

»Was hältst du davon, wenn wir gemeinsam losziehen und was für unsere Mütter suchen?«, schlug ich vor.

»Super Idee!«

Phase eins des Plans »Perfektes Lucilla Geschenk finden« war abgeschlossen.

Ich untermauerte es noch einmal. »Weihnachtsgeschenke für Mütter zu kaufen, ist immer volles Risiko. Wenn ich etwas selbst bastle, was ich meist tue, um mein Taschengeld zu schonen, muss ich mir Dinge anhören wie: ›Da hast du dir aber sehr viel Mühe gegeben‹, womit noch nicht gesagt ist, dass sie sich freut. Kaufe ich ihr etwas Teures, kommt als erste Reaktion: ›Du sollst doch nicht so viel Geld für mich ausgeben‹. Also es ist nicht nur schwierig, sondern fast unmöglich, die richtige Entscheidung zu treffen. Also werden wir uns dieses Jahr gegenseitig unterstützen.«

Lucilla sah mich an und meinte: »Ich hab doch schon Ja gesagt. Es ist wirklich eine gute Idee.«

Hm. Hatte ich etwas übertrieben bei dem Bestreben, sie in

absoluter Sicherheit zu wiegen, dass es wirklich nur darum geht, Geschenke für unsere Mütter zu finden?

Mein cleverer Plan sah nämlich vor, dass ich bei unserer gemeinsamen Einkaufstour das perfekte Geschenk für Lucilla finden werde. Denn wenn wir uns Hunderte von Sachen ansehen, wird unter Garantie etwas dabei sein, was Lucilla selbst toll findet und bei dem sie aufquietscht vor Begeisterung. Und voilà – habe ich ihr Geschenk gefunden. Eins, bei dem ich sicher sein kann, dass sie es mag. Ich würde dann später zurückgehen und es kaufen. Gut, was?

Um keinen Zweifel daran zu lassen, dass wir auch wirklich nur nach mütterlichen Geschenken suchen, dachte ich, es wäre geschickt, erst mal Geschäfte mit Haushaltswaren anzusteuern. Aber Lucilla hinderte mich jedes Mal daran, mit den Worten: »Da vorn ist ein total süßer Kleiderladen, lass uns erst mal da reingehen.«

Ich gab nach. Einmal, zweimal, dreimal, schließlich – und das hätte ich mir ja denken können – verbrachten wir unsere Zeit in Klamottenläden.

Lucilla hielt nämlich Ausschau nach Weihnachtspullis. Eigentlich wäre das ja eine gute Idee für mein Geschenk für Lucilla. Aber es hatte zwei kleine Schönheitsfehler: Ein Pulli war zu teuer und das, was sie suchte, gab es nicht. Außerdem wollte sie ihn sofort und auf der Stelle, denn sie war der Meinung, dass man während der Adventszeit Pullis mit Weihnachtsmotiven tragen sollte, um in weihnachtliche Stimmung zu kommen.

»Mit einem geschmückten Weihnachtsbaum drauf oder dem Christkind oder dem Weihnachtsmann«, beschrieb sie der Verkäuferin des Ladens, den wir gerade betreten hatten, was sie suchte. Sie war selbst noch im zehnten Geschäft und bei der zehnten Beschreibung geduldig.

»Tut mir leid, haben wir nicht.«

»Schneeflocken gingen auch«, räumte Lucilla ein.

»Wie wäre es mit einem Schaf? Wir haben Pullis mit Schäfchen«, bot die Verkäuferin an.

»Ist der Stall von Bethlehem da auch drauf?«

»Nein, nur Schäfchen.«

»Na ja, ich könnte ja sagen, dass das die Schafe aus Bethlehem sind. Sind die Schafe weiß?«

»Weiße Schafe auf einem lila Pulli«, beschrieb die Verkäuferin.

»Lila?«, seufzte Lucilla. »Lila ist so gar keine Weihnachtsfarbe. Rot und grün ginge, aber lila? Was meinst du, Jojo?«

Ich sagte, nicht zum ersten Mal, ironisch: »Ich weiß nicht, ob deine Mutter sich darüber freut.«

»Der soll doch für mich sein, Jojo. Hab ich dir doch jetzt schon dreimal gesagt.«

»Na ja, ich dachte ja bloß, weil wir eigentlich ein Geschenk für deine Mutter suchen.«

»Machen wir noch, keine Sorge. Also, was ist jetzt mit dem Schäfchen-Pulli?«

»Schafe sind irgendwie keine Weihnachtstiere. Rentiere wären besser. Von wegen Schlitten und Santa Claus. Auch mit einem Eisbären könnte ich mich anfreunden.«

»Eisbär? Was hat der denn mit Weihnachten zu tun?«

»Na ja: kalt, Schnee, Eis, Winter. Er lebt am Nordpol, da wo Santa Claus lebt«, zählte ich Argumente für einen Weihnachtseisbären auf.

»Hm. Aber so ein Eisbär an sich sieht nicht weihnachtlich aus. Am besten wäre ein geschmückter Weihnachtsbaum.«

»Vielleicht finden wir ja einen Pulli mit einem weihnachtlich geschmückten Eisbären.«

Lucilla sah mich streng an. »Du nimmst die Sache nicht ernst, oder?«

»Doch, sorry. Aber wieso kaufst du dir nicht einfach einen roten Pulli und schmückst ihn selbst?«

Erst sah sie mich etwas ärgerlich an, dann erwachte ihr Interesse. »Wie meinst du das?«

»Na ja, du könntest doch einen Tannenbaum-Umriss draufsticken und dann winzig kleine Kugeln oder Glitzersteine oder so an dem Pulli befestigen. Dann sieht es aus wie ein geschmückter Weihnachtsbaum.«

»Hey, das ist genial!«, rief sie.

»Echt?«

»Total!«

Murks, das war wirklich eine gute Idee. Das hätte ich doch für sie machen können. Ein schlichter roter Pulli wäre bestimmt nicht sehr teuer, das hätte ich mir leisten können. Aber nun war es zu spät.

Immerhin war sie jetzt bereit, auch andere Geschäfte als Kleiderläden zu betreten.

Wir kamen an einem kleinen Ramschladen vorbei, alles sehr indisch oder marokkanisch oder was auch immer, jedenfalls exotisch.

»Lass uns da mal reingehen«, schlug Lucilla vor. Aber wir fanden nichts, wovon wir überzeugt waren, dass es ein Mutterherz höherschlagen lassen würde. Als wir fast schon wieder draußen waren, blieb Lucilla vor einem Regal stehen.

»Hey, wie süß!«, rief sie und nahm eine kleine mit Mustern und Zeichen und bunten Glassteinen verzierte Kaffeekanne aus Messing aus dem Regal.

»Schau mal, Jojo, die sieht doch aus wie Aladdins Wunderlampe.«

»Ähm, ja. Irgendwie schon. Aber ich glaube, es ist eine Kaffeekanne. Oder Teekanne. Aber irgendwie zu klein. Ist höchstens für eine Tasse.«

Doch Lucilla bestand auf ihrer Version: »Ich finde, die sieht aus wie Aladdins Wunderlampe. Wäre doch toll, wenn man so etwas hätte.«

»Wofür denn?«

»Na hör mal, du reibst die Lampe, ein Dschinn erscheint und erfüllt dir alle Wünsche.«

Gott, wie naiv war sie denn? Vorsichtig gab ich zu bedenken: »Sollte man nicht vorher überprüfen, ob es auch funktioniert?«

»Darum geht es doch gar nicht. Es ist ein Symbol. Ein romantisches Symbol.« Ich horchte auf. Wenn sie das Ding romantisch fand, hey, Volltreffer, oder?

»Gefällt sie dir?«, fragte ich gespannt.

»Na klar, und wie!«, rief sie.

Nun wurde ich tatsächlich aufgeregt. Ich beobachtete sie genau. Nach wie vor hielt sie die kleine Kanne in der Hand und betrachtete sie begeistert. Nun streckte sie mir das Kännchen hin. Ich nahm es entgegen.

»Na, was sagst du?«, fragte sie.

Ich nickte. »Super Teil.« Das schien ihr noch nicht zu genügen. »Es ist wirklich …«, nein, ›romantisch‹ wollte ich nun nicht sagen, ich entschied mich für: »Etwas ganz Besonderes. Sehr ungewöhnlich. Wäre eine tolle Deko.« Ich beobachtete weiter ihre Reaktion. Sie nickte sehr eifrig.

»Genau, das hab ich auch gedacht. Wenn man so etwas in sein Zimmer stellt – das hat doch Flair.«

Ich nickte und strahlte. Und zwar, weil ich nun sicher war,

dass ich Lucilla diese Kaffeekanne, Entschuldigung: Aladdins Wunderlampe, zu Weihnachten schenken würde. Halleluja! Ich hatte etwas für Lucilla gefunden.

Diese Kanne war zwar ziemlich kitschig und etwas nutzlos, aber was solls, Lucilla mochte sie. Unauffällig sah ich auf den Preis. Zwölf Euro. Perfekt! Plötzlich hatte ich Angst, dass sie es sich vielleicht auf der Stelle selbst kaufen würde.

»Aber wir sind ja auf der Suche nach einem Geschenk für unsere Mütter. Lass uns weitergehen. Hier finden wir nichts für sie.«

Lucilla war bereit dazu.

Als wir das Geschäft verließen, fragte sie noch einmal: »Und sie gefällt dir wirklich?«

»Absolut.« Ich war total happy. Morgen würde ich in den Laden gehen und für Lucilla Aladdins Wunderlampe kaufen.

Ich konnte es kaum erwarten, Lucilla mein perfektes Geschenk zu überreichen. Ich überredete sie, dass wir unseren Geschenke-Austausch bereits ein paar Tage vor Weihnachten machten. Wir saßen bei einem gemütlichen Adventskaffee und waren beide sehr aufgeregt.

»Dieses Jahr wirst du begeistert sein!«, sagte Lucilla überzeugt und überreichte mir mein Geschenk.

»Du auch«, versprach ich und gab ihr meins. »Packen wir gleichzeitig aus?«

»Nein«, sagte Lucilla, »du zuerst.«

»Okay.«

Ich packte Lucillas Geschenk aus, starrte ungläubig darauf und sagte nur: »Nein! Das darf doch nicht wahr sein!«

»Ach je!«, rief Lucilla. »Gefällt's dir nicht? Ich war mir so sicher!«

Ich starrte nach wie vor auf mein Geschenk.

»Also, ich finde es ja auch nicht so toll«, gestand sie dann. »Aber du hattest gesagt, es wäre super. Ich hab extra noch ein paarmal nachgefragt, denn ich dachte, diesmal finde ich geschickt raus, was dir gefällt, damit du dich auf alle Fälle freust.«

Ich seufzte. »Ja, den Plan hatte ich auch. Pack mal dein Geschenk aus.«

Lucilla riss das Papier auf und schnappte nach Luft.

Wir hatten uns genau das Gleiche geschenkt: die merkwürdige kleine Kaffeekanne.

Nach dem ersten Schock und gegenseitigen Entschuldigungen und Erklärungen, mussten wir ziemlich lachen.

»Wer weiß«, rief Lucilla, »vielleicht funktioniert sie ja sogar und wir können uns was wünschen.«

»Bessere Geschenk-Ideen für nächstes Weihnachten zum Beispiel«, schlug ich vor.

»Also weißt du«, sagte Lucilla und betrachtete die Kanne, »langsam gefällt sie mir richtig gut. Und ich finde es toll, dass wir beide jetzt das Gleiche haben. Dann ist sie jetzt so was wie eine Freundschafts-Kaffeekanne. Oder besser noch: Aladdins Weihnachts-Wunderlampe.«

Geschenkideen für die beste Freundin

- Freundschaftsarmband (kaufen oder selber machen)
- Bilderrahmen mit eurem Lieblingsfoto
- Fotokissen
- Kosmetiktäschchen
- Lichterkette

- »Wenn«-Buch (Anleitungen gibt's im Internet): ein selbst gestaltetes Buch mit allem, was deine beste Freundin an bestimmten Tagen braucht. Wenn sie beispielsweise krank ist, findet sie in diesem Buch ein Taschentuch oder einen Teebeutel. Wenn sie keine Lust auf Kino hat, kann sie sich das Mikrowellenpopcorn herausnehmen … Ein selbst gemachtes und persönliches Geschenk für die beste Freundin!
- Geschenkboxen zu verschiedenen Themen (beispielsweise alles zu Einhörnern, alles für Backfeen …)
- Kuscheliger Schal

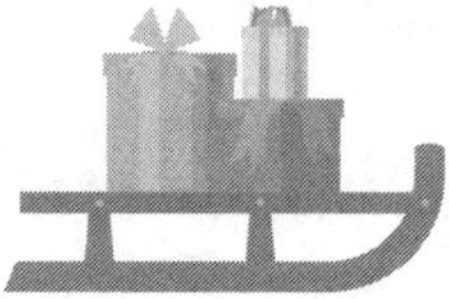

- Ein kreatives Malbuch und passende Stifte dazu
- Coffee-to-go-Becher (kann auch für Tee oder heiße Schokolade verwendet werden)
- Weihnachtspullover (oder die günstigere Variante: Socken). Je kitschiger desto schöner. ☺
- Handyhülle
- Wärmflasche
- Selbst verzierte Tragetasche (mit Stiften, Nieten und was dir sonst noch so einfällt)
- Mit der besten Freundin durchs ganze Jahr: Bastele doch einen Wandkalender mit Fotos und euren gemeinsamen Lieblingsmomenten.

SABINE BOTH

8

Es ist für mich eine Zeit angekommen

Die ganze Woche haben Paula und ich gebraucht, um die Gäste so geschickt zusammenzukürzen, dass eine halbwegs Erfolg versprechende Gästeliste dabei herausgekommen ist. Jetzt gilt es nur noch, Mama davon zu überzeugen. »Vierundzwanzig. Bitte!« Ich klimpere herzzerreißend mit den Wimpern, aber Mama sieht wenig beeindruckt aus.

»Nein!«

»Aber vierundzwanzig ist so eine heilige Zahl. So wie vierundzwanzig Türchen am Adventskalender!«

Mama zieht die Augenbrauen hoch. »Nein!«

Ich greife meine letzte Chance am Kragen. »Tom, du weißt schon, DER Tom, der kann nur kommen, wenn du vierundzwanzig erlaubst!«

»Wieso?«

»Weil bei vierundzwanzig vierzig Prozent richtig enge, dreißig Prozent so halbwegs bekannte und dreißig Prozent gewagte Leute eingeladen sind.«

Mama sieht nicht aus, als würde sie diesen Zusammenhang auch nur im Geringsten verstehen, also versuche ich es schleunigst mit einer anderen Strategie. »Wir, du und ich, Mama, wir verstehen uns doch. Wir sitzen, also du hast damals gesessen, also jedenfalls, im selben Boot, mit Johann und Tom.«

»Ach, du glaubst mir die Geschichte mit Johann wieder?«

»Logo!« Ich nicke vehement. »Und ich hab mir deinen Rat doch auch zu Herzen genommen und bin letzte Woche zur Probe!«

»Meinetwegen?«

»Ja klar!«

Jetzt wird sie weich. »Na ja, vier mehr oder weniger …«

Mehr brauche ich nicht. Ich springe ihr um den Hals und lasse mich sogar dazu hinreißen, ihr den ein oder anderen Kuss auf die Wange zu drücken. »Danke, Mama!«

»Aber du räumst nachher alles wieder auf und putzt picobello!«

»Absolut versprochen!«

Mama grinst. »Und jetzt geh und lad ihn ein.«

Ich komme vor lauter Mamaüberreden zu spät, aber Paula steht trotzdem noch vor der Kirche rum und springt mir strahlend entgegen. »Ich hab's getan! Ich hab's getan!«

»Was hast du getan?«

»Ich habe Mario vor fünf Minuten gefragt, ob er kommt, und er hat zugesagt!«

»Echt?«

»Es war ganz einfach! Er hat sich richtig gefreut und gleich gefragt, ob er was mitbringen soll.«

Paula will mir um den Hals fallen, aber dazu bin ich noch nicht in der Stimmung. »Erst muss ich es auch noch tun, also rein da«, erkläre ich und Paulas Strahlen bröckelt ein bisschen in sich zusammen.

»Da wird heute wohl nichts draus«, sagt sie und deutet zu einer Nachricht, die am Portal festgepinnt ist. »Probe fällt kurzfristig aus. Pfarrer Mertens hat eine letzte Salbung und schreibt, dass wir das Stück sowieso schon super draufhaben.« Paula zuckt mitleidig mit den Schultern. »Und ich schätze, seinem Neffen hat er es persönlich gesagt, er ist jedenfalls nicht hier aufgetaucht.«

»Mist!«

Paula nickt. »Du kannst ihn ja noch Heiligabend nach der Aufführung fragen«, schlägt sie wenig überzeugt vor.

»Zu spät!« Niemand lässt es drauf ankommen, an Heiligabend noch keinen Plan für Silvester zu haben. Ich hab's versaut und bin am Boden zerstört.

Paula will mich trösten: »Komm, das wird auch so lustig!«

»Wird es nicht«, maule ich und will jetzt nur noch nach Hause, um meinen Frust an Mama auszulassen und ihr ein für alle Mal den Beweis dafür zu liefern, dass Geschichten aus der guten alten Zeit heute keinerlei Gültigkeit mehr haben.

»Aber wir feiern doch trotzdem?«, ruft Paula mir noch ängstlich hinterher. »Also, ich meine, auch ohne Tom.«

Ich zucke mit den Schultern. Im Moment jedenfalls ist mir definitiv gar nicht nach Silvesterfeiern zumute.

Kaum bin ich zu Hause, fange ich an, Mama die Leviten zu lesen: »Wenn du mir noch einmal mit so einer dämlichen Geschichte kommst, dann …« Ich breche ab, weil Mama mich dermaßen debil angrinst, dass ich Sorge habe, mit ihr stimmt was nicht. »Was ist?«

»In der Küche!«

»Keinen Appetit!«

»Auf den bestimmt.«

»Nein, auch nicht auf deinen berühmten Christstollen!«

Mama platzt jetzt richtig los vor Lachen. »Den hätte nicht mal ich backen können!«

»Hä?«

»So was Hübsches!«

»Hä?????«

Aber da hat Mama mich auch schon in die Küche geschoben, hinter mir die Tür zugemacht und mich meiner grenzenlosen Fassungslosigkeit preisgegeben. Ich starre zum Küchentisch und krieg vor lauter Schreck den Mund nicht zu.

»Hallo«, sagt Tom, und weil ich immer noch nach Luft schnappe und somit nicht sprechen kann, redet er einfach weiter. »Ich hab gehört, du machst eine Silvesterparty.«

Er guckt mich fragend an, und weil ich noch immer keine Worte habe, nicke ich schnell.

»Ich wollte dich fragen, also, ist ein bisschen blöd, aber … Ich hab noch nichts vor Silvester und ich dachte …«

Endlich! Meine Kehle weitet sich, mein Stimmbänder geraten in Wallung und meine Lippen lassen raus, was mein Kopf vorher nicht mehr prüfen konnte: »Na klar! Du musst kommen! Unbedingt! Mensch, du bist die Vierundzwanzig! Du bist sozusagen Weihnachten!«

Ich beiße mir auf die Zunge, aber Tom scheint von meinem Ausbruch nicht besonders verschreckt zu sein. »Mensch, Maria«, lacht er, »du bist echt ein verrücktes Huhn.« Er legt seinen blauen, tiefen Blick auf mich und fügt hinzu: »Wie gut, dass ich verrückte Hühner mag.«

Top-Ten-Liste für eine gelungene Silvesterparty

Klar, Weihnachten ist schön, aber wenn diese Zeit vorbei ist, hat man gar nicht mehr lange, bis Silvester vor der Tür steht. Hast du schon überlegt, was du an diesem Abend machen möchtest? Hier kommt die Top-Ten-Liste:

1) Blei gießen

2) Tischfeuerwerk

3) Mottoparty mit witzigen Kostümen (z.B. Pyjamaparty, Flower-Power, Superhelden …) veranstalten

4) Tolle Deko wie Girlanden, Luftschlangen, Luftballons anbringen

5) Karaoke singen

6) Tabu spielen

7) Flaschen drehen

8) Wunderkerzen anzünden

9) *Dinner for One* schauen

10) Musik-Rückblick:
Spiele alle Hits aus dem aktuellen Jahr!

IRENE ZIMMERMANN

9

Engelchen oder Bengelchen

»Liebe Annick«, lese ich auf meinem Handy, »Weihnachtsparty nicht vergessen. Samstag, ab 18 Uhr, Dein Lukas.«

Ich könnte platzen vor Stolz. Zwar ist die Einladung reichlich spät gekommen – es ist immerhin schon Freitagabend –, aber sie ist gekommen, das allein zählt. Und natürlich die Tatsache, dass mit Lukas wieder alles in Ordnung zu sein scheint.

»Bist du sicher, dass er diese blöde Lena nicht auch eingeladen hat?«, fragt meine Freundin Marlen, als ich ihr am Telefon von der SMS erzähle. »Die letzten paar Tage hat es wirklich so ausgesehen, als ob das zwischen ihr und Luke was Festes wird.«

Ich schlucke und lache dann ganz laut. Hoffentlich merkt Marlen nicht, wie falsch mein Lachen klingt. Klar, alle haben mitgekriegt, dass Luke was mit Lena hatte. Und sich außerdem noch für Evi interessiert!

»Ich versteh wirklich nicht, warum du ihm nicht endlich den Laufpass gibst«, unterbricht Marlen diese blöden Gedanken. »Luke hat dich überhaupt nicht verdient. Da fällt mir ein: Was ist denn mit Oliver? Der ist doch echt lieb, findest du nicht? Ich kann mich jedenfalls an eine Zeit erinnern, da warst du total …«

»Ich bin nun mal eben in Lukas verliebt«, falle ich ihr ins Wort.

An Oliver will ich gar nicht mehr denken. Mindestens ein Vierteljahr war ich verliebt in ihn, hab ihn aus der Ferne angehimmelt, und als dann endlich die Gelegenheit da war, ihn näher kennenzulernen, hab ich alles verpatzt.

Und mittlerweile bin ich mit dem umschwärmten Lukas zusammen. Bloß: Inzwischen scheint er sich mehr für Lena zu interessieren.

Marlen gibt nicht auf. »Weißt du, ich bin immer noch der Meinung, dass Oliver viel netter ist als Lukas«, sagt sie. »Findest du nicht, dass du …«

»Ihr versteht das alle nicht«, falle ich ihr ins Wort, »Lukas ist in Wirklichkeit viel netter, als man denkt. Schließlich kann er absolut nichts dafür, dass alle Mädchen auf ihn fliegen«, verteidige ich ihn. »Und nie wieder ein Wort über Oliver, hast du gehört?«, füge ich hinzu.

»Na ja, ich hab ja nur gemeint«, lenkt Marlen ein und dann reden wir über die Weihnachtsparty, bis Mama mit meiner kleinen Schwester nach Hause kommt.

»Ich darf den Engel spielen, den wichtigsten Engel!«, ruft sie laut durch den Flur.

»Lisa, siehst du nicht, dass ich telefoniere«, schimpfe ich, aber meine Schwester ist nicht zu bremsen.

»Du warst immer nur das Schäfchen, aber ich bin jetzt der Engel«, triumphiert sie und macht mir dabei eine lange Nase.

»Lisas Kindergarten führt morgen im Gemeindesaal ein Krippenspiel auf«, erkläre ich meiner Freundin. »Und jetzt dreht sie völlig durch.«

Das ist noch steigerungsfähig, stelle ich fest, als Lisa schließlich anfängt Weihnachtslieder zu singen.

»Pst, Lisa«, macht Mama, »unter uns wohnen auch noch Leute. Du kannst morgen den ganzen Abend lang singen, vielleicht schonst du jetzt besser deine Stimme. Außerdem gibt es gleich Abendessen.«

Ich hab mir Lukas' SMS noch mal angesehen und beschließe, allerbester Laune zu sein. Mit ihm ist alles wieder in Ordnung, wir gehören einfach zusammen.

Nicht mal Lisas ewige Fragerei beim Abendessen: »Was bringt mir das Christkind dieses Jahr?«, geht mir auf den Geist.

Erst als das Telefon klingelt und Mama in die Diele rennt, zische ich Lisa zu, dass sie kein einziges Geschenk zu Weihnachten bekommt, wenn sie weiter so nervt.

Lisa ist leider nicht zu beeindrucken. Sie streckt mir die Zunge raus und meint, ich hätte ja keine Ahnung.

Ich lächle bloß. Mir ist nämlich eingefallen, dass Weihnachten eigentlich eine hervorragende Gelegenheit ist, allen zu zeigen, dass Lukas und ich zusammengehören. Irgendwie muss ich ihm klarmachen, dass ich mir von ihm einen Freundschaftsring wünsche.

»Ihr habt doch keinen Streit?«, fragt Mama, als sie ihr Telefonat beendet hat. »Annick, ich brauche deine Hilfe. Morgen Abend muss ich leider arbeiten. Du musst mich vertreten. Frau Oberpichler hat gerade angerufen und …«

Der Rest geht in unserem Protest unter. Lisa heult und ich schimpfe, dass ich garantiert nicht zum Krippenspiel gehe. Ich gehe zu Lukas' Fete und sonst nirgendwohin!

Irgendwie gelingt es Mama, Lisa zu beruhigen und ins Bett zu bringen. Dann kommt sie ins Wohnzimmer und lässt sich erschöpft aufs Sofa fallen.

»Ich denke, Weihnachten ist das Fest der Liebe!« Mama sieht mich an.

Einen Moment lang tut sie mir wirklich leid, aber ich kann nicht nachgeben. Ich muss zu Lukas' Weihnachtsparty!

»Kann nicht irgendeine Freundin von dir?«, frage ich vorsichtig. »Conni, zum Beispiel. Sie war doch auch im Sommer mit Lisa im Zoo und ...«

»Es handelt sich um eine Weihnachtsfeier«, unterbricht Mama mich. »Alle Kinder sind mit ihren Eltern da. Was meinst du, wie Lisa sich fühlt, wenn niemand von unserer Familie dabei ist?«

Ich sage gar nichts mehr. Mir würde sowieso jeder Vorschlag als herzlos ausgelegt werden.

»Annick, du bist ein vernünftiges Mädchen, ich kann mich auf dich verlassen, dass du zum Krippenspiel gehst, ja?«, sagt Mama und dann gibt sie mir wie früher einen Gute-Nacht-Kuss.

Ich nicke. Mir ist nämlich inzwischen eingefallen, wie ich vorgehen werde.

Um fünf Uhr am nächsten Nachmittag muss Mama los. Sie hat Lisa geholfen, das Engelskostüm anzuziehen, hat ihr Goldpuder ins Haar gestreut und die Engelsflügel vorsichtig in einer großen Plastiktüte verpackt.

»Vergesst bloß die Flügel nicht«, sagt sie und dann nimmt sie Lisa in den Arm und verspricht ihr, nächstes Jahr auf alle Fälle das Krippenspiel anzuschauen, komme, was wolle.

»Annick ist doch dabei, mein Schatz«, tröstet sie, als Lisa in Tränen ausbricht, und dann muss sie schon los, weil ihre Kollegin unten auf der Straße laut hupt.

Lisa schaut mir zu, wie ich mich schminke. »Du siehst schön aus«, sagt sie, als wir Viertel vor sechs das Haus verlassen.

»Hast du dich extra für mein Krippenspiel so schön gemacht?«

Sie nimmt meine Hand und schaut mich bewundernd an. Mist, ich kriege ein richtig schlechtes Gewissen, aber dann merke ich, dass wir die Engelsflügel vergessen haben, und ich renne schnell wieder zurück.

Der Gemeindesaal ist weihnachtlich geschmückt, jede Menge Leute drängen sich vor der Tür und ich schiebe Lisa schnell rein. Sie schaut sich nach mir um und ich rufe laut: »Ich komme gleich.«

Bis kurz nach halb acht soll die Feier gehen, erfahre ich von einer jungen Frau mit einem Baby auf dem Arm. »Hoffentlich hält der Kleine das durch, ich will …«, meint sie, aber ich habe mich schon abgewendet. Wenn ich jetzt losrenne, schaffe ich es noch pünktlich zur Weihnachtsparty von Lukas.

Es beginnt zu schneien, ganz leicht nur, aber der Schnee bleibt liegen. Viertel nach sieben, so habe ich mir ausgerechnet, werde ich unter irgendeinem Vorwand kurz verschwinden, Lisa abholen, nach Hause bringen und dann wieder bei Lukas auftauchen. Lisa kriegt garantiert nicht mal mit, dass ich nicht bei ihrem Krippenspiel war. Solche Veranstaltungen laufen doch immer nach dem gleichen Muster ab – was bringt es meiner Schwester also, wenn ich dabei bin? Bei den vielen Leuten sieht sie mich sowieso nicht, beruhige ich mein schlechtes Gewissen.

Viel wichtiger ist es, dass Lukas mich sieht. Und all die anderen Mädchen aus meiner Klasse, die ihn auch toll finden und bloß darauf warten, dass es mit uns auseinandergeht. Von wegen! Alle sollen sehen, dass Lukas und ich zusammen sind!

Du siehst schön aus, hat Lisa beim Weggehen zu mir gesagt.

Und mich dabei mit ganz großen Augen angesehen, so, als sei ich ihr Vorbild. Plötzlich merke ich, wie mir die Tränen kommen. Lisa ist noch so klein und sie vertraut mir und …

Ich bin vor Lukas' Haus angekommen. Durch ein geöffnetes Fenster höre ich laute Musik und schrilles Lachen. Die Stimmung scheint ja super zu sein.

»Hi«, rufe ich, als ich die Wohnung betrete. Die Haustür war nur angelehnt, ich entdecke ein paar Mädchen aus meiner Klasse in der Küche, winke und gehe dann ins Wohnzimmer. Lukas sehe ich auf einem Sessel sitzen, er wendet mir den Rücken zu. Ich nähere mich ihm auf Zehenspitzen, will ihn überraschen.

»Rate mal, wer ich bin«, sage ich mit verstellter Stimme und halte ihm mit beiden Händen die Augen zu.

Lukas lacht. »Das bist du, mein Schatz. Und wenn du willst, dann kannst du mich jetzt küssen, Lena. Aber pass bloß auf, dass dich keine von Annicks Freundinnen sieht! Die bildet sich nämlich immer noch ein, dass sie was mit mir hat.«

Ich nehme die Hände weg, stehe einen Moment stocksteif da, Lukas dreht sich um, erkennt mich, will etwas sagen, aber da drehe ich mich auch schon um und renne aus der Wohnung.

Irgendjemand ruft: »Eh, warte doch mal«, aber ich laufe einfach weiter, durch das Schneegestöber, bis ich irgendwann am Gemeindesaal ankomme. Komischerweise bin ich überhaupt nicht traurig, im Gegenteil. Lukas war ein riesiger Irrtum; er hat es mir ja selber bewiesen.

Das Weihnachtsspiel hat gerade angefangen, als ich mich in die letzte Reihe quetsche.

Von hier aus kann ich die Bühne kaum sehen, vor allem, weil die Frau vor mir einen riesigen Hut aufhat. Ich lehne mich leicht nach rechts – ein bisschen was will ich von Lisa, die gerade ein Lied singt, schon sehen, da tippt mir jemand auf die Schulter.

»Auf der Galerie ist es total leer«, flüstert Oliver. »Kommst du mit?«

Ich habe keine Zeit, in Ohnmacht zu fallen. Irgendwie schaffe ich es, hinter Oliver her nach oben zu rennen, wo tatsächlich kein Mensch ist. Auf der Bühne steht meine kleine Schwester und singt, so anrührend, dass mir schon wieder die Tränen kommen.

Oliver steht neben mir und irgendwie ist es das Normalste der Welt, dass ich meinen Kopf an seine Schulter lehne. Er lächelt mich an, so vertraut, als seien wir schon seit hundert Jahren zusammen. Von mir aus kann das Krippenspiel eine Ewigkeit dauern.

Seine Mutter sei Erzieherin, erzählt er mir leise. Manchmal würde er im Kindergarten aushelfen, zum Beispiel jetzt beim Krippenspiel.

»Und du? Bist du auch öfter hier?«, fragt er mich.

»Ich hole meine kleine Schwester jeden Tag aus dem Kindergarten ab«, sage ich schnell. »Meine Mutter muss nämlich arbeiten und hat keine Zeit.« – Stimmt zwar nicht ganz, aber Mama freut sich bestimmt, wenn ich Lisa in Zukunft abhole.

»Ich muss jetzt runter und helfen«, sagt Oliver, als auf der Bühne der Vorhang fällt. »Sehen wir uns morgen ganz bestimmt?«

Er steht vor mir und sieht ein bisschen verlegen aus.

»Ja«, sage ich. »Wir sehen uns morgen.«

Immer noch stehen wir zwei uns gegenüber.

Irgendjemand ruft von unten: »Oliver, kannst du helfen?«,

aber er bleibt stehen und wir sehen einander an. Ich wünsche mir so sehr, dass er mich in den Arm nimmt und küsst!

»Oliver, wo bist du? Wir brauchen dich!«, ruft schon wieder jemand.

»Also, komm«, sage ich. »Ich muss auch zu meiner Schwester, sonst … Autsch!«

Mit dem Absatz meines Stiefels bin ich an einer Schwelle hängen geblieben und merke, wie ich das Gleichgewicht verliere. Mit einem Schritt ist Oliver neben mir und hält mich fest.

Ich kuschle mich in seinen Arm, und als er mich anschaut, küsse ich ihn zärtlich.

Auf dem Heimweg ist Lisa total aufgedreht. Immer wieder muss ich ihr sagen, wie schön das Krippenspiel war und wie toll sie gesungen hat.

»Ich sing dir noch mal vor«, ruft sie und ich nicke.

Kurz vor unserer Haustür bekomme ich eine SMS.

»Wo bleibst du denn?«, schreibt meine Freundin Marlen. »Luke ist mal wieder unmöglich. Er macht dauernd mit Lena rum. Soll ich was unternehmen oder kommst du noch???«

Ich schalte das Handy einfach aus.

»Du bist jetzt noch viel, viel schöner als vorhin«, flüstert Lisa und nimmt meine Hand.

Ich lächle sie an. »Das liegt nur daran, dass ich so glücklich bin … und weil du so ein wunderschöner Engel warst.«

Omas Rahmplätzchen (ganz einfach und schmecken superlecker!)

ZUTATEN:

180 g Mehl

125 g Butter

80 g Saure Sahne

100 g Hagelzucker

Für ca. 50 Stück

REZEPT:

Mehl, Butter und Saure Sahne zu einem glatten Teig kneten. Anschließend den Teig in Frischhaltefolie wickeln und für eine Stunde kalt stellen. Arbeitsfläche mit Mehl bestäuben und den Teig dünn ausrollen. Den Hagelzucker gleichmäßig darüber streuen und leicht mit dem Nudelholz festdrücken. Aus dem Teig Plätzchenformen, besispielsweise Einhörner, ausstechen und auf einem mit Backpapier ausgelegten Blech verteilen.

Im vorgeheizten Backofen bei ca. 180 Grad ca. 10-15 Minuten goldbraun backen.

Tipp: Falls der Teig zu klebrig wird, noch etwas mehr Mehl dazugeben.

Chantal Schreiber

10 Weihnachtsshopping, außerirdisch

Mann, ist das eine Erleichterung! Meine Oma hat endlich eingesehen, dass es viel besser ist, wenn ich meine Weihnachtsgeschenke selber besorge. Alleine bei der Vorstellung, dass Oma mein Snowboardoutfit aussucht, kriege ich nämlich so was wie Seekrankheit. Sie denkt aber ein bisschen altmodisch – Weihnachtsgeschenke müssen Überraschungen sein und so. Drum hat sie auch drauf bestanden, dass ich sofort wieder vergesse, was ich gekauft hab, und dann unter dem Baum schrecklich überrascht bin. Ich gebe zu, das hört sich ein klein wenig albern an, aber irgendwie auch süß.

Jetzt stürme ich also, mein Weihnachtsgeld in der Tasche, voller Optimismus die Snowboardabteilung des größten Sportgeschäftes in der Stadt.

Die Jacke habe ich sofort. Es ist DIE Jacke. Genau, was ich wollte, und auch noch die letzte in meiner Größe, also echt Schwein gehabt. Das Muster lässt sich schwer beschreiben, weil es so ein Mix aus Hawaii-Blumen-Print und Karos ist – türkis und grau. Echt cool. Ich habe blaugraue Augen und mittelblonde Haare und das Türkis passt total gut dazu. Nun brauche ich nur noch die passende Snowboardhose. Sie muss schwarz sein, so viel steht fest. Nur, das ist schwieriger als erwartet. Eine gibt es, die hat goldfarbene Stickerei am Hintern und auf einem Knie. Ich meine: Gold! Igitt. Eine zweite probiere ich an, aber in die passe ich zweimal rein. Die Sache ist nämlich die: Ich bin ziemlich groß, aber dünn. Und hab schmale Hüften. Also eher wie ein Junge, irgendwie.

Pling!, macht es in diesem Moment in meinem Kopf. Warum bin ich nicht gleich draufgekommen? In der Männerabteilung ist die Auswahl an schwarzen Hosen viel größer und mit dem Gold sind sie auch deutlich sparsamer. Meine Augen saugen sich an einer Kleiderpuppe fest, die meine Hose anhat. Das ist sie! Schwarz matt, mit dunkelgrauem Print auf einem Hosenbein. Die muss ich haben! Genau die!

Das an der Puppe ist Größe S, aber ich brauche XS. Fieberhaft suche ich an der Stange, schiebe einen Bügel nach dem anderen zur Seite. Da ist sie! Allerdings in XL. Ich ertappe mich dabei, das Christkind um Hilfe zu bitten. Und die Weihnachtsmänner aller Nationen. Ich fahre gleich nach Weihnachten ins Snowboardcamp, ich *brauche* diese Hose. Hier ist sie in M. Noch mal in XL. Ich will schon aufgeben und einen Verkäufer fragen, ob man die Hose vielleicht noch nachbestellen kann, da sehe ich noch eine, achtlos über einen Ständer mit Fleecepullis gehängt. Ich kann fühlen, dass es die richtige Größe ist. In einem Comic würde die Hose kleine, herzförmige Signale in meine Richtung schicken. Ich sprinte zu dem Ständer, erkenne einen Schritt davor tatsächlich das XS auf dem Bügel und strecke schon die Hand danach aus, da zieht sie jemand vor meiner Nase weg.

»Sorry«, sagt er. »Aber das ist meine.«

Er ist etwa so alt wie ich, vielleicht etwas älter. Und ein kleines bisschen größer. Das ist selten. Den Jungs in meiner Klasse kann ich allen auf den Kopf spucken, ohne mich auf die Zehenspitzen zu stellen. Wo wir grade bei Köpfen sind – dieser hier ist blau. Kein Scherz. Der Junge hat blaue Haare.

»Die passt dir nicht«, versuche ich es auf die vernünftige Art. »Viel zu kurz.«

»Ich habe einen langen Oberkörper«, antwortet er. »Die ist genau richtig.«

»Ich hab sie aber vor dir gesehen!«, sage ich ärgerlich, jetzt schon gar nicht mehr vernünftig.

»Schon möglich«, sagt er grinsend. »Aber ich hab sie vor dir *genommen.*«

»Habt ihr auf eurem Planeten keine eigenen Kleider?«, fauche ich ihn an. »Müsst ihr auf die Erde kommen und uns unsere wegnehmen?«

Er fährt sich mit der Hand durch das blaue Gestrüpp auf seinem Kopf. Sein doofes Grinsen wird breiter. »Auf unserem Planeten brauchen wir keine Kleider«, erklärt er milde. »Aber während wir euch studieren, müssen wir uns eben anpassen.«

Ich sehe mich unauffällig um. Keiner außer uns in der Abteilung. Ich mache einen Hechtsprung auf ihn zu. Blöderweise scheint er das irgendwie vorausgeahnt zu haben, denn er zieht die schwarze Hose weg, bevor ich mich darin festkrallen kann. Stattdessen kralle ich mich in seinen Sweater.

»Ihr Erdlinge habt ein ungewöhnliches Paarungsverhalten!«, meint er cool, Blick auf meine Hand in seinem Pullover. »Recht aggressiv, finde ich.«

Ich lasse ihn los, als hätte er eine ansteckende Krankheit.

»Bilde dir bloß nichts ein!« Ich funkle ihn böse an. Nur dieser Komiker steht zwischen mir und meinem perfekten Snowboardoutfit.

»Du willst diese Hose also wirklich haben?«, fragt er.

»Ja«, sage ich. »Wirklich.«

»Hmmmm …«, macht er und simuliert lebhafte Gehirntätigkeit. »Wie wäre es dann mit einem Deal?«

»Ein Deal?«, frage ich misstrauisch. »Was meinst du?«

»Ein Kuss von dir gegen die Hose.«

»Was?«, frage ich fassungslos.

»Ihr Erdlinge seid ein attraktives Völkchen, aber etwas schwer von Begriff.«

»Ich hab dich genau verstanden. Ich kann nur nicht glauben, dass du so was vorschlägst!«

»Reines Forschungsexperiment. Sieh's als Dienst an der Wissenschaft.«

Der Typ hat einen Knall. So viel steht fest. Aber er hat auch meine ideale Snowboardhose.

»Na gut«, sage ich, »meinetwegen. Aber unter einer Bedingung: Ich darf die Hose erst noch anprobieren.«

»Klar«, meint er großzügig. »No problem.«

Ich greife nach der Hose, er zieht sie erneut weg.

»Was denn nun noch?«

Er streckt mir seine Hand entgegen. »Hand drauf!«, verlangt er.

Mist. Eigentlich hatte ich vor, mich mit der Hose in der Umkleidekabine zu verbarrikadieren, bis ihm die Lust am Warten vergeht. Und wenn er reingekommen wäre, hätte ich laut geschrien. Aber wenn ich ihm die Hand drauf gebe, dann kann ich nicht mehr raus. Bei so was bin ich sehr genau.

Ich seufze also und lege meine Hand in seine, drücke sie kurz, will sie wieder wegziehen, aber er hält sie fest. Ich sehe ihm ärgerlich in die Augen, erwarte eigentlich ein hämisches Grinsen. Aber er sieht mich mehr fragend an – und seine Augen haben eine coole Farbe, ein ganz intensives Blau. Obwohl, wenn man von seinen Haaren auf seine Augen schließt, trägt er wahrscheinlich farbige Kontaktlinsen. Er lässt mit einem kleinen Grinsen meine Hand los.

»Hab nur schnell einen Organ-Scan gemacht«, erklärt er. »Alles in Ordnung, bis auf die erhöhte Pulsfrequenz.«

Jetzt werde ich auch noch rot!

Ich schnappe mir die Hose und verschwinde in die Kabine. Mann, ist das eng hier! Da hängen fünf Skihosen und mindestens ebenso viele Jacken. Ich kann mich hier drin kaum umdrehen, geschweige denn was anprobieren.

»Hältst du mal bitte?«, sage ich zu ihm und drücke ihm meine Jacken zum Halten in die Hand. »Aber gut aufpassen! Wenn diese Snowboardjacke verloren geht, finde ich dich, auf welchem Planeten auch immer!«

»Ganz schön romantisch«, sagt er und grinst mich über die Jacken hinweg an, »die Vorstellung, dass du das ganze Weltall nach mir absuchst!«

Ich verdrehe nur die Augen und klappe die Kabinentür hinter mir zu.

»Wie heißt du eigentlich, Erdenmädchen?«, fragt er von draußen.

»Meine Mama sagt, ich darf nicht mit Außerirdischen reden«, antworte ich.

»Oh, kein Problem, ich kann das in deiner Aura lesen … Saskia. Schöner Name, übrigens.«

Einen ganz kurzen Augenblick denke ich, er hat es wirklich, na ja, gelesen. Dann fällt mir ein, dass in meiner Jacke mein Name drinsteht.

»Wow, jetzt bin ich echt beeindruckt.«

»Weil ich telepathische Fähigkeiten habe?«

»Nein, weil du lesen kannst.« Ich höre, wie er in sich hineinlacht. Irgendwie fange ich an, ihn witzig zu finden. Jedenfalls ist er anders als die meisten Jungs, die ich kenne. Na ja, die sind auch alle von der Erde, haha.

Die Hose passt perfekt, wie erwartet. Ich ziehe mich wieder um und komme aus der Kabine.

»Und?«, fragt er.

»Passt perfekt«, sage ich wahrheitsgemäß. Klar hätte ich mich irgendwie rausreden können. Aber ich kneife nun mal nicht gern und die ganze Geschichte ist so schräg. Und eigentlich bin ich gar nicht mehr sauer auf ihn.

»Na dann«, sagt er und sieht mich an.

»Na dann«, sage ich. Wenn man sich an den blauen Kopf mal gewöhnt hat, ist sein Gesicht richtig nett. Wahrscheinlich hat er eigentlich hellbraune Haare, nach seinen Augenbrauen zu schließen. Die Nase ist ganz gerade, mit ein paar Sommersprossen drauf. Ich konzentriere mich auf seinen Mund, der ist schließlich das Wichtigste beim Küssen. Ich habe erst einen einzigen Jungen geküsst, aber irgendwie hat es mit dem nicht so richtig gefunkt. Trotzdem bin ich jetzt froh, dass ich es schon mal ausprobiert habe. Ach ja, sein Mund. Der gefällt mir auch. Sieht aus, als würde er viel lachen, irgendwie. Bisschen breit, aber sympathisch. Irgendwie kommt es mir plötzlich gar nicht mehr wie eine Riesen-Zumutung vor, ihn zu küssen.

Er macht einen Schritt auf mich zu, ich einen auf ihn.

Seine Augen sind ganz nah. Wenn er Kontaktlinsen trüge, würde ich es jetzt ganz bestimmt merken. Ich schließe meine Augen, spüre, wie sein Gesicht noch näher kommt. Mein Herz rast und irgendwie fühlen sich meine Arme und Beine wie Gummi an.

»Es wäre nicht fair«, sagt seine Stimme plötzlich und ich reiße erschrocken die Augen wieder auf. Er macht einen Schritt von mir weg.

»Was?«, frage ich.

»Na ja«, meint er, »ich wollte die Hose gar nicht kaufen. Hab sie bloß geschnappt, als ich gesehen hab, wie du drauflosstürmst.«

Eigentlich sollte ich jetzt stinksauer sein, aber stattdessen fühle ich mich irgendwie geschmeichelt.

Er zuckt mit den Schultern. »Also wäre es unfair, dich zu einem Kuss zu zwingen.«

»Aber …«

Irgendwie bin ich enttäuscht statt erleichtert und das macht mich ganz schön wütend. »Aber ein Deal ist ein Deal!«, beharre ich und ärgere mich, dass meine Stimme plötzlich so quietschig klingt.

»Schon, und ich finde es toll, dass du zu deinem Wort stehst«, sagt er. »Aber ich würde mir echt schäbig vorkommen. Leb wohl, Saskia Erdenmädchen.« Er legt mir die Jacken über den Arm, dreht sich um und verschwindet in Richtung Snowboardboots.

»Hey, mein Schatz!«, begrüßt mich Oma und schaut sofort neugierig in die Tüte. Die Hose liegt obenauf. »Schwarz?«, fragt sie entsetzt.

»Bloß die Hose«, beruhige ich sie und ziehe die Jacke darunter hervor.

»Ein Glück! Die ist ja richtig hübsch. Da sind sogar Blumen drauf.«

Normalerweise würde ich jetzt irgendwas Flapsiges antworten, wie dass ich wohl irgendwas falsch gemacht haben muss, wenn sie die Jacke »hübsch« findet. Aber der Junge mit den blauen Haaren geht mir nicht aus dem Kopf. Ich weiß nicht mal, wie er heißt.

Oma checkt sofort, dass irgendwas nicht stimmt. »Was ist

denn los?«, fragt sie. »Enttäuscht, weil's in Rosa nichts in deiner Größe gab?«

Ich seufze. »Ist blöd«, sage ich. »Wirklich. Ich sollte es einfach vergessen.«

»Also geht's um einen Jungen.«

»Ja, schon. Aber ich kenn ihn überhaupt nicht richtig. Nur irgendwie ...«

»Irgendwie hat's gefunkt?«

Ich nicke und erzähle ihr kurz die Geschichte. »Und komischerweise hat's in dem Moment gefunkt, in dem er beschlossen hat, mich *nicht* zu küssen.«

»Und er hat dir nicht seine Nummer gegeben? Oder seinen Namen gesagt?«

»Nicht mal seinen Planeten«, knurre ich und ärgere mich, dass mich der Gedanke an den frechen Typ mit den blauen Haaren nicht loslässt. »Na ja.« Ich zucke mit den Schultern. »Wahrscheinlich war ich eben nicht sein Typ.«

»Das gibt's nicht.«

»Du musst das sagen. Du bist meine Oma.«

Ich ziehe meine Winterstiefel wieder an, während Oma erst die Snowboardhose zusammenlegt und dann die Jacke. »Und das hier vergisst du wieder«, sagt sie. »Abgemacht?«

»Na klar. Tschüs, Omi. Und vielen Dank.«

»Aber wofür denn?«

Ich grinse. »Hab ich schon vergessen.«

»Braves Mädchen.«

Ich geb Oma einen Kuss auf die Wange und will gerade die Tür hinter mir zuziehen, da sagt sie: »Saskia, warte, da ist was in der Jackentasche ...«

»Welche Jacke?«, antworte ich grinsend über die Schulter. Dass Oma es aber auch immer übertreiben muss!

»Nein, im Ernst! Hier!« Sie gibt mir einen klein zusammengefalteten Zettel. Ich falte ihn auf.

Rufst du mich an, Saskia Erdenmädchen? Ich würde gern mit dir weiterstreiten, egal auf welchem Planeten. Benno (der mit den blauen Haaren)

Darunter steht eine Telefonnummer. Ich zeige Oma wortlos den Zettel.

Sie lächelt triumphierend. »War doch klar, dass du sein Typ bist!«

»Hallo, Benno mit den blauen Haaren«, sage ich zwei Minuten später, als er abhebt.

»Hallo, Saskia Erdenmädchen«, antwortet er und das freche Grinsen hört man sogar durchs Telefon.

»Warum sind die eigentlich blau?«

»Eine Wette verloren.«

»Hm. Du stehst also zu deinem Wort?«

»Immer.«

»Und warum dann nicht zu unserem Deal?«

Kurze Pause.

»Na ja.«

»Ja?«

Noch eine Pause.

»Ich hatte plötzlich diese fixe Idee, dass es schöner wäre, wenn du mich *freiwillig* küsst.«

»Hm.«

»Und?«, fragt er.

»Und was?«

»Kannst du dir vorstellen, mich freiwillig zu küssen?«

Ich antworte nicht gleich. Ein klitzekleines bisschen Rache dafür, dass er mich vorhin einfach so stehen gelassen hat.

Und gut, dass er mich grade nicht sehen kann.

Sonst könnte er die Antwort ziemlich sicher in meiner Aura lesen.

Dieses Jahr wird niemand beim Geschenkekaufen bzw. Selbermachen vergessen!
In diese Liste kannst du vorab alle eintragen, für die du ein Geschenk benötigst, und abhaken, wenn du eines gefunden hast. Nichts leichter als das:

GESCHENK FÜR:	GESCHENKIDEEN:	TATSÄCHLICHES GESCHENK:	☑

GESCHENK FÜR:	GESCHENKIDEEN:	TATSÄCHLICHES GESCHENK:	☑

MARTINA SAHLER

11

Verliebte Jungs?

»Habt ihr gesehen, wie Nasi herumläuft?«

Wiebke hat Vanessa und mich bei den Ställen gefunden, wo wir die beiden Ponys Elvis und Marilyn versorgen, während dicke grauweiße Schneewolken über die Villa Wildsee hinwegziehen. Ob es heute noch schneien wird? Die Gegend rings um unser Jugendhotel sieht aus wie mit Puderzucker bestäubt. Hübscher Anblick, aber zum Rodeln reicht es noch lange nicht. Unsere Stiefel hinterlassen auf dem gefrorenen Boden Abdrücke. Offenbar war Wiebke vorher in der Villa und hat nach mir gefragt. Wahrscheinlich hat Opa sie zu den Ställen geschickt und sie brauchte nur unserer Spur zu folgen.

Vanessa und ich blicken ihr entgegen.

»Nee«, sage ich, »was ist mit ihm?«

Unser Nachwuchskoch ist immer für eine Peinlichkeit zu haben.

»Der hat sich bestimmt ein Kilo Gel ins Haar geschmiert und trägt ein schwarzes Hemd, das aussieht wie frisch gebügelt. Der hat doch die Konfirmation schon hinter sich, oder?«

Wir kichern Atemwölkchen in die kalte Winterluft.

»Mit Sicherheit«, sagt Vanessa. »Vielleicht ist er verliebt?«

»Nützt ja nix, darüber zu spekulieren!«, sage ich beherzt. »Fragen wir ihn doch einfach selbst. Bei der Gelegenheit können wir ihm auch gleich Tipps geben, wie er das Beste aus seinem Typ macht.«

Ich drücke Elvis einmal fest an mich, Vanessa steckt Marilyn noch ein Zuckerstück zu und schon pesen wir in unseren dicken Winterstiefeln im Wettlauf zum Haus, durch das Foyer und in die Küche.

»Hoppala, immer langsam mit den jungen Pferden!«

Mein Opa Hinnerk hat immer so Sprüche drauf.

»Wo is' denn Nasi, Opa?«, frage ich ihn, nachdem ich ihm einen Kuss auf die Wange gedrückt und eine Flasche Orangensaft aus dem Kühlschrank geholt habe. Ich gieße drei Gläser voll und reiche meinen Freundinnen den Saft, die genauso durstig sind wie ich.

»Der läuft hier irgendwo im Haus herum. Hat heute Hummeln im Hintern, der Junge«, sagt Opa grinsend. »Ich glaube, er hat eine Verabredung mit seinem Liebchen.«

Wir lachen schallend. Ist Opa nicht zu süß? *Mit seinem Liebchen!*

Zumal es keine Frau auf der Welt gibt, die Nasis Liebchen sein möchte.

Hundertpro.

Opa versteht nicht, was uns so amüsiert, aber er schmunzelt mit und weist mit dem Kopf zur Tür, in der Nasi gerade erscheint. »Da isser ja. Ich hab ihm heute Nachmittag freigegeben. Ist ja eh nicht viel los in dieser Woche im Hotel.«

Wir drehen uns um und uns fällt synchron die Kinnlade herunter. Wiebke hat ihn gut beschrieben. Er sieht aus wie ein schräger Konfirmand aus den siebziger Jahren. Die störrischen Haare hat er mit Gel nach hinten gepappt, sodass man seine bereits beginnenden Geheimratsecken sehen kann. Die Fransen stippen am Kragen des schwarzen Hemds auf, das zwar gebügelt, aber trotzdem nicht glatt ist. Mehrere Längsfalten ziehen sich über Nasis schmale Brust, gekrönt von einer gepunkteten Krawatte mit einem enormen Knoten am Hals. Dazu trägt er eine Röhrenjeans, die seine Storchenbeine betont, und – festhalten bitte! – Cowboystiefel. Na, wenn der damit auf den gefrorenen Wegen mal nicht ins Rutschen kommt!

Ich falle fast in Ohnmacht, aber Vanessa hält mich am Oberarm. »Zwick mich, Lilly, ich glaub, ich träume«, haucht sie mir ins Ohr.

Wiebke grinst nur vor sich hin und ich sehe, dass Opa anerkennend nickt. Er findet den Minikoch zweifellos ausgehfein.

Aber wohin will der bloß ausgehen? Und mit wem?

»Hör mal, Nasi.« Eigentlich heißt er ja Michael Gutmann, aber sein großer Zinken und sein ausgeprägter Hang zu asiatischen Gerichten haben ihm den Spitznamen Nasi Goreng eingebracht.

»Was hast du vor? Du willst doch so nicht unter Leute, oder?« Manchmal finde ich, man sollte nicht lange um den heißen Brei herumreden.

Nasi breitet die Arme aus, blickt an sich hinab – rundum zufrieden. Er dreht sich einmal um die eigene Achse und ich sehe, dass Vanessa sich an den Hals packt.

»Du siehst … irgendwie overdressed aus«, quäle ich mir diplomatisch hervor, denn in Wahrheit sieht er einfach nur furchtbar aus.

»Ihr habt ja keine Ahnung, ihr Zuckermäuse!«, ruft Nasi selbstbewusst und strahlt, als vervollkommne das seine Erscheinung. »Ich habe ein Date – ein Blind Date! Ist doch logo, dass man da alles gibt.«

Wir lassen es dabei bewenden, wenn er glaubt, er sei auf

dem richtigen Weg. Interessanter ist nun zweifellos diese heiße Verabredung und wie es dazu hat kommen können.

Vanessa und ich haken uns links und rechts bei ihm ein, als wir die Küche verlassen. Wiebke räumt noch die Gläser weg. Dann sind wir alle draußen an der Kastanie, setzen uns auf die Rundbank, nachdem wir mit den Händen die Schneeflocken weggewischt haben, und bestürmen Nasi mit Fragen, bis er endlich mit der Sprache herausrückt.

Er habe eine SMS bekommen, eindeutig von einer Verehrerin, wahrscheinlich ein Mädchen aus der Stadt, das ihn bislang nur aus der Ferne angeschwärmt und nun endlich den Mut gefunden hat …

Er steigert sich da hinein, aber das ist jetzt ja mal egal.

»Zeig die SMS«, verlange ich wie bei einer polizeilichen Befragung und Nasi pult sein Handy aus der hinteren Jeanstasche, tippt auf den Tasten herum und hält uns das Display vor die Nase: »Treffpunkt Baumhaus am Wildsee, heute, 15 Uhr 30.« Das alles ohne Absender und die Nummer ist uns auch fremd.

»Hast du da mal zurückgerufen, um zu wissen, wer dahintersteckt?«, will Wiebke wissen.

»Bist du wahnsinnig? Meinst du, ich will die Süße verschrecken? Nachher überlegt sie es sich noch anders.«

Nein, Nasi will es nicht vermasseln, das steht fest. Ich werfe einen Blick auf die Uhr. »Dann solltest du sie auch nicht mit Unpünktlichkeit verschrecken«, werfe ich ihm trocken hin. »Es ist 15 Uhr 24.«

Nasi springt auf, wie vom Affen gebissen, und sprintet in seinen Stiefeln und ohne Jacke davon in Richtung See und dann links herum am Ufer entlang in den Wald. Im Laufen richtet er sich noch mit allen zehn Fingern die Haare.

Wir drei Freundinnen blicken uns an. Absprache ist nicht nötig. Wir warten noch zehn Sekunden.

»Jetzt?« Vanessa in ihrer blauen Steppjacke ist schon ganz hibbelig.

Ich zähle langsam bis fünf. »Jetzt.«

Und dann sind wir hinterher, immer dem allgegenwärtigen Duft von Meeresbrisen-Deo und den Spuren im Schnee nach.

Das Baumhaus kenne ich, darin habe ich schon einige Male gesessen und nachgedacht. Wie Nasis Verehrerin wohl auf diesen Treffpunkt kommt?

Als wir uns dem Tatort nähern, verlangsamen wir und schleichen von Baumstamm zu Baumstamm, ohne Nasi aus den Augen zu lassen, der sich vor dem Hochsitz in Positur gestellt hat – die Daumen in die Jeanstaschen eingehakt, die Hühnerbrust geschwellt. Hin und wieder schüttelt ein Frösteln seinen mageren Körper. Für Mitte Dezember ist er eindeutig zu leicht bekleidet. Wahrscheinlich wollte er seine Erscheinung nicht mit einem uncoolen Parka verhunzen und nimmt dafür glatt eine Lungenentzündung in Kauf.

Wir verschanzen uns hinter einem dichten, piksenden Busch, in dem es genügend Gucklöcher für uns drei gibt.

Dann warten wir.

Nasi wippt von einem Fuß auf den anderen, schaut immer wieder auf seine Armbanduhr, ordnet seine Frisur, zupft an seinem Hemd, übt verschiedene Gesichtsausdrücke, die er wohl für besonders cool hält, während seine dominierende Nase in der frischen Luft allmählich eine rotblaue Färbung annimmt. Wir kichern in unsere Hände.

Dann raschelt es auf der gegenüberliegenden Seite und wie ein zweiter Platzhirsch – nur viel, viel süßer – schlendert Philipp auf die kleine Lichtung mit dem Baumhaus zu. Die

Hände tief in den Taschen der Workerjeans, die Füße ein wenig nachschleifend, ein leichtes Schmunzeln im Gesicht.

»Hi, Micha. Was machst denn du hier?«, begrüßt er unseren Nasi.

»Hi, Phil. Das Gleiche könnte ich dich auch fragen.«

»Ich bin hier verabredet«, antwortet mein Philipp und mir rutscht das Herz in die Jeans. Mit wem hat sich mein bester Freund denn verabredet und warum hier so romantisch im Wald? Ich selbst war auch schon einige Male mit ihm im Baumhaus und wir haben über alles Mögliche gequatscht.

Nasis Augenbrauen wandern in seine Stirn, dass sie fast den Haaransatz berühren. »Ich bin auch hier verabredet. Um fünfzehn dreißig.«

»Ehrlich?« Philipp grinst. »Is ja 'n Ding. Dann müsst ihr euch wohl ein anderes verschwiegenes Plätzchen suchen, wenn ihr allein sein wollt.«

»Oder ihr!«, gibt Nasi zurück.

Und dann stehen die beiden Jungs da und warten. Und wir warten auch.

»Mit wem bist denn du verabredet?«, fragt Nasi schließlich.

Doch Philipp gibt sich verstockt. »Sag du zuerst.«

Nasi zückt sein Handy. »Keine Ahnung. Sollte ein Blind Date werden. Aber jetzt ist es gleich Viertel vor vier. Da hat sich wohl eine einen dummen Scherz erlaubt.« Er seufzt tief enttäuscht und drückt auf dem Handy herum.

Philipp wird plötzlich hellhörig. »Zeig mal.«

Er nimmt Nasi das Handy ab und starrt auf das Display. »Wie kommt meine SMS auf dein Handy?«

Wir halten den Atem an.

Nasi wirkt völlig geplättet. »Höäh?« Und nicht sehr intelligent.

Die beiden starren abwechselnd auf das Display. »Is ja ’n Ding«, sagt Philipp schließlich. »Du hast echt meine SMS bekommen!«

Nasi weicht einen Meter zurück. »Was willst du von mir …«, haucht er plötzlich erschüttert.

Doch Philipp lacht nur, und weil wir uns vor Giggeln kaum noch halten können, entdecken uns die Jungs.

Verstecken hat keinen Sinn mehr, wir kommen hervor und nun tritt erst mal unsere gute Seite zutage. Denn Nasi sieht man an, dass er einen ganzen Batzen Trost braucht. So sehr hat er sich auf sein Blind Date gefreut und nun das! Wir versichern ihm, dass er wirklich gut aussieht und dass sich vielleicht schon bald ein neues Date ergeben wird. Nasi saugt unsere Worte auf wie ein Schwamm. Denn so sehr unser Spott in guten Zeiten auch an ihm abprallt, so begierig ist er auf Komplimente von Mädchenseite, wenn sein Selbstbewusstsein angeknackst ist.

Als sich die allgemeine Aufregung gelegt hat und wir in Richtung Villa zurückschlendern, während leichter Schneefall einsetzt und sich auf den Zweigen der Tannen und Kastanien niederlässt, hält sich Philipp an meiner Seite. Wir bleiben ein paar Meter hinter den anderen zurück und ich kann es mir nicht verkneifen: »An wen war denn deine SMS wirklich gerichtet?«, frage ich, weil er es offenbar nicht von selbst erzählen will.

»Na, an dich natürlich! Nur habe ich im Adressbuch offenbar die falsche Zeile erwischt. Michael Nasi ist der Eintrag gleich nach Lilly Lieblingsnummer.« Er grinst. Bestimmt hat er nicht »Lieblingsnummer« hinter meinem Namen stehen. Aber süß ist der Gedanke schon.

Ich bleibe stehen, schaue ihn an. »An mich? Wieso schickst du mir eine SMS und verabredest dich so mysteriös? Hätteste doch einfach anrufen oder vorbeikommen können, wie immer!«

Er wirkt ein bisschen zerknirscht, aber in seinen Augen sitzt ein Lachen. »Ich wollte dir mein neues Handy mit seinen supertollen erweiterten Funktionen zeigen.«

»Ich schlage vor, du übst erst mal, mit den normalen Funktionen klarzukommen. Wer weiß, mit wem du mich im Adressbuch sonst beim nächsten Mal verwechselst!«

Wir grinsen uns an, während weiche Schneeflocken auf uns herabschweben, und Philipp nimmt mit einem charmanten Grinsen meine Hand, die genau wie seine in dicken Handschuhen steckt. »Ist mir sowieso ein Rätsel, wie mir das passieren konnte. Du bist schließlich unverwechselbar, Lilly, oder?«

Weihnachts-Smoothie

1 Apfel

1 Birne

40 g Marzipan-Rohmasse

2 EL gehackte Mandeln

1 TL Zimt

400 ml Milch

Den geschälten und entkernten Apfel sowie die Birne, das Marzipan und die Mandeln in einen Mixer geben und zerkleinern. In der Zwischenzeit kann im Kochtopf die Milch erwärmt werden.
Am Ende alles zusammengeben und den Smoothie genießen!

Hortense Ullrich

12

Der Glückskeks

»Hey, warum bestellen wir nicht Familien-Gück?!«

»Familien-Was?«

»Gück.«

»Gück?«

»Ja«, nickte Flippi eifrig und deutete auf die Speisekarte des China-Restaurants. »Hier steht's: ›Familien-Gück – für vier Personen. Mit knuspriger Pekingente‹.«

Ich schaute kurz auf die Karte, die meine kleine nervige Schwester Flippi in der Hand hielt, und stöhnte: »*Glück* soll das heißen, du Torfnase! Die haben sich verschrieben.«

»Ach«, machte Flippi gespielt erstaunt. »Sag nur! Gut, dass wir dich haben. Da haben wir ja echt Gück.« Sie beugte sich wieder über die Karte und studierte einen darinliegenden Zettel. »Frohliche Wiehnachten«, buchstabierte sie gespielt mühsam. »Hach, ich wünschte, das könnte mir jemand übersetzen.«

»Mam, wann geben wir sie endlich zur Adoption frei?«, beschwerte ich mich bei meiner Mutter.

»Nicht so kurz vor Weihnachten«, murmelte die abwesend und las weiter in der Karte.

»Vor Wiehnachten«, korrigierte Flippi und streckte mir die Zunge raus.

Ich trat unter dem Tisch nach ihr.

»Autsch«, rief Oskar und verzog das Gesicht.

»'tschuldige, ich wollte Flippi treffen«, meinte ich sofort und klopfte Oskar auf den Arm. »Tut's sehr weh?«

Oskar verkniff sich den Schmerz und versuchte ein Lächeln. »Geht schon, kann ja mal passieren.«

»Hey, interessiert sich eigentlich niemand dafür, dass meine ältere Schwester gerade einen Anschlag auf mein Leben unternommen hat!?«, empörte sich Flippi. »Mami!«

»Also, jetzt reicht's.« Meine Mutter sah auf und schaute uns streng an. »Ihr gebt jetzt endlich Ruhe.«

»Okay, wie wäre es mit Bestellen«, sprang Oskar schnell dazwischen und winkte hektisch dem Kellner.

Der Kellner kam.

»Einmal Familien-Gück, bitte«, verlangte Oskar strahlend.

Meine Mutter verdrehte die Augen und wandte sich freundlich an den Kellner. »*Glück* meint er. Was ist denn da außer der Ente noch alles dabei?«

»Ja, alles«, nickte der Kellner freundlich.

Sie nickte mit ihm und versuchte weitere Informationen aus ihm herauszulocken. »Alles?«

»Ja«, nickte der Kellner.

Da sie ihn weiterhin fragend anschaute, sagte er freundlich: »Ganze Familie glücklich, weil alles dabei.«

»Was ist denn *alles*?«, fragte meine Mutter nun schon weniger geduldig.

Der Kellner nickte. »Ja, alles.«

Sie machte einen neuen Versuch, sie wollte ihm helfen: »Also: Ente?«

»Ja, Ente«, nickte der Kellner freundlich.

»Schwein?«

»Ja, Schwein.«

Ihre Stimme wurde spitzer, aber sie fuhr tapfer fort: »Rind?«

»Ja.«

»Shrimps?«

»Ja.«

Sie war genervt.

»Schuhsohlen?«

»Ja. Äh … nein, glaube nicht, aber wenn Sie wollen …«

Sie winkte ab. »Schon gut«, brummte sie und gab auf.

Oskar lächelte den Kellner an. »Wir nehmen das Familien-Glück.«

Der Kellner nickte und zog davon.

Flippi schaute Oskar erwartungsvoll an. »Alles, was eine Familie glücklich macht …«

»Und?«, fragte der.

»Fällt dir beim Stichwort ›Hund‹ etwas ein?!«

Oskar seufzte.

»Oskar!«, sagte Flippi streng.

»Jetzt?«

Flippi nickte eifrig.

»Ähm«, begann er und schaute meine Mutter an.

Flippi warf mir einen auffordernden Blick zu. »Los, komm, wir gehen mal ein bisschen spazieren.«

»Was denn? Hier im Restaurant?«, fragte ich verwundert.

»Kommt gar nicht infrage«, schaltete sich meine Mutter panisch ein.

»Wir gucken uns bloß die Fische im Aquarium an«, teilte Flippi ihr mit und stand auf.

»Aber nur von Weitem. Die Fische bleiben, wo sie sind, sie werden nicht gefüttert, nicht dressiert und auch sonst bleiben sie in dem Zustand, in dem sie jetzt sind«, gab meine Mutter hastig Anweisungen.

»In meinem Alter guck ich mir keine Fische mehr an!«, sagte ich entschieden.

Flippi schaute mich böse an. »Dann holen wir ein paar Glückskekse! Los, komm schon!«

»Was ist? Meinst du, du verläufst dich auf dem Weg dahin? Ich lauf doch nicht mit dir durch das Lokal hier. Schlimm genug, mit dir an einem Tisch zu sitzen.«

»Ja, das kenn ich. Und jetzt komm.« Flippi nahm meinen Ärmel und zog mich energisch hoch. Dabei erwischte sie jedoch gleich noch die Tischdecke mit. Der Jasmintee schwappte aus den Tassen und breitete sich langsam auf der Decke aus.

»Grobmotoriker!«, schimpfte ich.

»Das war ich nicht, das warst du«, stellte Flippi in einem Ton fest, der keine Widerrede duldete.

Meine Mutter tupfte mit ihrer Serviette wortlos die Überschwemmung auf.

»Was soll das?«, zischte ich Flippi an.

Flippi senkte die Stimme. »Es geht um den Ha – U – En – De«, buchstabierte sie.

»Worum?«, fragte ich verwirrt.

Flippi verdrehte kurz die Augen, hob theatralisch die Arme gen Himmel und schaute mich dann vielsagend an.

Ach, richtig. Flippi versuchte schon seit geraumer Zeit, einen Hund als Haustier durchzusetzen. Und natürlich hatte sie Oskar auf ihre Seite genötigt. Wahrscheinlich dachte sie, das wäre jetzt eine gute Gelegenheit für ihn, meine Mutter umzustimmen.

Mir war das egal.

»Und warum sollte mich das interessieren?«, fragte ich daher.

»Weil es sicher etwas gibt, von dem du nicht willst, dass es Mam erfährt?«, flüsterte Flippi mir verschwörerisch grinsend zu.

»Was?«

»Entscheide selbst«, meinte Flippi und verschränkte die Arme vor der Brust.

Bei Flippi weiß man nie, ob sie blufft oder wirklich etwas in der Hand hat. Ich war mir zwar gerade keiner aktuellen Schuld bewusst, aber wer kann so was schon genau wissen?

Sicherheitshalber verließ ich mit Flippi den Tisch. Allerdings nicht ohne dabei aus Versehen noch den Rest Jasmintee aus der Tasse auf den Tisch zu befördern.

Wir bezogen Stellung hinter dem Aquarium. Flippi fing gleich an mit den Fischen in Kontakt zu treten, während ich feststellte, dass die Sicht auf und vor allem auch die Tonqualität an unserem Tisch wesentlich interessanter war.

Meine Mutter musterte Oskar argwöhnisch. »Warum gehen die zwei?«

Oskar atmete tief ein und druckste etwas herum. »Flippi hat mich bekniet, doch noch mal mit dir zu reden.«

»Ach, darum geht's!«, rief sie. Dann schüttelte sie energisch den Kopf. »Oh nein! Kommt überhaupt nicht infrage!«

»Ach, komm, sei doch nicht so voreingenommen. Du hättest auch Spaß an einem Hund.«

»Klar«, schnaubte sie. »Total viel Spaß: Ich kann ihn füttern, mit ihm Gassi gehen, ihn zum Tierarzt bringen und bis er stubenrein ist, wische ich mit dem Putzlappen hinter ihm her. Nein danke! Ein Hund als Weihnachtsgeschenk? Kommt gar nicht infrage.«

»Flippi hat versprochen, dass sie sich um ihn kümmert!«, schmeichelte er.

»Ach was! Und das glaubst du ihr?!« Sie schüttelte tadelnd den Kopf.

»Na ja«, meinte Oskar und dachte nach. »Erinnerst du dich noch an Paul? Das war doch so eine Art Haustier. Und Flippi hat sich wirklich gut um ihn gekümmert.«

Sie sah ihn völlig verblüfft an. »Das meinst du aber jetzt nicht ernst, oder? Paul war ein unsichtbares Känguru aus der Nachbarschaft.« Sie überlegte kurz. »Oder war es ein australisches Austausch-Känguru? Ach nein, das war Nicola, Jojos französischer Austauschschüler, und der war echt. Also, wie auch immer, Flippi hat sich Paul nur eingebildet. Sich um ein eingebildetes Haustier zu kümmern, ist einfach. Wir reden hier aber von einem echten Hund. Oder sollen wir uns den Hund alle nur einbilden?« Sie überlegte wieder. »Das könnte vielleicht gehen.«

Oskar seufzte.

»Und wie läuft's?« Flippi stand plötzlich neben mir.

Ich zuckte die Schultern.

»Ich schau mal nach.« Sie sah zu dem Aquarium und schüttelte missbilligend den Kopf. »Mit diesen Fischen ist nicht viel los. Die können gar nichts.« Dann machte sie sich auf den Weg zur Theke, schnappte sich zwei Glückskekse, ging zum Tisch, legte die Glückskekse ab und sah Oskar fragend an.

Oskar schüttelte den Kopf. »Zu früh«, raunte er ihr zu und winkte sie weg.

Sie nickte verschwörerisch und verschwand schnell wieder.

Meine Mutter nahm einen Keks, packte ihn aus, zerbrach ihn, zog den Zettel, der im Keks verborgen war, raus, räusperte sich und las laut vor: *»Ihr nächster Wunsch wird in Erfüllung gehen.«*

Sie verzog das Gesicht. »Na klar.«

»Flippi würde sich bestimmt um den Hund kümmern. Da bin ich ganz sicher«, begann Oskar wieder.

»Glaubst du! Ich weiß genau, wie es sein wird: Zunächst wird sie versuchen den Hund zu dressieren, und wenn das nicht klappt, wird sie das Interesse an dem Tier verlieren. Danach sitzt der Hund alleine, unbeachtet unterm Küchentisch und jault mich an. Und ich werde dann diejenige sein, die sich um ihn kümmert. Der arme Kerl tut mir jetzt schon leid. Jeder Hund, der bei uns leben müsste, würde mir leidtun.«

»Na, also, nun übertreib doch nicht so. Ich wäre gerne Hund bei uns«, meinte Oskar.

Meine Mutter wurde langsam ungeduldig.

»Ja, genau!« rief sie. »Ich wünschte, du könntest mal Hund bei uns sein, dann würdest du wissen, wovon ich spreche!«

Oskar wollte gerade den Mund öffnen, um etwas zu sagen, da fiel ihm meine Mutter ins Wort: »Und bitte, sag jetzt gar nichts mehr.«

Um ihrer Bitte Nachdruck zu verleihen, nahm sie die Speisekarte, hielt sie dicht vor ihr Gesicht und vertiefte sich darin.

Oskar sagte nichts mehr.

Okay, das war wohl das Ende der Vorstellung. Ich wandte mich an Flippi, die inzwischen versuchte, einem Fisch das Zahnstocherapportieren beizubringen.

»Also, das war's. Vergiss den Hund und lass uns endlich essen«, teilte ich ihr mit.

»Ich bin noch nicht fertig. Und Oskar sicher auch nicht«, knurrte sie und fuhr fort den kleinen Fisch zu ermutigen, das Stöckchen zu holen.

Ich hielt die Sache jedoch für erledigt und wollte zurück

zum Tisch gehen, als meiner Mutter noch etwas einfiel: »Und außerdem: Was ist mit dem Hund, wenn wir in Urlaub fahren?«

Ich stoppte, um den zweiten Teil der Diskussion »Wir-wollen-keinen-Hund« mitzubekommen.

Meine Mutter legte die Speisekarte zur Seite und blickte auf, um Oskar triumphierend anzusehen. Doch da war niemand.

Kein Oskar.

»Oskar?«, fragte sie ins Leere. Sie schaute verwundert im Restaurant herum, beugte sich dann über den Tisch zu der Stelle, wo Oskar eigentlich sitzen sollte – und schrie auf. Ich reckte mich und sah, dass meine Mutter geradewegs in die treuen braunen Augen eines Hundes blickte. Wo eben noch Oskar gesessen hatte, saß nun ein Hund. Ein struppiger kleiner Hund, der keiner Rasse eindeutig zuzuordnen war. Er saß auf dem Stuhl und reichte mit der Schnauze gerade über den Tisch.

Meine Mutter rückte ihren Stuhl entsetzt nach hinten.

Der Hund schnüffelte etwas auf dem Tisch herum und hielt bei dem zerbrochenen Glückskeks inne.

»Hey«, machte sie empört, sprang auf und griff nach dem Keks.

Aber der Hund war schneller. Mit einer flinken Bewegung schnappte er sich den Keks. Nur der Zettel lag noch da.

»Ihr nächster Wunsch wird in Erfüllung gehen«, las meine Mutter noch einmal laut vor und dann wurde sie blass. »Oskar!«, rief sie erschüttert und blickte schuldbewusst auf den Hund. »Ich hab das doch nicht so gemeint, als ich gesagt habe: Ich wünschte, du könntest mal Hund bei uns sein.«

Wow, jetzt wurde es ja wirklich interessant.

Dann schüttelte sie den Kopf. »So ein Unsinn! So was gibt's doch gar nicht!«, versuchte sie sich selbst zu beruhigen.

Sie schaute sich erneut suchend um. Kein Oskar weit und breit. Sie fixierte den Hund und ließ sich wie in Trance auf ihren Stuhl zurücksinken.

Nach einer Weile lächelte sie den Hund zögernd an und fragte leise und zärtlich: »Oskar?«

Der Hund sprang vom Stuhl, lief um den Tisch herum und hüpfte mit einem Satz auf ihren Schoß.

Sie riss die Augen entsetzt auf. Das konnte doch unmöglich wahr sein?!

Als der Hund anfing ihr das Gesicht zu lecken, muss das für sie wohl der endgültige Beweis gewesen sein: »Ich habe Oskar in einen Hund verwandelt. Oh, dieser blöde Glückskeksspruch!«, stöhnte sie verzweifelt.

Sie herzte den Hund und flüsterte ihm tausend Entschuldigungen ins Ohr.

Sie nahm seinen Kopf in beide Hände und schaute ihm tief in die Augen: »Oh Oskar! Was soll ich bloß machen?«

Der Hund schaute eine kurze Weile zurück, dann schüttelte er sich und schnüffelte wieder auf dem Tisch herum.

Ihr nächster Wunsch wird in Erfüllung gehen. Sie starrte auf den Zettel.

Dann blickte sie den Hund an und plötzlich hatte sie eine Idee.

»Genau, das ist die Lösung: Neuer Keks – neuer Wunsch! Ich verwandele dich zurück«, versprach sie.

Der Hund bellte kurz, sie tätschelte ihn und meinte: »Braver Hund.«

Erschrocken korrigierte sie sich: »Entschuldige, Oskar. So hab ich das nicht gemeint.«

Schnell öffnete sie den zweiten Keks. »*Ihre Weisheit wird zur richtigen Entscheidung führen.* Das hilft ja wohl nicht weiter. Oder doch?« Sie wurde hektisch. »Ich brauche mehr Glückskekse!«

Der Hund bellte kurz, sprang von ihrem Schoß und lief in Richtung Theke.

Meine Mutter wollte den Hund gerade zurückrufen, da fiel ihr Blick auf das Glas mit den Glückskeksen auf der Theke. Sie sprang auf und lief hinter dem Hund her.

Der Hund schaute nach oben zur Theke, meine Mutter nahm ihn hoch, setzte ihn auf einen Barhocker, tätschelte ihn und sagte: »Braver Hund.«

Erschrocken korrigierte sie sich: »Entschuldige, Oskar. So hab ich das nicht gemeint.«

Ich folgte ihr in einigem Abstand. Bereit einzugreifen, wenn es nötig war. Oder auch fluchtartig den Raum zu verlassen, wenn das nötiger wurde.

Meine Mutter nahm jetzt kaum noch etwas um sich herum wahr. Ungeniert, aber mit zitternder Hand griff sie in das Glas und holte eine Handvoll Kekse heraus. Sie begann fiebernd die Kekse aufzubrechen und die darin enthaltenen Zettel dem Hund laut vorzulesen.

»*Hüte dich vor dem Huhn im Schafspelz. Der Frosch springt so lange, bis er müde wird. Ein Hamster im Haus erspart die Maus. Traue keinem Pinguin, der eine Schwimmweste trägt. Wecke niemals einen schnarchenden Hund.*«

Sie stöhnte auf und wurde immer panischer. Den Zettel mit dem schnarchenden Hund legte sie aber sicherheitshalber zur Seite.

Der Kellner schaute meiner Mutter mit wachsendem Erstaunen zu. Dann schlich er sich davon und kehrte eine Minute später mit dem Besitzer des Restaurants, einem kleinen Chinesen, zurück und deutete wortlos auf sie. Der Chinese nickte und trat langsam und ruhig näher.

Immer hektischer öffnete sie Keks um Keks. Inzwischen war schon ein kleiner Berg mit zerbrochenen Keksen und aussortierten Sprüchen vor ihr auf der Theke angehäuft, der mit jeder Zehntelsekunde größer wurde. Allerdings bemühte sich der Hund redlich, den Berg der zerbrochenen Kekse nicht zu groß werden zu lassen. Vom Barhocker aus streckte er seinen Kopf hinauf und futterte munter die Keksreste.

Der kleine Chinese räusperte sich. Es schien, als hätte er kaum den Mut, diese merkwürdige Frau anzusprechen.

»Sie mögen unsele Kekse?«, fragte er schließlich freundlich.

Der Hund bellte kurz, meine Mutter reagierte nicht und zerbrach die Kekse immer schneller.

Mit jedem Spruch, den sie las, wurde sie ärgerlicher.

»Kekse blingen Glück!«, versuchte der Besitzer des Restaurants das Gespräch in Gang zu bringen.

»Ach! Von wegen!«, fauchte sie ihn ärgerlich an. Sie setzte den Hund auf den Boden, nahm selbst auf dem Barhocker Platz und wühlte weiter in den Keksen.

Der Chinese zuckte zusammen und schwieg betroffen.

»Alles klar? Ich hab jetzt Hunger.« Flippi erschien plötzlich hinter ihr.

Meine Mutter drehte sich erschrocken zu Flippi.

Flippi entdeckte den Hund.

»Wow, also das ging ja schnell. Ganz niedlich. Macht aber einen etwas treudoofen Eindruck.«

»Also, wie redest du denn über Os…«, meine Mutter konnte sich gerade noch bremsen.

»Wem gehört denn der Hund?«, erkundigte sich Flippi.

Sie starrte Flippi ratlos an. »Äh … ehm, also … der Hund ist …«

Nun sah der Restaurantbesitzer den Hund.

»Entschuldigung«, rief er eilfertig. »Bösel Hund, ich blinge laus!«

»Nein!«, rief meine Mutter panisch. Sie hatte wohl Angst, Oskar zu verlieren. Und ohne weiter nachzudenken, sagte sie: »Das ist mein, äh … Hund. Mein Hund. Unser Hund«, korrigierte sie sich noch einmal.

Der Chinese fuhr verblüfft zurück.

»Mami!«, jubelte Flippi begeistert und fiel ihr um den Hals. »Ich wusste es! Tausend Dank. Ich werd mich auch ganz bestimmt um ihn kümmern.«

Flippi ließ sich auf die Knie nieder und untersuchte den Hund stürmisch.

»Tu ihm nicht weh!«, rief meine Mutter entsetzt und machte ein unglückliches Gesicht.

»Ist ja irre. Ich hätte nie gedacht, dass Oskar es schafft, dich zu überreden!«, wandte sich Flippi an meine Mutter, die immer unglücklicher dreinschaute.

»Wo ist er überhaupt?«

Meine Mutter schaute Flippi ratlos an. Das war die Frage, vor der sie sich gefürchtet hatte.

»Du musst jetzt sehr tapfer sein«, begann sie und musste heftig schlucken. »Ich hab es wirklich nicht mit Absicht getan. Es war ein Unfall.« Sie konnte nicht weitersprechen, ihre Stimme versagte.

»Alles in Ordnung, Mami?«, erkundigte sich Flippi und stand auf. »Du siehst ziemlich blass aus.«

Meine Mutter schluckte, holte tief Luft.

»Oskar ist … leider …«, wand sie sich und brach ab.

Sie versuchte es anders. »Du wolltest doch schon immer einen Hund …«, begann sie. Aber auch das führte nicht weiter.

Ihr flehentlicher Blick fiel auf den kleinen Chinesen.

Er bot erneut an: »Ich blinge Hund laus?«

»Nein!«, rief meine Mutter entsetzt, hüpfte vom Barhocker und warf sich schützend über den Hund.

Während sie auf dem Boden kniete, beide Arme um den Hals des Hundes geschlungen, fiel ihr Blick auf ein paar Schuhe und Hosenbeine, die ihr bekannt vorkamen. Als sie langsam hochschaute, erkannte sie Oskar.

Ungläubig riss sie die Augen auf und dann strahlte sie vor Glück.

»Oskar!«, jubelte sie und fiel mit dem Hund im Arm Oskar dankbar um den Hals. »Oh mein Gott, ich bin so froh, dass ich dich wiederhabe.«

Oskar war sichtlich verwirrt. »Aber ich war doch nur kurz weg«, stammelte er und tätschelte ihr verlegen den Rücken.

Jetzt gesellte auch ich mich wieder zu den anderen.

Oskar schaute Flippi und mich Hilfe suchend an. »Was ist denn los?«

Wir zuckten die Schultern. Ich musste allerdings ein wenig grinsen.

Meine Mutter konnte sich kaum beruhigen, immer wieder küsste sie Oskar. »Es tut mir alles so leid.«

Dann schaute sie auf den Hund, schaute Oskar an, schaute wieder auf den Hund und wieder zu Oskar. Das wiederholte sie einige Male, bis ihr klar wurde, dass hier offensichtlich ein Missverständnis vorgelegen hatte.

Sie war empört. »Wo warst du?«, zischte sie Oskar an und trat einen Schritt zurück.

Schuldbewusst sagte Oskar: »Auf der Toilette.«

»Na klasse! Dann sag gefälligst vorher Bescheid! Und ich hatte gedacht, du …« Schnell hielt sie inne, denn mit einem Mal war ihr klar, dass es ihr kaum möglich sein würde, zu erklären, was sie gedacht hatte.

»Du hattest gesagt, ich solle nichts mehr sagen!«, verteidigte sich Oskar.

»Ja! Aber damit meinte ich natürlich nichts mehr über den Hund!«, rief sie verärgert und hielt den Hund demonstrativ in die Höhe.

Der kleine Chinese war nun überzeugt davon, dass der Hund Stein des Anstoßes war. Er wollte den Streit beilegen, deshalb streckte er die Arme nach dem Tier aus und erklärte: »Hund ist uns zugelaufen, ist hellenlos. Ich blinge molgen in Tielheim.«

»Nein!«, rief meine Mutter empört, drehte sich schnell von dem Chinesen weg und drückte den Hund fest an sich.

Dann fiel ihr wieder ein, dass der Hund ja nun doch nicht Oskar war. Also gab es gar keinen Grund mehr, ihn zu retten. Sie hielt dem kleinen Chinesen den Hund entgegen. Doch der verbeugte sich nun eingeschüchtert und entschuldigend vor ihr und bot unterwürfig an: »Sie können Hund haben. Geschenk vom mil fül tleue Kunden.«

»Ich kann doch hier nicht mit einem wildfremden Hund sitzen«, mokierte sich meine Mutter.

»Oh, Sie nicht müssen sitzen hiel mit Hund. Ich Ihnen packen ein Essen. Sie können sitzen bequem zu Hause mit wildflemde Hund und essen«, sagte der kleine Chinese eifrig, da er eine Chance auf einen etwas ruhigeren Abend sah.

»Isolde, was ist denn hier los?«, fragte Oskar nun fast schon verzweifelt.

Sie schaute auf den Hund in ihren Armen. »Ich befürchte, wir haben einen Hund.«

»Ich geben Labatt auf Essen außel Haus«, mischte sich der Restaurantbesitzer hoffnungsvoll wieder ein.

Er wurde weiterhin ignoriert.

Oskar öffnete den Mund, um etwas zu sagen, aber er brachte keinen Ton raus.

Ein kleines Mädchen kam in das Restaurant, sah sich suchend um und stürzte dann auf den Hund zu. »Da bist du ja. Ich hab dir schon so oft gesagt, du sollst nicht weglaufen.« Sie nahm meiner Mutter den Hund aus den Armen, herzte und küsste ihn.

»Hey, was machst du mit meinem Hund?!« Flippi baute sich kampfbereit vor den beiden auf.

»Wieso dein Hund?« Das Mädchen schaute Flippi verblüfft an.

»Der gehört mir«, beharrte Flippi.

Das Mädchen drehte sich ängstlich mit dem Hund von Flippi weg.

Meine Mutter schnappte sich Flippi, zog sie ein wenig zurück und sagte: »Flippi, das war ein Missverständnis. Das ist nicht dein Hund, du hörst doch, der Hund ist dem Mädchen weggelaufen.«

»Du hast aber gesagt, das sei unser Hund!«, stellte Flippi klar.

Meine Mutter guckte zerknirscht. »Ich hab mich geirrt.«

Flippi änderte ihre Taktik, sie trat auf das Mädchen zu und lächelte. »Schon mal drüber nachgedacht, eine Schneckenzucht zu starten?«

»Iiih, nein.«

Flippi ließ sich nicht aus dem Konzept bringen. »Ich könnte

dir dabei behilflich sein. Ich geb dir drei Schnecken für den Hund«, versuchte Flippi zu verhandeln. »Schnecken sind die Haustiere der Zukunft.«

Das Mädchen schien allerdings nicht interessiert. Sie trat einen Schritt zurück, drückte ihren Hund fester an sich und schüttelte nur stumm den Kopf.

»Okay, vier«, erhöhte Flippi.

Das Mädchen sah meine Mutter Hilfe suchend an.

Meine Mutter trat zwischen die beiden, schob das Mädchen in Richtung Tür. »Du solltest dann mal nach Hause gehen mit deinem Hund.«

»Danke, dass Sie ihn gefunden haben«, sagte das Mädchen und lächelte meine Mutter dankbar an.

»Gern geschehen«, lächelte die zurück. Sie streckte die Hand aus, um den Hund noch mal zu streicheln. »Wie heißt er denn?«

»Oskar!«, antwortete das Mädchen.

Meine Mutter zog ihre Hand zurück, als hätte sie sich gerade verbrannt.

Das Mädchen und der Hund zogen davon.

Flippi ging in Angriffshaltung. »Na toll!«, fauchte sie meine Mutter an. »Erst krieg ich einen Hund, dann verschenkst du ihn an ein wildfremdes Mädchen, das einfach so hereinspaziert und behauptet, der gehöre ihr. Glaub bloß nicht, dass ich aufgebe! Wir sind noch lange nicht durch mit diesem Thema.«

Meine Mutter seufzte und murmelte: »Das befürchte ich auch.«

»Ich glaube, wir essen jetzt mal endlich was«, schlug Oskar vor und sah den kleinen Chinesen fragend an.

Der gab seine Bemühungen, uns loszuwerden, auf, seufzte,

führte uns wieder zurück zu unserem Tisch und sagte mit einer kleinen Verbeugung: »Ja, ja, Essen ist feltig: Familien-Gück.«

Und mit Blick auf den Berg zerbrochener Glückskekse, die auf der Theke lagen, fügte er fast ängstlich in Richtung meiner Mutter hinzu: »Und ich blinge gleich neue Glückskekse fül Sie.«

»Und am besten auch gleich noch einen neuen Hund!«, schmollte Flippi.

Dem Glück auf die Sprünge helfen: Glückskekse selber backen

Ein absolutes Highlight für jede Advents- und Silvesterfeier!

BEISPIELSPRÜCHE:

- Wenn du auf ein Zeichen gewartet hast – hier ist es!
- Im Zweifel lautet die Antwort immer JA!
- Die Letzten werden die Ersten sein.
- Es ist noch kein Meister vom Himmel gefallen.
- Nur wer wagt gewinnt.
- Folge deinem inneren Pinguin und watschle vergnügt durchs Leben.

Vielleicht fallen dir auch persönliche Sprüche ein, die für dich und deine Freundinnen eine Bedeutung haben.

ZUTATEN FÜR CA. 30 KEKSE:

3 Eiweiß

60 g Puderzucker

50 g Butter

60 g Mehl

1 EL Milch

REZEPT:

Bereite zuerst die Glücksbotschaften vor, denn die Zettel müssen möglichst schnell in die Kekse eingelegt werden, bevor sie zu hart sind.

Das Eiweiß in einer Schüssel so lange schlagen, bis es schaumig ist. Puderzucker und Butter hinzugeben und glatt rühren. Das Mehl nach und nach unter Rühren hinzugeben, bis ein glatter Teig entsteht.

Auf ein Backpapier Kreise aufmalen, um zu wissen, wo die Teigmasse verteilt werden soll. Mit einem Teelöffel den Teig auf den Kreisen glatt streichen.

Bei 200 Grad im vorgeheizten Backofen ca. 5 Minuten backen, bis die Teigränder leicht braun sind. Du solltest nicht mehr als drei Kekse auf einmal backen, da die Kekse zu schnell hart werden, um sie noch falten zu können.

Nimm die Kekse sofort vom Blech und platziere die Glückskeksbotschaft auf dem Keks.

Den Keks zu einem Halbkreis umschlagen und zum Abkühlen über einen Glasrand stülpen, sodass der charakteristische Knick entsteht.

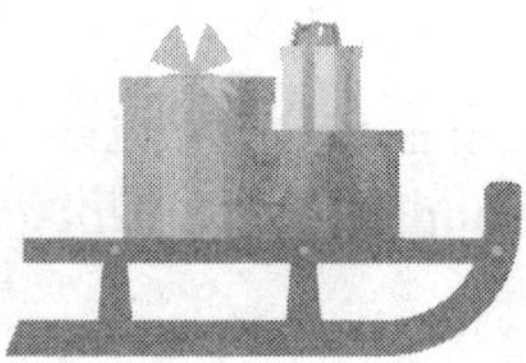

IRENE ZIMMERMANN

13

Gutschein, Kuss und Weihnachtsplätzchen

»Henri? Hörst du? Bloß keine Gutscheine mehr!«, sagt Anette mit Nachdruck.

Sie steht vor mir, die Haustür ist sperrangelweit offen, wir frieren beide, aber meine Schwester kann sich mal wieder nicht entscheiden, ob sie jetzt endlich gehen will. Es schneit in dicken Flocken, es hört heute Nachmittag überhaupt nicht mehr auf. Die ganze Welt ist plötzlich nur noch weiß. Und auch leise; von den Autos auf der Hauptstraße ist nichts mehr zu hören. Dafür aber umso mehr von Anette, die anscheinend immer noch nicht kapiert hat, dass ich kapiert habe.

»Hast du verstanden? Keinen Gutschein!«

»Ich bin doch nicht taub!«, gebe ich zurück.

Und nicht blöd! Wie hätte ich auch ahnen können, dass meine Familie tatsächlich ihre Weihnachtsgutscheine bei mir einlösen wollte. Leider hatte ich nicht daran gedacht, auf jeden Gutschein vorsichtshalber ein Verfallsdatum zu schreiben. Noch besser wären Gutscheine gewesen, die sich nach drei Monaten von selbst auflösen. Aber, wie gesagt, ich hatte auf mein Glück vertraut – was sich in diesem Fall als gewaltiger Irrtum herausstellte.

Innerhalb kürzester Zeit hielt mir jeder seinen verflixten Gutschein vor die Nase:

5 × Garage aufräumen zum Beispiel – wobei Paps großzügigerweise das fünfte Mal vergessen hat. Nach meiner ersten großen Aufräumaktion dachte ich noch, das nächste Mal wird es um einiges lockerer – von wegen. Kurze Zeit später war das Chaos in der Garage schon wieder genauso schlimm; ich verstehe wirklich nicht, warum Erwachsene keine Ordnung halten können.

Und kaum war ich damit durch, tauchte der Gutschein für meine Mutter wieder auf. Hallo! Den hatte sie Weihnachten vor drei Jahren bekommen! Ich weiß das genau, weil ich damals die Angewohnheit hatte, alles, was mir wichtig erschien, extra dick zu unterstreichen. Und auf diesem Gutschein stand – extra dick unterstrichen:

Liebe Mama, ich wünsche dir frohe Weihnachten
und schenke dir 10 × Fensterputzen!

Natürlich gab es eine heftige Diskussion darüber, ob damit zehn Fenster gemeint waren (fand ich) oder zehnmal alle Fenster (fanden Mama und Anette). Weil Paps sich raushielt, ging das zu meinen Ungunsten aus. Seither weiß ich genau, wie viele Fenster unser Haus hat (neun nämlich, und einige davon sind ziemlich groß), und dass ich nie wieder so etwas Idiotisches verschenken werde. Ich hoffe bloß, Anette erinnert sich nicht daran, was ich ihr und Robert letztes Jahr an Heiligabend überreicht habe: Einen kunstvoll verzierten Gutschein über *10 × Rasenmähen* nämlich.

Aber das ist jetzt kein Thema mehr. Es herrscht tiefster Winter und Anette und Babette, meine älteste Schwester, haben ausgemacht, dass »dieses Gutscheinunwesen« (O-Ton Anette) endlich aufhören müsse. Wir sollten einander an Weihnachten

»ein mit Liebe und Bedacht« (O-Ton Babette) ausgewähltes Geschenk unter den Weihnachtsbaum legen.

Mit Liebe und Bedacht? Tolle Idee, denke ich und überlege, ob ich vielleicht Babette anrufen sollte. Eigentlich müsste ich sie nämlich darauf hinweisen, dass so ein Geschenk bitte auch für mich erschwinglich sein müsste, denn im Gegensatz zu meinen Schwestern bin ich auf ein mageres Taschengeld angewiesen. Aber Babettes Antwort kenne ich schon; bestimmt sagt sie nur: *Lass dir eben was einfallen, so viel Fantasie wirst du ja wohl noch haben!*

»Super«, schimpfe ich leise vor mich hin und inspiziere mein Zimmer, als würden mir dort die Geschenke für meine Familie nur so entgegenpurzeln. Super, vor allem weil unsere Familie sich laufend vergrößert: Zum einen sind da natürlich meine Eltern, dann Babette, ihr Mann Anthony und das Baby, und natürlich Anette und ihr Mann Robert. Nur gut, dass Anettes Schwangerschaft noch eine Weile dauert, da muss ich momentan noch nicht über ein Weihnachtsgeschenk für deren Baby nachdenken.

Mein Blick fällt auf den verstaubten Kaktus am Fenster. Hat nicht Anette mal gesagt, dass sie Kakteen ganz toll findet? Na prima, denke ich, und voller Selbstlosigkeit bin ich auch sofort bereit, mich von dem stachligen Ungetüm zu trennen, das da etwas schief in seinem lilafarbenen Übertopf steht, was sich aber problemlos beheben lässt.

Ich bin schon auf der Suche nach einem Paar dicker Handschuhe, um mein Weihnachtsgeschenk Nummer eins so einigermaßen gerade aufzurichten, da fällt mir zum Glück noch ein, dass ich den Kaktus ja von Anette bekommen habe. Ich glaube, das war vor zwei Jahren, als sie ausgezogen ist, sie wollte ihn nicht mitnehmen und hat ihn deshalb mir vererbt. Inzwischen ist er um einiges gewachsen, aber meiner Schwester traue ich zu, dass sie sich daran erinnert.

Schade! Wäre ja auch zu schön gewesen.

Eine Weile lang stehe ich am Fenster (nebenbei bemerkt: dass ich sie vor vierzehn Tagen zum letzten Mal geputzt habe, sieht man überhaupt nicht mehr. Aber das Thema ist ja inzwischen zum Glück durch) und schaue zu, wie draußen sanft die Flocken fallen. Eigentlich ist es wunderschön, es dämmert und die ganze Welt scheint unter diesem weißen weichen Teppich zu verschwinden.

Doch richtig genießen kann ich den Anblick nicht. Stattdessen überlege ich, ob der Schnee sich nicht zu Geld machen ließe; ich könnte ja zum Beispiel in der Nachbarschaft Schnee räumen – gegen Bezahlung natürlich. Mal angenommen, alle in der Straße engagieren mich, dann könnte ich …

Ich überschlage die Zahlen und relativ schnell wird mir klar, dass das nicht funktioniert: Erstens wohnen wir in einer kleinen Sackgasse, die Zahl der Nachbarn ist also mehr als überschaubar, und zweitens sind es nur noch zwei Tage bis Weihnachten. So viel schneien kann es gar nicht mehr, dass ich damit genügend Geld zusammenbekomme.

Und dann habe ich noch nicht einmal etwas für Tanja. Ich finde, es ist das Mindeste, dass ich meiner besten Freundin auch etwas schenke. Und was ist mit David? Vor einer Stunde noch wäre ich mir sicher gewesen, dass er sich über einen Gutschein freut (*100 Küsse*, zum Beispiel), aber nachdem Anette sich dermaßen darüber aufgeregt hat, zweifle ich sogar daran.

Ich greife zum Telefon und ahne schon: Allein komme ich nicht weiter, aber vielleicht hat ja Tanja eine zündende Idee.

»Hi«, meldet sie sich. »Ich guck mir gerade die neue Serie an. Mit diesem wahnsinnig tollen Tierarzt. Hab ich dir doch schon von erzählt. Aber ist sowieso gerade zu Ende. Und du? Was machst du?«

»Ich denke nach«, antworte ich. »Über Geschenke und so.«

Sie lacht. »Ich hab schon alles zusammen. Für meine Mutter hab ich 'ne Obstschale getöpfert, du weißt doch, bei dem Töpferkurs in den Sommerferien. Ich wollte nämlich das mit den Weihnachtsgeschenken dieses Jahr endlich mal rechtzeitig erledigt haben.«

»Finde ich gut«, sage ich anerkennend. »Vielleicht hätte ich besser auch den Töpferkurs gemacht und nicht die Inlineskater-Sache. Aber dafür ist es jetzt zu spät. Und was kriegt dein Bruder?«

Tanja zögert. »Na ja, Obstschale ist nicht so sein Ding. Weil er doch eine Obstallergie hat. Ich hab mir gedacht, ich nenne es mal lieber Krimskramsschale. Klingt nicht schlecht, findest du nicht? Kann man nämlich immer gebrauchen, für den Schreibtisch oder so. Was ich für dich habe, verrate ich dir aber nicht.«

»Natürlich, versteh ich. Tanja, kannst du mir weiterhelfen? Ich sitze im Moment ziemlich in der Klemme.«

»Um Himmels willen? Was ist denn passiert? Katastrophe?«

»Nein, nichts richtig Schlimmes. Nur weihnachtsgeschenkemäßig.«

Aber Tanja findet, dass es doch ziemlich schlimm ist, was ich ihr erzähle, vor allem, weil es genau genommen nur noch 48 Stunden bis zur Bescherung sind.

»Wie willst du das denn schaffen?«, seufzt sie.

Wenn ich das nur wüsste, denke ich und starre in die Dunkelheit hinaus. Der Schneefall hat inzwischen aufgehört, nur vereinzelt tänzeln noch Flöckchen durch die Luft, unter der Straßenlaterne glitzert es silbrig … Und plötzlich weiß ich es.

Natürlich, warum bin ich nicht gleich auf die Idee gekommen! Dieses Jahr werden meine Weihnachtsgeschenke großartig sein – und niemand wird sich darüber beschweren können, dass ich es mir mit Gutscheinen wieder einmal leicht gemacht hätte. Nein, dieses Jahr …

»Bist du noch dran?«, will Tanja wissen.

»Bin ich. Du, mein Weihnachtsproblem hat sich gerade eben gelöst. Aber ich brauche dazu deine Hilfe. Ich will nämlich backen.«

Tanja ist eine echte Freundin. Eigentlich wollte sie am nächsten Tag mit ihrer Mutter shoppen gehen, aber das, so meint sie, könne sie auch nach Weihnachten erledigen. Sie habe nämlich auch schon darüber nachgedacht, ihre Weihnachtsgeschenke ein wenig aufzupeppen: mit selbst gemachtem Weihnachtsgebäck.

»Was meinst du, wie lange brauchen wir?«, fragt sie. »Für jeden sollte man ungefähr fünfundzwanzig Plätzchen rechnen, das wären dann … Ist ja auch egal, viel wichtiger ist: Was für Plätzchen sollen es denn sein?«

Darüber habe ich mir allerdings noch keine Gedanken gemacht. Klar ist nur, dass ich sie auf alle Fälle mit Puderzucker bestreuen will, damit sie so schön weiß sind wie der Schnee. Aber das reicht nach Tanjas Meinung nicht aus.

»Zu Weihnachten sollte es schon etwas ganz Besonderes sein«, meint sie. »Warte mal, in der Fernsehzeitschrift habe ich neulich Plätzchenrezepte gesehen. Du, da sind wahnsinnig leckere Sachen dabei.«

»Wie wär's mit Butterplätzchen?«, schlage ich vor. »Die sind einfach zu machen und …«

»Wenn schon, dann richtig!«, unterbricht sie mich. »Lässt du mich einfach ein Rezept aussuchen, ja? Ich besorge auch die Zutaten und du kommst dann morgen um halb drei zu mir. Butterplätzchen kann schließlich jeder«, fügt sie hinzu, weil ich zögere.

»Na gut«, willige ich ein. Wahrscheinlich hat Tanja recht und ich will auf keinen Fall, dass sich dieses Jahr irgendwer über meine Weihnachtsgeschenke aufregt.

Die telefonische Einladung meiner Schwester, dass ich ihr mit dem Weihnachtsbaum helfen könnte (und vermutlich auch gleich noch ein bisschen beim Hausputz) muss ich leider ausschlagen.

»Du hast doch jede Menge Zeit«, beschwert sie sich, »da wirst du ja wohl noch …«

»Ich sagte bereits, tut mir leid!«, unterbreche ich sie. »Du weißt doch, weil es dieses Jahr keine Gutscheine geben darf, muss ich mich eben um andere Geschenke kümmern. Damit bin ich vollauf beschäftigt. Deshalb muss ich jetzt auch sofort los. Sonst würde ich dir natürlich sehr gern helfen.«

Pünktlich um halb drei klingle ich bei Tanja.

»Tür ist offen!«, ruft sie von oben herunter. »Zum Glück kommst du endlich!«

Ich finde, sie klingt bereits jetzt ziemlich gestresst. Was vermutlich auch kein Wunder ist; den ganzen Vormittag war sie nämlich einkaufen, wie sie mir erzählt, denn die Silberherzen, so heißen die Plätzchen, die sie ausgesucht hat, benötigen einiges an Zutaten.

»Ich hab Zimtstangen besorgt und Sirup, hier ist Natron, dann brauchen wir Orangeat und Kardamom und Nelken, irgendwo müsste doch der Ingwer sein, den kannst du gleich mal reiben. Gibst du mir mal das Mehl von da drüben? Ist schon abgewogen.«

»Bist du ganz sicher, dass das wirklich alles in die Silberherzen reinmuss?«, frage ich. »Wie schmecken die überhaupt?«

Tanja pustet sich eine Haarsträhne aus dem Gesicht – ihre Hände stecken nämlich im Teig. »Wie Silberherzen schmecken? Keine Ahnung, aber ich vermute, grandios. Haben nämlich volle Punktzahl.«

»Na gut«, murmle ich. »Die Zutaten sehen jedenfalls ganz lecker aus.«

»Uff«, stöhnt Tanja beim Kneten, »das artet ja richtig in Arbeit aus, findest du nicht?«

Ich nicke. »Aber ich verrate dir was: 10-mal Fensterputzen ist auch nicht ohne.«

Irgendwann haben wir es tatsächlich geschafft: Der Teig ist geknetet, wir legen ihn für eine halbe Stunde in den Kühlschrank, gönnen uns eine kleine Teepause und machen uns schließlich ans Ausstechen. Herzen finde ich prima. Da können alle sehen, dass meine Weihnachtsgeschenke mit Liebe und Bedacht gemacht sind. Und natürlich auch mit sehr viel Mühe. »Bist du dir ganz sicher, dass mit dem Teig alles in Ordnung ist?«, frage ich. »Der klebt so komisch.«

Tanja winkt ab. »Kein Problem. Wir müssen einfach mehr Mehl nehmen, dann wird das schon.«

Und es wird tatsächlich. Ein Backblech nach dem anderen wandert in den Backofen, wir lassen die Plätzchen abkühlen und ich bestäube sie schließlich liebevoll mit Puderzucker.

»Sollen wir nicht wenigstens eins probieren?«, schlägt Tanja vor, als wir das letzte Blech aus dem Ofen ziehen. »Nur eins.«

Ich schüttle den Kopf. »Auf gar keinen Fall. Schließlich handelt es sich hier um unsere Weihnachtsgeschenke.«

Ich bin ziemlich stolz auf mich, als ich am Weihnachtsabend die Plätzchen, die ich in goldfarbene Tüten verpackt habe, unter den Christbaum lege.

»Gibt es dieses Jahr wieder Gutscheine?«, erkundigt sich Paps während des Spaziergangs, den wir wie jedes Jahr vor der Bescherung machen.

»Dieses Jahr gibt es Geschenke mit Liebe und Bedacht«, erwidere ich und bin noch ein wenig stolzer auf mich.

»Wurde auch Zeit«, meint Anette und hakt mich unter. »Übrigens, im Sommer darfst du zum Rasenmähen kommen. Ich habe noch den alten Gutschein gefunden.«

Den ganzen Abend fühle ich mich richtig gut mit meinen Geschenken. Allerdings nur so lange, bis Robert meint, er müsse jetzt unbedingt meine Plätzchen probieren; sie würden einen ja direkt anlachen.

»Silberherzen«, erkläre ich. »Natürlich alle selbst gemacht. War ziemlich viel Arbeit, ganz nebenbei gesagt. Soll ich …« Weiter komme ich nicht, denn auf einmal verdreht Robert die Augen, greift sich an den Hals und rennt aus dem Zimmer. Keine Ahnung, warum er sich so komisch anstellt. »Henri, willst du uns vergiften?«, kreischt Anette, die ebenfalls in ein Plätzchen gebissen hat.

Jetzt bleibt mir nichts anderes übrig, als endlich auch von den Silberherzen zu probieren. Ich lächle noch, als ich mir eines in den Mund schiebe. Sekunden später mache ich aber schon »Urghhh« und renne ebenfalls aus dem Zimmer.

»Ich wollte dich auch gerade anrufen«, sagt Tanja; sie klingt sehr kleinlaut. »Entschuldige, das war mein Fehler. Ich habe in der Zeitschrift versehentlich eine Seite überschlagen.«

»Und das heißt?«

»Der erste Teil des Rezepts ist wirklich von den Silberherzen. Alles andere gehört aber zu einem schlesischen Sauerbraten.«

»Sauerbraten?«

»Ja, schlesischen Sauerbraten ... Bist du mir sehr böse?«

Ich schlucke. »Nein«, sage ich dann. »Kann ja jedem mal passieren.«

Sie schluchzt auf. »Dass du mir das verzeihst, ist mein schönstes Weihnachtsgeschenk. Nächstes Jahr backen wir aber ganz professionell.«

»Mal sehen«, murmle ich und lege auf.

Als ich wieder ins Wohnzimmer komme, höre ich gerade, wie Paps sagt: »Wir sollten wieder zu unseren guten alten Gutscheinen zurückkehren.«

»Fröhliche Weihnachten!«, rufe ich und falle ihm erleichtert um den Hals.

Zimteis mit Lebkuchensoße

ZUTATEN FÜR DAS WEIHNACHTS-EIS

300 ml Schlagsahne

3 Eigelb

75 g Puderzucker

2 TL Zimt

ZUTATEN FÜR DIE LEBKUCHENSOßE:

70 g Zartbitterschokolade

250 ml Sahne

1 TL Lebkuchengewürz

Zitronensaft

Zucker

REZEPT:

Die Sahne mit einem Rührgerät steif schlagen und sie anschließend im Kühlschrank kalt stellen. Das Eigelb mit Puderzucker und Zimt verquirlen. Am Schluss die Schlagsahne unterheben.

Die Creme in eine Schale geben und sie für ein paar Stunden ins Tiefkühlfach stellen.

Die restliche Sahne für die Lebkuchensoße mit der Zartbitterschokolade erwärmen, den Zitronensaft hinzugeben und das Lebkuchengewürz langsam unterrühren.

Das Eis kann auch wunderbar mit Plätzchen dekoriert werden, wenn du gerade welche zur Hand hast. Und auf keinen Fall die leckere Lebkuchensoße vergessen!

14

4 Hufe + 1 Jesuskind

»Maxi, wohin sollen die Lebkuchen?«

Lexi, die immer hilfsbereite Jüngste aus Maxis Cheerleader-Team, stapfte mit zwei riesigen Tragetaschen durch den Schnee zum Stall hinauf. Es hatte in den letzten drei Tagen über einen Meter Neuschnee gegeben – was zwar eine tolle Weihnachtsstimmung bedeutete, die Vorbereitungen für den Weihnachtsmarkt aber nicht unbedingt erleichterte.

Die Pferde jagten draußen auf der Koppel umher wie ausgelassene Fohlen – hoffentlich hatten sie sich bis zur offiziellen Eröffnung des Marktes ausgetobt, sodass man sie guten Gewissens vor einen Schlitten spannen oder zum Ponyreiten einsetzen konnte.

Maxi nahm eine der beiden Lebkuchentüten und half Lexi, ihren Stand in der Futterkammer aufzubauen.

»Carolin, das Essbare kommt in die Futterkammer, o.k.?«, brüllte sie quer durch den Stall ihrer Freundin zu, die gerade dabei war, Johnny, dem Pony, kleine Glöckchen in die Mähne zu flechten.

»Alles klar!«, rief Carolin zurück. Hinter Johnny tauchte Sara, dessen Besitzerin, auf, einen Striegel in der Hand. Sie war in ein langes blau eingefärbtes Laken gehüllt, das Maxis Mutter perfekt drapiert hatte.

»Maria, du vernachlässigst deine Mutterpflichten!«, rief

Maxi ihr grinsend zu. »Schnapp deinen Josef und passt auf das Jesuskind auf!«

Sara lief rot an, wie immer, wenn jemand auf Sami anspielte. Mit ihren großen braunen Augen und den dunklen Locken unter dem langen Kopftuch war sie eine sehr glaubwürdige Maria. Und da sie und Sami sowieso die ganze Zeit zusammenklebten, konnten sie das genauso gut als Krippenfiguren tun, fand Maxi.

Der Weihnachtsmarkt zugunsten eines Pferdegnadenhofes war ihre Idee gewesen und einfach ein tolles Weihnachtsprojekt. Aber natürlich hatte sie sich da wieder mal Hals über Kopf hineingestürzt, ohne zu wissen, was alles an Arbeit auf sie zukam. Sachspenden mussten aufgetrieben, verpackt, mit Preisschildern versehen werden. Klapptische und Bänke wurden ausgeliehen, Kekse und Stollen gebacken, der Stall geschmückt, Wärmelampen aufgestellt, einige der Pferde an ein Schlitten-Geschirr gewöhnt. Ohne Carolin wäre Maxi aufgeschmissen gewesen, aber die tat, genau wie sie, alles für den guten Zweck.

Maxi und Carolin hatten in der Schule, im Dorfcafé und in verschiedenen Läden in Altenburg Zettel aufgehängt, um den Weihnachtsmarkt zu bewerben, dessen Highlight die »lebende Krippe« war: Maxis falbfarbener kleiner Isländer Ringo gab den Esel, Katinka, Carolins schwarz-weiß gefleckte Tinkerstute, geschmückt mit zwei selbst gebastelten Hörnern aus Karton war der Ochse. Komplettiert wurde die Krippenbelegschaft in Ermangelung von Schafen durch die Ziegen Rambo und Penelope – aber wer wusste schon so genau, welche Tiere sich damals in Bethlehem wirklich im Stall herumgetrieben hatten? Die Hauptfigur wurde von Maxis glatzköpfiger alter Babypuppe dargestellt, die, nur mit einer Stoffwindel bekleidet, in dem Korbstubenwagen auf einem dicken Heubett lag, bewacht von Sami und Sara als Josef und Maria. Der Wagen hatte vor Jahren Carolin und ihrem älteren Bruder Vic als Babybett gedient – Vic!

Maxi seufzte und dachte an Vics strahlend blaue Augen unter den dunklen welligen Haaren. Seit Ostern lebte Maxis Freund in England, wo er ein Sport-Stipendium an einer renommierten Schule angenommen hatte. Morgen würden sie sich endlich wiedersehen, zum ersten Mal seit den Herbstferien.

Sekunden später hatte Maxi keine Zeit mehr, an Vic zu denken: Die beiden Ziegen büxten aus der Krippe aus und fielen über Lexis Lebkuchen her. Ein Riesenmistelzweig stürzte aufs Buffet und der Heizschirm, den Jo Meisinger eben noch angeschleppt hatte, verursachte einen Kurzschluss. In dem aufgeregten Durcheinander, das folgte, füllte Max Erwachsenen-Punsch in die Becher zweier Dreikäsehochs, was Maxi zum Glück in letzter Sekunde bemerkte. Nachdem die Punschbecher ausgetauscht, der Sicherungsschalter gefunden, das Buffet wiederhergestellt, der Zweig neu befestigt und die Ziegen eingefangen waren, ließ sich Maxi erschöpft auf eine Futtertonne sinken.

»Mann«, stöhnte sie, »ich bin fix und fertig, noch bevor die Sache richtig losgeht!«

»Maxi, da bist du ja!«

Ein Blick und Maxi war mit dem Schicksal versöhnt. »Wer kommt denn da?«, fragte sie strahlend. »Etwa der süßeste Bruder aller Zeiten?«

»Eher der quengeligste«, meinte Stella, die sichtlich geschlaucht war. »Aber jetzt hat er gerade getrunken und es müsste eine Weile Ruhe sein.« Maxis Mutter sah sich im Stall um, der sich schon mit Besuchern zu füllen begann. »Bist du sicher, dass ich ihn dir jetzt anhängen kann? Du hast doch genug um die Ohren. Ich kann ihn auch im Auto mitnehmen und …«

»Nichts da«, erklärte Maxi und nahm ihr winziges, dick eingepacktes Brüderchen aus den Armen ihrer Mutter. »Justus ist viel lieber bei mir als in seinem doofen Autositz! Und irgendjemand muss doch Papa vom Bahnhof holen. Stimmt's, mein Kleiner?« Die Mundwinkel des Babys zuckten.

»Da! Er hat mich angelächelt!«

»Er hat Blähungen!«, erklärte Stella. »Und ich hoffe für dich, dass er so friedlich bleibt, wie er jetzt ist. Sonst verschreckt er dir die Pferde.«

»Wir kommen schon klar«, meinte Maxi und ließ sich von ihrer Mutter das Tragetuch fachgerecht umbinden. »Mach dir keine Sorgen. Das Ponyreiten übernimmt Carolin und ich muss bloß zwischen den Ständen auf und ab gehen und wichtig aussehen. Alles, was schiefgehen konnte, ist schon schiefgegangen, ab jetzt wird das ein Spaziergang, ganz sicher.«

»Na, wenn du meinst.« Stellas Blick blieb skeptisch. »Ich beeil mich.«

Kaum war Maxis Mutter gegangen, fuhr ein Auto nach dem anderen auf den Parkplatz des Hofes und der Stall füllte sich mit Besuchern. Die Kinder betrachteten fasziniert die lebende Krippe und fütterten »Ochs«, »Esel« und »Schafe« mit Karotten und Apfelstücken, die Maxi gegen eine freie Spende ausgab. Handgestrickte Socken und Mützen verschwanden ebenso schnell von den Tischen wie das Holzspielzeug, das Alois geschnitzt hatte, und die von Judith Meisinger beigesteuerten Weihnachtskekse. Auch Maxis selbst gebackene Pferdeleckerlis, die Lexi sehr hübsch neben den Lebkuchen dekoriert hatte, fanden reißenden Absatz.

Das Ponyreiten bei Flutlicht auf dem tief verschneiten Viereck war ein Riesenerfolg und eben kam Mia, die jüngste Pferdebesitzerin, mit ihrem Wallach Odinn von der ersten Schlittenfahrt zurück. Ihr strahlendes Gesicht und der nach oben gestreckte Daumen sagten Maxi, dass auch die Schlittenpartie störungsfrei verlaufen war. Maxi lächelte in sich hinein. Der Weihnachtsmarkt war ein voller Erfolg!

Mia setzte zwei Kinder in den Schlitten und zog mit Odinn wieder los.

Eben war das gesamte Fußballteam des Altenburger Gymnasiums eingetroffen. Die Jungs kamen direkt vom Training und kauften in den nächsten zehn Minuten so ziemlich alles Essbare, was sie finden konnten, bevor sie sich mampfend um ihren Kumpel Max versammelten und unter großem Hallo über den Punsch herfielen. Maxi gab es einen kleinen Stich. Es wäre schon schön gewesen, Vic auch hier zu haben. Ihr Freund kannte noch nicht einmal ihren kleinen Bruder!

Plötzlich wurde die friedlich-betriebsame Stimmung unterbrochen, als Mia hereingestolpert kam. »Irgend so ein Spinner ist mit seinem Moped durch den Schnee gerast und hat Odinn erschreckt!«, schimpfte sie. »Er ist mir voll durchgegangen!«

»Ist was passiert?«, fragte Maxi erschrocken.

Mia schüttelte ärgerlich den Kopf und nahm ihrem Pferd das Geschirr ab. »Der Typ steckt jetzt im Schnee fest, geschieht ihm recht.« Sie deutete auf die Kinder, die aufgeregt erzählten, wie schnell das Pferd gelaufen war, und grinste. »Aber den Kindern hat's gefallen.«

»Oh Mann«, stöhnte Maxi. »Hoffentlich ist dem Typen nichts passiert. Also erst mal keine Schlittenfahrten mehr, o.k.? Ich geh raus und seh nach, was los ist.« Sie blickte auf

Justus hinab und zögerte. »Kannst du mir vielleicht kurz den Kleinen abnehmen?«

»Na sicher, ich bring nur schnell Odinn in seine Box.«

Mia hatte zwei kleine Cousinen und war den Umgang mit Babys gewohnt, Maxi musste sich also keine Sorgen machen. Trotzdem hatte sie ein schlechtes Gewissen, als sie jetzt in die Kälte hinaussprintete, um den Idioten zu finden, der ausgerechnet heute und ausgerechnet hier mit dem Moped fahren musste. Obwohl es mittlerweile stockdunkel war, sah Maxi schon von Weitem, was los war: Der Typ war mit seinem Geländemoped an dem einzigen abschüssigen Teil der Zufahrtsstraße in den Graben gerutscht und versuchte nun, sein Fahrzeug aus dem Tiefschnee auf die Fahrbahn zu kriegen.

»Alles o. k.?«, rief Maxi, während der Junge mühevoll das Zweirad wieder aufstellte. »Es ist doch nichts passiert, oder? Kann ich helfen?«

Er sah zu ihr auf – von seinem Gesicht war wegen des Helms kein Quadratzentimeter zu sehen –, erstarrte einen Moment, hob grüßend die Hand und schien etwas sagen zu wollen. Doch sobald der Junge den Lenker nicht mehr mit beiden Händen hielt, begann das Moped wieder wegzurutschen. Er strampelte ein paar Sekunden bei dem Versuch, es zu stabilisieren, verlor dann aber doch den Halt und lag samt seinem Gefährt erneut im Schnee.

»So wird das nie was!«, rief Maxi und konnte ein Lachen einfach nicht unterdrücken.

Von dem Fahrer kam keine Reaktion. Er blieb neben seinem Moped im Schnee liegen und rührte sich nicht.

»Hallo?«, rief Maxi. »Hey, alles o. k.?«

Er war doch nicht etwa ohnmächtig? Vielleicht hatte er eine Gehirnerschütterung oder noch was Schlimmeres? Durch Maxis Kopf schoss alles, was sie je über Erste Hilfe gehört hatte. Mit einem Satz war sie über dem Graben und steckte fast bis zur Hüfte im Schnee. Sie stapfte um das Moped herum und kniete sich neben die reglose Figur.

»Hey«, sagte sie ängstlich und nahm seine Hand in dem dicken Motorradhandschuh. »Hey, alles in Ordnung?«

»Jetzt schon«, nuschelte der Typ, schnappte Maxi mit beiden Armen und zog sie so fest an sich heran, dass sie sich den Kopf an seinem Helm anschlug.

Es dauerte den Bruchteil einer Schrecksekunde, bis sie es kapiert hatte – dann war Maxi gleichermaßen außer sich vor Freude und vor Empörung. »Vic! Verdammt noch mal, du hast mich zu Tode erschreckt!«

Sie hörte nur gedämpftes Lachen, dann ließ er sie los und nahm Helm und Mütze ab.

»Vic!«, rief sie noch einmal und strahlte ihn an. »Du bist da!« Und dann begrüßte sie ihren Freund erst einmal richtig.

»Der Nachmittagsunterricht ist entfallen und ich hab einen früheren Flug erwischt!«, sagte Vic zwischen zwei Küssen. »Und da hab ich mir gedacht, ich überrasche meine Freundin!« Die blauen Augen strahlten. »Konnte ja nicht wissen, dass man hier von wild gewordenen Pferden von der Straße abgedrängt wird!«

»Dein jaulendes Moped hat Odinn erschreckt!«, gab Maxi zurück. »Warum bist du nicht mit deinen Eltern im Jeep mitgekommen?«

»Ich wollte sie auch überraschen, aber sie waren schon weg, als ich heimgekommen bin. Und ich hab mich nach dem englischen Wetter so über den Schnee gefreut, dass ich's nicht erwarten konnte, mit dem Moped zu fahren. Hat ja auch Spaß gemacht … bis Odinn kam.«

»Selber schuld«, sagte Maxi streng.

»Aber eigentlich macht es immer noch Spaß!«, meinte Vic, schnappte sie erneut und rollte mit ihr durch den Schnee.

»Aufhören, du Verrückter!«, keuchte Maxi. »Ich muss zurück in den Stall. Das ist nämlich mein Projekt, das da oben läuft! *Und* ich muss dir dringend jemanden vorstellen!«

Gemeinsam schafften die beiden es ziemlich schnell, das Moped wieder auf die Straße zu stellen, und ein paar Minuten später war Maxi, von oben bis unten voll mit Schnee, aber glücklich, wieder im Stall.

Während Vic seine Familie und seine Freunde begrüßte, sah Maxi sich nach Mia um.

»Hast du Mia gesehen?«, fragte sie Anita, eine der Einstellerinnen. »Sie hat auf Justus aufgepasst.«

»Ja, sie ist draußen im Viereck, Carolin hat Hilfe beim Ponyreiten gebraucht. Ich glaube, sie hat den Kleinen ihrer Mutter gegeben.«

Maxi fand Mias Mutter nach kurzer Suche am Tisch mit den Lebkuchen.

»Linda!«, rief Maxi. »Ich dachte, *du* hättest Justus?«

»Ja«, sagte Linda lachend, »aber Lexi wollte ihn unbedingt halten und da hab ich den Tisch für sie übernommen. Keine Sorge, sie war total süß mit ihm!«

Maxi seufzte und machte sich auf die Suche nach Lexi.

»Sie musste aufs Klo«, hörte Maxi kurz darauf von einem der anderen Cheerleader-Mädchen. »Ich glaube, das Baby ist bei Maria und Josef.«

Maxi drehte sich um und warf einen Blick auf die lebende Krippe. Da waren Ringo und Katinka, Rambo und Penelope und der Stubenwagen – aber kein Josef und keine Maria. Wo waren Sara und Sami? Und wie, verdammt noch mal, war ihr kleines Brüderchen innerhalb von einer Viertelstunde zu einem Wanderpokal geworden?

»Hey«, sagte Vic und das Lächeln verschwand aus seinen Augen, als er Maxis Gesichtsausdruck sah. »Was ist denn los?«

»Justus ist weg«, sagte sie, nun schon richtig besorgt. »Ich hatte ihn Mia gegeben und die hat ihn ihrer Mutter gegeben und die hat ihn Lexi gegeben, und dann war er bei Sara und Sami in der Krippe, aber die sind verschwunden, und meine Eltern können jeden Augenblick wieder hier sein, und ich sollte doch auf ihn aufpassen und jetzt weiß ich nicht mal, wer ihn zuletzt hatte …«

»Schhh«, sagte Vic, umarmte Maxi und drückte sie ganz fest. »Hier sind lauter Freunde und Bekannte, keine Babydiebe. Zuletzt war er bei Sara und Sami, sagst du?«

»Ja, in der lebenden Krippe.« Maxi deutete auf die umfunktionierte Box der beiden Ziegen.

Vic nahm sie an der Hand, zog sie mit sich und öffnete die Tür. Die beiden quetschten sich schnell hinein, um Rambo und Penelope keine Gelegenheit zum Ausrücken zu geben, und sahen sich um.

»Die beiden liegen wahrscheinlich knutschend in irgendeiner Ecke und Justus ist weiß Gott wo …«

Maxis Fuß stieß an etwas Hartes. Sie bückte sich und hob ihre alte Babypuppe vom Stallboden auf. »Das Jesuskind!«, rief sie verblüfft. »Aber – wieso …?«

Vic schaltete als Erster und zog den weißen Stoff weg, mit dem der Stubenwagen zugedeckt war. Darunter schlief Baby Justus friedlich auf einem weichen duftenden Bett aus Heu, eingewickelt in Maxis frisch gewaschene »Hello Kitty«-Decke, die sie Ringo einmal überlassen hatte, als er krank war.

Vorsichtig beugte sich Maxi über ihren kleinen Bruder und wickelte ihn fester in die Decke. Er zog seine Lippen einen Moment lang zu einer Schnute zusammen, schlief aber weiter. Vics Hand griff nach Maxis.

»Da hab ich auch schon drin gelegen«, sagte er. »Find ich cool, dass ihn jetzt dein Bruder hat.«

Maxi drückte Vics Hand. Sie war so erleichtert, sie hätte die ganze Welt umarmen können.

Hinter Maxi raschelte es im Stroh. Sie sah sich um und da erschien Sara mit hochrotem Kopf und hinter ihr Sami – mit dem Knutschverdacht hatte Maxi wohl nicht so falsch gelegen.

»Ich dachte, im Wagen kann er besser schlafen«, meinte Sara entschuldigend. »Das ist doch in Ordnung, oder?«

»Ja«, sagte Maxi, strich mit ihrem Zeigefinger ganz zart über die Wange ihres Brüderchens und drückte mit der anderen Hand die von Vic.

»Alles ist in bester Ordnung.«

Viel später, als die meisten Leute gegangen waren und Justus längst wieder putzmunter und ausgeschlafen bei Nick und Stella im Haus vor sich hin quengelte, lagen Maxi und Vic eng umschlungen auf einem Strohbett in der »Krippen«-Box.

Vic kramte in seiner Jackentasche und brachte ein kleines Zellophanpäckchen zum Vorschein. »Magst du?«, fragte er. »Die sind echt lecker.«

Maxi nahm einen Keks heraus und hatte ihn schon fast in den Mund gesteckt, als sie ihn stattdessen an ihre Nase führte und daran schnupperte. »Wo hast du die denn her?«, fragte sie.

»Die Jungs haben sie mir gegeben. Die haben den ganzen Stand leer gefuttert.«

Maxi legte den Keks auf ihre flache Hand und hielt ihn Ringo hin, der ihn genussvoll verdrückte.

»Soso«, sagte Maxi und grinste. »Dann werd ich die Dinger nächstes Jahr wohl als Fußballerleckerli verkaufen!«

Handyhülle selber gestalten

Du brauchst dazu:

- Eine durchsichtige Handyhülle
- Bastelmaterial (Schere, Klebestift, Dekozeug, ein weißes Blatt Papier)

Fahre auf einem weißen Blatt Papier den Umriss deines Handys nach, um eine Grundlage für die Gestaltung zu haben, und schneide die Vorlage aus.

Lade nun aus dem Internet schöne Designs, lustige Sprüche oder tolle Fotos herunter und drucke sie aus. Dabei sind deiner Kreativität keine Grenzen gesetzt: Du kannst auch selbst malen und zeichnen oder lässt es deine beste Freundin machen. Ob du mit einem einzigen großen Bild dein Handy verschönern willst oder lieber mit vielen kleinen Bildern arbeitest, die dein Smartphone bunt und wild aussehen lassen, bleibt ganz dir überlassen.

Schöne Weihnachtsmotive sind zum Beispiel: Sterne, Rentiere, Hirsche, Pinguine, Glocken, Schneeflocken, Tannenbäume und vieles mehr! Hierzu gibt es auch tolles Masking Tape!

Um deinem Design noch das gewisse Extra zu verpassen, kannst du Aufkleber, Pailletten, Glitzer und noch viele andere Dekoelemente, die du im Bastelladen findest, auf deinem selbst designten Blatt ausprobieren.

Wichtig: Vergiss nicht, am Ende das Loch für die Kamera auszuschneiden.

Lege nun das Design in die durchsichtige Handyhülle, und fertig ist das verschönerte Smartphone!

MARTINA SAHLER

15

Prettige Kerstdagen!

»Wie gemein ist das denn! Und dann auch noch der Religionslehrer! Ich meine, ist er nicht fast so was wie ein Pfarrer? So einer sollte Gutes tun und keine Schwachen quälen!« Meine Freundin Wiebke kriegt sich gar nicht mehr ein, als wir an diesem letzten Schultag vor den Weihnachtsferien im Schulbus nach Hause fahren.

»Was ist denn passiert?« Vanessa, die dritte in unserem Freundinnen-Kleeblatt, nuckelt an ihrer Cola light und hat die Füße in den Biker-Stiefeln auf den gegenüberliegenden Sitz abgelegt. Wir haben uns, wie meistens, einen Viererplatz gesichert. Wiebke sitzt mir gegenüber und ist in sich zusammengesunken wie ein schlapper Luftballon.

Während Wiebke vor sich hin schimpft, informiere ich Vanessa: »Weichert hat uns eine Projekt-Hausaufgabe über die Ferien aufgegeben. Er meint, die mündlichen Noten allein reichen nicht aus und wir sollten uns noch einmal so richtig ins Zeug legen, damit er guten Gewissens die Einsen und Zweien verteilen kann.«

»Hört sich doch gut an, Lilly«, meint Vanessa. »Da setzt ihr euch eben eine Stunde zusammen, legt eine Streber-Arbeit vor und gut ist es. Die Eins ist euch sicher, wenn ihr zusammenarbeitet.«

Vanessa ist von dem Ferienprojekt nicht betroffen. Sie ist

bei den Katholiken, während Wiebke und ich evangelisch sind. Wiebke stößt wutschnaubend die Luft aus. »Von wegen eine Stunde! Wovon träumst du nachts, Vanessa? Allein mit der Recherche sind wir mindestens drei Tage beschäftigt. Und das zur Weihnachtszeit! Als hätte man da nichts Besseres zu tun.«

»Was ist denn überhaupt die Aufgabe?« Ich merke Vanessa an, dass sie sich nur aus Pflichtgefühl erkundigt. In Wahrheit interessiert es sie nicht die Bohne, ob wir uns abrackern müssen oder nicht. Während sie sich mit uns unterhält, lächelt sie gleichzeitig zu Tim aus der 10c, der mit seinen Kumpels den Viererplatz auf der anderen Seite des Gangs belegt. So kennen wir sie, meine Freundin. Nichts ist ihr wichtiger als Flirten.

»Wir sollen eine Mappe mit Collagen, Texten, Bildern, Gedichten, Rezepten und Liedern erstellen«, erklärt Wiebke mürrisch.

»Klingt spannend.« Vanessa zuckt die Schultern und lächelt zu Tim rüber, als der ihr zuwinkert. »Zu welchem Thema?«

»Weihnachten in anderen Ländern. Wie feiern andere Nationen das Fest der Liebe? Welche Rituale gibt es, welche traditionellen Rezepte, was wird gesungen und so weiter«, erkläre ich und blicke seufzend aus dem Fenster. Auch ich habe echt keine Lust, in unseren wohlverdienten Ferien am PC zu hocken und stundenlang die Infos zu googeln. Ich will auf dem Wildsee Schlittschuh fahren, ich will mit meinem Freund Philipp einen süßen Schneemann und eine verliebte Schneefrau bauen, ich will den Weihnachtsbaumschmuck vom Dachboden holen und nach Farben und Formen sortieren, ich will ein Hexenhaus aus Lebkuchen backen und ich will mit heißem Johannisbeerpunsch vor dem Kamin sitzen und den knisternden Flammen zuschauen, während mir Philipp ins Ohr flüstert, warum er so verknallt in mich ist … Ja, so will ich die Ferien verbringen und nicht mit Paukerei.

Während ich meinen trüben Gedanken nachhänge und Wiebke dumpf vor sich hin brütet, merken wir gar nicht, dass Vanessa jedes Interesse an Tim verloren und sich vorgebeugt hat, um uns abwechselnd in die Augen zu starren, als wolle sie uns hypnotisieren.

»Hallo, ihr beiden?«, fragt sie da auf einmal theatralisch erstaunt. »Jemand zu Hause?« Sie pocht mit dem Fingerknöchel gegen Wiebkes Stirn, was diese mit einer wütenden Handbewegung abwehrt.

»Hey, hört mal, das ist doch die schönste Aufgabe, die man sich überhaupt nur vorstellen kann!«, ruft Vanessa.

Wiebke und ich starren sie an, als hätte sie kurz vor der Erleuchtung durch den Weihnachtsstern den Verstand verloren. Vanessa hat sich noch nie für die Schule ein Bein ausgerissen. Sie schlängelt sich irgendwie durch den Stoff und schafft es mit schlechten Dreien und wackeligen Vieren, versetzt zu werden. Wiebke ist fleißiger als sie, ihr Durchschnitt liegt bei drei plus, und ich … nun, ich tue kaum etwas für die Schule, aber glücklicherweise fällt mir der Stoff sozusagen im Schlaf zu. Ich höre einmal einen Text und kann ihn danach quasi auswendig für alle Zeiten. So eine Begabung ist nicht das übelste Schicksal, wie ich finde, obwohl es manchmal nervt, wenn die anderen einen für eine Streberin halten. Aber soll ich extra schlechte Noten schreiben, um es anderen Leuten recht zu machen? Nee, und meine beiden allerliebsten Freundinnen finden sowieso andere Eigenschaften an mir interessanter.

Bei einer solchen Projektaufgabe nützt es mir natürlich nichts, dass ich ein außergewöhnlich gutes Gedächtnis habe.

Die Mappe muss in mühsamer, zeitraubender Arbeit erstellt werden.

»Sag mal, hat dir jemand was in die Weihnachtskekse gemischt, oder wie?«, fährt Wiebke Vanessa an. »Was ist daran schön, tagelang im Zimmer zu hocken und Texte zu sortieren und zu verfassen? Zumal ich noch überhaupt keine Ahnung habe, wo ich Informationen finden soll. Weichert hat extra betont, dass er es sofort herausfindet, wenn wir Texte aus dem Internet einfach kopieren. Der ist ein PC-Freak, dem können wir nichts vormachen.«

»Aber ihr braucht doch nichts zu kopieren!«, schreit Vanessa strahlend und alle im Bus drehen sich zu uns. »Ups«, macht Vanessa, grinst und rückt noch ein Stückchen vor, wobei sie uns heranwinkt.

Wir kommen näher und stecken die Köpfe zusammen. »Ihr bekommt doch die Informationen frei Haus und aus allererster Hand. Überlegt doch mal! Wer war schon alles in der Villa Wildsee zu Gast? Da waren Luc und André aus Frankreich. Da war David aus England und später kamen die Holländer. Leute, die erzählen euch doch alle mit dem größten Vergnügen, wie sie zu Hause feiern. Und für uns ist das die wunderbare Gelegenheit, endlich mal wieder Kontakt zu den Süßen aufzunehmen.« Vanessa lehnt sich zurück, verschränkt die Arme vor der Brust und schaut triumphierend von mir zu Wiebke und wieder zurück mit einem ihrer klassischen »Was sagt ihr nun«-Blicke.

Ich merke, dass mir der Mund aufklappt, und schließe ihn rasch. »Genial«, bringe ich nur tonlos hervor und räuspere mich. »Das ist wirklich genial, Vanessa.« Ich stupse Wiebke an. »Sie hat recht. Mensch, dass wir darauf nicht von allein gekommen sind.«

Auch Wiebke ist sprachlos und schüttelt nun ungläubig den Kopf. »Da muss uns ausgerechnet eine Vanessa mit der Nase auf die Lösung stoßen.«

Vanessa zuckt die Schultern. »Tja, wenn ihr mich nicht hättet. Und wisst ihr was? Ich nehme euch sogar mit Vergnügen die Recherchearbeit ab. Ist doch eine einzigartige Möglichkeit, mal wieder mit den Jungs zu plaudern. Wer weiß? Vielleicht sieht man sich dann mal wieder? Vielleicht bekommen sie Lust auf einen weiteren Urlaub bei uns? Oder … oder sie laden uns zu sich ein? Vielleicht sogar zu Silvester!«

Vanessa steigert sich in ihre Ideen hinein. Wir strahlen sie an, während sie fantasiert. Sie hält uns ihre offenen Hände hin und wir schlagen ein.

Wir verabreden uns für den Nachmittag bei mir in der Villa Wildsee. Dass Vanessa dabei ist, obwohl sie gar keine Hausarbeit machen muss, ist Ehrensache.

Mein Opa hat mir ein Tablett mit drei Bechern mit heißem Kakao und Sahne mitgegeben und Mini-Koch Nasi stellt noch einen Teller selbst gebackene Plätzchen dazu. So bepackt ziehe ich in mein Zimmer ins oberste Stockwerk des Jugendhotels, das mein Vater leitet, gefolgt von meinen beiden Freundinnen.

»Wie wollen wir vorgehen?«, erkundigt sich Wiebke, als wir drei uns im Schneidersitz auf den Boden gehockt haben, umgeben von vielen großen Kuschelkissen, jede einen heißen Becher in der Hand. Draußen vor dem Fenster sieht man die ersten Schneeflocken dieses Jahres tanzen.

Ich springe auf und ziehe von meinem Schreibtisch eine große weiße Pappe heran, die ich in unsere Mitte lege. Darauf platziere ich verschiedenfarbene Stifte.

Vanessa schaut mich mit hochgezogenen Brauen an.

»Fürs Brainstorming«, erkläre ich. »Sobald wir eine Idee haben, notieren wir sie. Ich schlage vor, wir wählen verschiedene Arten, um die ehemaligen Gäste der Villa Wildsee anzusprechen. Wir können mailen, telefonieren …«

»… chatten oder Briefe schreiben …«, fügt Vanessa hinzu. Wiebke nimmt sich einen Stift, schreibt in die Mitte der Pappe »Weihnachtsprojekt«, zieht einen Kreis um das Wort und platziert um den Arbeitsnamen all unsere Vorschläge.

»Ich denke, wir sollten Chiara bitten, uns einen Brief zu schreiben, wie die Italiener Weihnachten feiern«, sage ich. Chiara ist so eine Art Halb- oder Stiefcousine von mir. Wie genau wir verwandt sind, erschließt sich mir nicht, aber auf jeden Fall ist sie eine Nichte von Angela, der Lebensgefährtin meines Vaters. Sie wohnt in Italien und war uns vor Kurzem besuchen – was beinahe in einer Katastrophe geendet hätte, da sie sich einen anderen Gast des Jugendhotels gekrallt hat und mit ihm ausgerissen ist. Na ja, am Ende hat sie sich hier dann doch noch sehr wohlgefühlt und wir sind gute Freundinnen geworden.

»Ja, super Idee!«, stimmt Wiebke zu. »Sie hat bestimmt eine schöne Schrift, sodass wir den gesamten Brief in die Projektmappe heften können. So ein Originaldokument macht bestimmt einen superguten Eindruck, oder?«

Ich grinse. »Ja, klasse. Und wenn sie uns noch ein paar Fotos beilegt und vielleicht ein paar Ausschnitte aus den Weihnachtsausgaben italienischer Zeitschriften, ist uns die Eins plus mit Streber-Sternchen sicher.«

Wir kichern und unterstreichen den Punkt »italienischer Brief« auf der Pappe.

»Mit den Engländern hattest du es doch so dicke«, meint Vanessa dann und boxt mich auf den Oberarm. »Hm, da freust du dich doch sicher, wenn du einen Vorwand hast, dich mal wieder bei David zu melden, oder?«

Zu meinem eigenen Ärger merke ich, dass meine Wangen heiß werden. Wenn Vanessa jetzt was von »Tomate« sagt, ist sie tot.

Doch sie schweigt.

»Ich brauche keinen Vorwand, um mit David zu sprechen. Wir treffen uns öfter mal im Chat. Das ist überhaupt kein Thema.«

»So?« Wiebke macht runde Augen. »Ihr habt noch regelmäßig Kontakt? Was sagt denn Philipp dazu?«

Ihre Skepsis ist nicht ganz ungerechtfertigt. Immerhin war David der erste Junge, der mich geküsst hat. Ich erinnere mich noch ziemlich gut daran, wie wir beide vor der Scheune saßen und seine Lippen meine berührten. Aber schon damals habe ich gedacht, ob es nicht eigentlich Philipp sein müsste, der mir den ersten Kuss gibt.

Nun, Philipps ersten Kuss habe ich dann ein paar Monate später bekommen, und im Gegensatz zu meiner Beziehung zu David ist es zwischen Philipp und mir nicht bei dem einen Kuss geblieben. Seit ein paar Wochen sind wir so richtig mit allem Drum und Dran ein Paar – verliebt bis zum Himmel und wieder zurück.

Philipp war von Anfang an ein bisschen eifersüchtig auf David, deswegen hielt ich es nicht für nötig, ihm zu erzählen, dass ich manchmal noch mit dem Engländer chatte. Es ist ja auch nichts Schlimmes! Wir reden nur so allgemein miteinander – von Verliebtsein keine Spur! David hat sich in seiner Heimatstadt längst in ein anderes Mädchen verknallt, wie er mir erzählt hat.

An all das erinnere ich nun Wiebke, als sie mich anschaut

wie ein verirrtes Kälbchen. »Und deswegen mache ich mir auch überhaupt keinen Kopf, wenn wir David anchatten, um ihn zu fragen, wie die Engländer das Fest begehen!«, schließe ich.

»Also okay, David wird angechattet.« Vanessa notiert dies auf unserem Cluster. »Dafür sollten unsere Englischkenntnisse ausreichen – deine ja sowieso, Lilly.«

»Und wie kontakten wir die Franzosen? Wie hießen die noch? Luc und André?«, überlegt Wiebke laut.

»Genau!« Nun ist Vanessa diejenige, die rote Wangen bekommt. Was da genau mit ihr und den Franzosen gelaufen ist, weiß ich nicht, aber Vanessa war damals ziemlich aus dem Häuschen.

»Denen sollten wir eine Mail schreiben, auf Französisch. Die können doch nicht so gut Deutsch – und wir können ein Wörterbuch benutzen.«

Ich schreibe »Mail auf Französisch« auf die Pappe, und damit ist die Sache abgemacht.

»Und wisst ihr was? Wie in Holland gefeiert wird, das erfragen wir jetzt sofort am Telefon!«, rufe ich da.

Wiebke und Vanessa starren mich an. »Wen willst du denn anrufen, Lilly?«, fragt Vanessa mit heiserer Stimme.

»Na, wen wohl? Sascha natürlich, deinen Käseprinzen!«, bringe ich glucksend hervor, bevor wir drei uns kreischend auf den Kissen wälzen und uns die Bäuche halten.

Das ist ja so aufregend! Sascha ist Schauspieler und hat hier an der Villa Wildsee einen Werbespot für Butterkäse gedreht – und was das Tollste war: Vanessa war seine Partnerin, weil die ursprünglich vorgesehene Schauspielerin wegen Krankheit und Unfähigkeit ausgefallen ist! Vanessa war bis über beide Ohren verknallt in den blonden Holländer, aber der hat ihr zum Abschied nur einen filmreifen Kuss gegeben und ihr gesagt, sie solle sich bei ihm melden, wenn sie sechzehn ist.

Als wir uns zehn Minuten später wieder eingekriegt haben, lege ich den Telefonhörer in die Mitte zwischen uns, nachdem ich die Nummer herausgesucht, gewählt und auf Lautsprecher gestellt habe.

Wir starren das Telefon an wie Geisterbeschwörer, während es zwischen uns das Freizeichen heraustutet und das Display blinkt. Endlich knackt es und Sascha meldet sich mit seinem vollen Namen und auf Holländisch, sodass wir ganz genau hinhören müssen, um zu erkennen, ob er es denn wirklich ist. Aber es gibt keinen Zweifel.

»Hi Sascha, hier ist Lilly aus der Villa Wildsee! Erinnerst du dich an mich?« Ich spreche viel zu laut, eine natürliche Reaktion, weil das Telefon so weit weg liegt. Erst als Wiebke mich in die Seite boxt und den Zeigefinger an den Mund legt, senke ich die Stimme auf Zimmerlautstärke.

»Hey, Lilly!« Er klingt ehrlich erfreut – und erstaunt. Ich kann das Fragezeichen aus seiner Stimme heraushören. »Das ist ja mal eine feine Überraschung. Wie geht's, wie steht's?«

»Alles im grünen Bereich hier. Das heißt, eher im weißen Bereich. Es hat gerade angefangen zu schneien.« Ich kichere und Vanessa verdreht die Augen.

Sascha lacht und bringt einen kleinen Wetterbericht aus Holland, ganz im Small-Talk-Stil, aber ich merke, dass hinter jedem Satz die unausgesprochene Frage steht: *Was will die bloß von mir?* Also lasse ich ihn nicht länger im Dunkeln tappen.

»Du, Sascha …«

»Ja?«

»Ich sitze hier mit Wiebke und Vanessa und die beiden hören mit …«

Kurzes Schweigen. Ich bin sicher, er zieht die falschen Schlüsse. Ganz bestimmt meint er, es ginge nun um Vanessa. »Wiebke, hallo! Und Vanessa, wie schön! Wie geht es dir?«

Darauf hat Vanessa nur gewartet. Es sprudelt förmlich aus ihr heraus, sie erzählt allen möglichen Unsinn, nur um mit ihm im Gespräch zu bleiben, aber das ist ja nicht der Sinn dieses Anrufs. Wir sind hier nicht zusammengekommen, um die Wiedervereinigung zwischen dem Käseprinzen und seiner Aushilfsprinzessin zu feiern, oder? Also blocke ich Vanessa gnadenlos aus.

»Sascha, wir haben da ein Problem«, fahre ich dazwischen.

»Ich höre?«

Nun ist Wiebke an der Reihe: »Es geht um eine Hausarbeit, die wir für den Religionsunterricht in den Weihnachtsferien erledigen sollen. Und zwar ...«

Ich fahre fort. Wiebke und ich sind ein eingespieltes Team. »... sollen wir herausfinden, wie in anderen Ländern Weihnachten gefeiert wird. Und da dachten wir uns ...«

Vanessa lässt sich nicht ausbremsen. »... dass du uns doch bestimmt erzählen kannst, wie ihr in Holland die Weihnachtszeit feiert. Und ob ihr zu Silvester zum Beispiel liebe Freunde einladet!«

Wiebke und ich boxen gleichzeitig auf Vanessa ein, bis sie kichert. »Nein, nein«, rufe ich schnell, »um Silvester geht es nicht wirklich. Es geht tatsächlich um die Adventszeit. Erzähl doch mal! Was ist da so üblich bei euch?«

»Ach herrje ... Das ist ja ein Überfall ...« Sascha lacht unsicher. »Lasst mich mal nachdenken. Wo fange ich da an?« Er schweigt ein paar Sekunden.

»Wirf uns einfach die Brocken hin, wir ordnen sie dann schon«, schlage ich munter vor.

»Also … okay … Passt auf. Habt ihr was zu schreiben?«

»Ja, klar, alles vorbereitet!«, ruft Wiebke und wir drei grinsen uns an. Das läuft ja super!

»Weihnachten wird bei uns so ähnlich gefeiert wie bei euch. Die meisten Leute haben auch einen Weihnachtsbaum. Am Heiligabend sitzt man besinnlich mit seinen Verwandten zusammen und isst gemeinsam. Am ersten Weihnachtstag gehen viele Leute in die Kirche, danach in ein Restaurant. Man isst hier Stollen oder Fischgerichte …«

»Und beschenkt ihr euch auch?«, frage ich nach, als Sascha eine kurze Pause macht.

»Ja, schon, aber nicht so reich, wie das bei euch üblich ist. Bei uns ist nämlich das viel größere Fest der Sinterklaasabend …«

»Du meinst den Nikolaustag?«, hake ich nach.

»Ja, genau, aber den Abend vorher, den 5. Dezember. Tage vorher bereits schreiben die niederländischen Kinder ihre *verlanglijstje* …«

»Einen Wunschzettel«, wirft Wiebke ein.

»Genau!« Sascha lacht. »Vor dem 5. Dezember stellen die Kinder hier ihre Schuhe vor den Herd oder an den Kamin. Meist legen sie noch eine Möhre oder ein Schälchen Wasser für Sinterklaas' Pferd dazu. Während der Nacht reitet der Sinterklaas mit seinen Pieten – das ist bei euch der Knecht Ruprecht – durchs Land und die schwarzen Knechte werfen die Süßigkeiten und Geschenke durch die Schornsteine. Am 6. Dezember verlässt Sinterklaas die Niederlande und fährt zurück nach Spanien, wo er angeblich herkommt. Ach so: Ganz wichtig sind bei uns die Süßigkeiten. Da gibt es zum Beispiel die Buchstaben aus Keks oder Schokolade, die auf die Geschenke gelegt werden, Anfangsbuchstaben der Namen der

Kinder, für die sie bestimmt sind. Und hier wird wahnsinnig viel Marzipan gegessen. Früher war das ein Zeichen von Liebe, wenn ein Junge einem Mädchen Marzipan geschenkt hat. Es gibt auch reichlich Spekulatius in verschiedenen Formen und Pfeffernüsse.«

»Mir gefällt die Idee mit den gebackenen Buchstaben«, sage ich, während Wiebke nun eifrig mitschreibt. »Hast du da ein Original-Rezept für uns, Sascha?«

»Lass mich überlegen … Wartet mal …« Wir hören, wie er mit dem Telefon in der Hand eine Treppe hinab geht und dann spricht er mit jemandem auf Holländisch, offenbar seine Mutter. Wir lauschen gespannt, verstehen aber kein Wort. Schließlich meldet er sich wieder auf Deutsch. »Okay, hier habe ich etwas Leckeres für euch: *Letterbanket* – Buchstabenkuchen. Aufgepasst!« Dann liest er langsam ab, während Wiebke mitschreibt:

»Ihr braucht 400 Gramm Blätterteig, den es tiefgekühlt fertig zu kaufen gibt, 200 Gramm Marzipan, ein Ei und Backpapier. Taut den Blätterteig auf, bis er weich ist, und rollt ihn zu einem vier Zentimeter breiten und zwei Zentimeter dicken Streifen aus. Aus dem Marzipan eine dicke Wurst rollen und auf den Teigstreifen legen. Nun den Teig um das Marzipan schlagen, die Ränder mit Wasser bestreichen und diese Stellen fest zusammendrücken. Die entstandene Blätterteig-Marzipan-Wurst wird in Stücke geschnitten, aus denen ihr wiederum dünne Würstchen rollt. Daraus könnt ihr nun die Buchstaben formen. Muss ein Buchstabe aus mehreren Teilen zusammengesetzt werden, solltet ihr die Enden fest zusammenpressen. Die fertigen Buchstaben werden mit Eigelb bestrichen und auf ein mit Backpapier ausgelegtes Backblech gelegt. Das Ganze bei 200 Grad etwa 25 bis 30 Minuten durchbacken. – Alle Klarheiten beseitigt?« Wir hören ihn grinsen und das Knistern von Papier, als er das Rezept wieder weglegt.

»Das hört sich ganz klasse und simpel an! Vielen, vielen Dank, Sascha! Deine Informationen über Sinterklaas und das Rezept für die Buchstabenkuchen bekommen einen Ehrenplatz in unserer Projektmappe!«, erkläre ich begeistert.

»Freut mich, dass ich euch helfen konnte. Und hey, im nächsten Jahr seid ihr herzlich eingeladen, hier bei uns einen Sinterklaas-Weihnachtsmarkt zu besuchen, okay?«

»Ja, wow!«, ruft Wiebke. »Vielen Dank, Sascha.«

Vanessa hat es die Sprache verschlagen. Ob vor Freude oder weil es ihr bis zum nächsten Jahr viel zu lange dauert, kann ich nicht beurteilen. Doch bevor sie nun wieder anfängt und peinlich mit dem Zaunpfahl winkt, damit er sie zu Silvester einlädt, beende ich das Gespräch: »Bis bald, Sascha!«

»*Prettige kerstdagen*, ihr drei Hübschen«, sagt er schmunzelnd.

»Frohe Weihnachten, Sascha!«, rufen wir im Chor.

Superleckere Rentier-Plätzchen

ZUTATEN:

500 g Mehl

250 g Zucker

1 Packung Vanillezucker

2 Eier

½ Packung Backpulver

Rote Schokolinsen

Helle und dunkle Zuckerschrift

REZEPT:

Mehl und Backpulver vermischen. In einer großen Schüssel die Eier und den Zucker schaumig rühren.

Nach und nach Mehl hinzugeben und alles zu einem glatten Teig rühren.

Den Teig für 30 Minuten in den Kühlschrank legen, am besten in Klarsichtfolie eingewickelt.

Danach den Teig ausrollen und mit einem runden Förmchen (alternativ mit einem Glas) Kreise ausstechen.

Bei 200 Grad im vorgeheizten Backofen ca. 10 Minuten goldgelb backen.

Mit der hellen Zuckerschrift eine rote Schokolinse als Nase aufkleben, mit der dunklen Glasur können die Augen und das Geweih des Rentiers gemalt werden. Gut trocknen lassen und genießen!

HORTENSE ULLRICH

16

Das Weihnachtsfoto

»Ein Schnecken-Adventskalender!«, rief meine kleine Schwester Flippi, die Schneckenzüchterin, und nickte heftig. »Das ist ideal, aus dem kann Mami jeden Tag eine andere Schnecke herauspflücken, etwa eine Gute-Laune-Schnecke, eine Tee-Gesellschafter-Schnecke, eine Vorlese-Schnecke, eine Geschirrspül-Schnecke, eine Aufräum-Schnecke …«

An der Stelle stoppte ich sie. Ich verzichtete darauf, Flippi den Ekelfaktor von Schnecken darzulegen, ganz abgesehen von der Funktionsfähigkeit von Schnecken im Allgemeinen, sondern beschränkte mich darauf, ihr zu erklären, dass ein Adventskalender als Weihnachtsgeschenk nicht gerade sehr schlau ist. Ich ließ mich auch nicht von ihrem Argument überzeugen, den könne unsere Mutter ja dann im nächsten Jahr benutzen.

Oskar, der Freund unserer Mutter, hatte die Idee aufgebracht, dass wir uns dieses Jahr mal ein wirklich besonderes, persönliches Weihnachtsgeschenk für sie überlegen sollten. Da Flippi auf einem Schnecken-Adventskalender bestand, gab es natürlich Streit.

»Kinder! Bitte!«, jaulte Oskar. »Hört auf zu streiten, ich hab mir bereits Gedanken darüber gemacht und ich bin der Meinung, ihr solltet ein Foto von euch machen lassen und einen netten Rahmen dazu besorgen. Das wäre das perfekte Geschenk.«

»Wieso denn? Mami weiß doch, wie wir aussehen!«, widersprach Flippi sofort.

Oskar seufzte, ihm war klar, dass es nicht einfach werden würde.

»Glaubt mir, sie würde sich freuen«, sagte er. »Es gibt kein einziges Bild, auf dem ihr beide gemeinsam drauf seid. Sie hat es gerade erst vor Kurzem erwähnt.«

»Es gibt sehr wohl Bilder, auf denen wir beide drauf sind«, sagte Flippi. Sie ließ einfach nicht locker.

»Na ja, genau genommen hat Oskar recht«, pflichtete ich ihm bei, eigentlich mehr, um Flippi zu widersprechen. »Wenn wir mal gemeinsam auf einem Foto sind, dann meist nur in Kampfstellung, beim Haareraufen oder mit wutverzerrten Gesichtern.«

Oskar lächelte mich dankbar an. »Und deshalb wäre ein friedliches Schwestern-Bild doch ein ganz wundervolles Weihnachtsgeschenk für eure Mutter.«

Flippi verdrehte die Augen, stellte sich in Positur und meinte: »Okay, hol die Kamera, Oskar, ich werd Jojo in den nächsten fünf Minuten nicht vermöbeln!«

»Sag mal, spinnst du? Du wirst mich überhaupt nicht vermöbeln, eher fängst du dir eine von mir ein!«, rief ich wütend.

Oskar jaulte erneut. »Bitte hört auf. Ich mach ganz bestimmt kein Bild von euch. Das geht nicht gut. Ich dachte, ihr geht zum Fotografen und lasst dort ein Bild machen, so richtig professionell. Und ich denke, vor fremden Leuten reißt ihr euch bestimmt zusammen.«

Flippi und ich guckten uns feindselig an.

»Also?«, fragte Oskar. »Was ist? Tut ihr mir den Gefallen? Eurer Mutter zuliebe!«

Ich nickte. »Okay.«

Auch Flippi machte ein tapferes Gesicht. »Das kriegen wir hin.«

»Na hoffentlich«, murmelte ich, doch als mich ein leidender Blick von Oskar traf, sagte ich schnell: »Ganz bestimmt.«

Oskar atmete auf und gab mir einen Zettel. »Gut. Ich hab nämlich bereits einen Termin für euch beim Fotografen gemacht. Hier ist die Adresse.«

Der Fotograf war sehr freundlich, er nuschelte sogar was von *hübsche Mädchen*, was unsere ganze Aktion fast zum vorzeitigen Ende gebracht hätte, denn Flippi hat für Komplimente keinen Sinn. Und für solche, in denen *hübsch*, *niedlich*, *süß* oder *lieb* vorkommt, schon gar nicht. Aber es gelang mir, Flippi zurückzuhalten und zu verhindern, dass sie dem Fotografen gehörig die Meinung sagte. Dabei warf ich aus Versehen den großen Scheinwerfer um, aber es ging nichts kaputt, denn die Assistentin fing den Scheinwerfer geschickt auf.

Nachdem wir endlich unsere Positionen eingenommen hatten, mit dem Rücken zueinander, aber das Gesicht der Kamera zugewandt – der Fotograf hatte nach zehn Minuten aufgegeben, uns dazu bringen zu wollen, dass wir uns umarmten oder Wange an Wange in die Kamera strahlten –, hätte es eigentlich losgehen können.

»Stopp!«, rief Flippi dann plötzlich, kramte in ihrer Jackentasche, holte eine Handvoll Schnecken raus und platzierte sie dekorativ auf ihren Schultern und ihrem linken Arm.

»Sag mal, du Sumpfeule«, rief ich, »das kommt überhaupt

nicht infrage, dass diese Ekelviecher mit auf unser Bild kommen!«

Flippi war empört und brüllte zurück: »Natürlich kommen sie mit aufs Bild, sie sind schließlich mein Markenzeichen!«

Ich trat empört von Flippi weg, sie drehte sich zu mir um und stemmte die Arme in die Seite. Dabei fiel eine ihrer Schnecken herunter, worauf sie mich anbrüllte: »Jetzt schau dir an, was du gemacht hast! Wehe, Arthur hat sich einen Fühler gebrochen!«

Ich sah zum Fotografen und rief: »Nun sagen Sie doch auch mal was!«

Das tat er. Er sagte: »Raus!« und wies zur Unterstützung mit dem Finger auf die Tür.

Das war das Ende unserer Fotografen-Aktion.

Als wir beide draußen standen, tat es uns dann leid, dass unsere Mutter nun kein Bild von ihren beiden Töchtern bekommen sollte. Aber bei dem Fotografen hatten wir verspielt. Wo sollten wir also jetzt ein Bild machen lassen?

Über diese Überlegungen vergaßen wir sogar kurzfristig unseren Streit und Flippi hatte ein Idee: »Wir gehen ins Einkaufscenter, dort sitzt immer dieser alberne Weihnachtsmann rum und mit dem kann man sich doch fotografieren lassen. Da können wir das Bild auch gleich mitnehmen.«

Ich musste zugeben, es war eine gute Idee. Oder sagen wir lieber: Es schien eine gute Idee zu sein.

Wir gingen also zum Einkaufszentrum. Dort reihten wir uns brav in die Schlange der wartenden Kinder ein. Als wir an die Reihe kamen, setzte sich jede von uns auf ein Bein des Weihnachtsmannes.

Er wehrte ab und meinte, das sei erstens für kleinere Kinder gedacht und zweitens definitiv immer nur für ein Kind auf einmal.

Flippi klärte ihn auf: »Also, erstens kann ich Ihnen versichern, dass es uns genauso wenig Spaß macht wie Ihnen, und zweitens brauchen wir ein Foto, auf dem wir beide drauf sind.« Sie bot dem Weihnachtsmann dann allerdings noch an: »Wenn Sie ein Problem damit haben, dann stehen Sie doch mal einen Moment auf und gehen zur Seite, wir lassen das Foto machen und gut ist. Denn, ehrlich gesagt, stören Sie eher auf dem Foto. Es soll nämlich ein Familienfoto sein.«

Der Weihnachtsmann war nicht sehr kooperativ, Flippi dagegen schon. Sie gestattete ihm dann doch, mit auf dem Bild zu sein.

Wir nahmen also tatsächlich auf seinen Knien Platz, Flippi griff wieder in ihre Jackentasche und die Schnecken-Arie startete erneut.

Ich zischte Flippi zu, sie solle ihre dämlichen Schnecken verschwinden lassen. Das machte den Weihnachtsmann erst auf die Tiere aufmerksam und er flippte aus.

Dann ging alles sehr schnell. Es gab Tumult und der Weihnachtsmann brüllte uns an: »Raus! Aber sofort!«

Flippi war noch geistesgegenwärtig genug, dem Fotografen das Polaroid aus der Hand zu zupfen, bevor wir aus dem Einkaufscenter flüchteten.

Ich war nicht ganz sicher, ob das das Foto war, dass sich unsere Mutter von uns gewünscht hatte: Man sah das entsetzte Gesicht eines Weihnachtsmannes, der sich in Panik den Bart vom Gesicht reißt, weil auf dem Bart die Schnecke Arthur sitzt, man sah Flippi, wie sie wütend den Mund aufreißt und den Weihnachtsmann offensichtlich anbrüllt, und man sah mich, wie ich auf Flippi einschreie.

Flippi und ich betrachteten das Bild.

»Was machen wir damit?«, fragte ich sie.

»Na, jetzt besorgen wir noch einen schönen Rahmen! Arthur ist sehr gut getroffen.«

Ideen für das etwas andere Familienfoto

Ihr wollt gerne ein Familienfoto verschenken, aber nicht das klassische, das jeder kennt?
Hier kommen ein paar lustige Vorschläge, wie ihr jedes Familienbild auflockert:

- Alle tragen Nikolausmützen
- Alle haben einen Schnurrbart angeklebt oder aufgemalt
- Ihr legt euch auf den Boden und fotografiert aus der Vogelperspektive.
- Jeder macht seinen liebsten Dance-Move oder nimmt eine Superheldenpose ein.
- Fotografiert euch so, dass euer Spiegelbild sich in einer Christbaumkugel widerspiegelt.

CHANTAL SCHREIBER

17

Senior Xmas

3 Wochen vor Weihnachten.

»Und du kommst am Mittwoch wieder?«

»Klar komm ich am Mittwoch, Oma.«

»Grüß die Mama. Hoffentlich geht's ihr bald besser. Obwohl, ich schätze, wenn es ihr besser ginge, und sie selber kommen könnte, würdest du dich hier nicht blicken lassen, oder?«

Ich werde rot, gehe zum Stuhl meiner Großmutter, beuge mich über sie und gebe ihr zum Abschied einen Kuss auf die Wange, die sich wie ganz feines Papier anfühlt, glatt, trocken, kühl.

»Sicher würde ich mich trotzdem blicken lassen.« Zu Weihnachten bin ich immer mitgekommen, seit meine Oma hier drin ist. Zu Weihnachten. Zu Omas Geburtstag. Zu Mamas Geburtstag.

Oma lacht. Sie gluckst richtig, irgendwie lacht sie wie ein kleines Mädchen. Sie hat in sorgfältige Wellen gelegte graublaue Haare, die schon ziemlich dünn werden, graublaue Augen, eine zierliche Nase und einen immer noch sehr hübschen Mund. Meine Mutter sieht ihr total ähnlich und ich meiner Mutter, also schätze ich, ich weiß genau, wie ich aussehen werde, wenn ich mal achtundsiebzig bin.

»Mellie, Schatz. Ich wollte dir kein schlechtes Gewissen

machen. Ich verstehe, wenn du es hier nicht aushältst. Graue Gesichter, grünes Linoleum, überall riecht es nach lauwarmer Suppe und alten Leuten.« Sie schüttelt angewidert den Kopf. »Es ist deprimierend für jeden unter fünfzig.« Sie hat recht. Mit jedem Wort, das sie sagt, und ich bin irgendwie erleichtert, dass sie es versteht.

»Dein Zimmer ist aber schön«, versuche ich, etwas Positives beizusteuern. »Und der Garten auch. Und der Friedhof ist auch in der Nähe.«

»Ja, richtig praktisch, nicht wahr?« Und jetzt gluckst sie wieder los und ich werde noch zehnmal röter als zuvor und würde am liebsten im Boden versinken. Meine Oma geht gern auf den Friedhof und kümmert sich um die Gräber meiner Urgroßeltern und anderer Familienmitglieder. Seit sie in diesem Heim ist, hat sie keinen eigenen Garten mehr, aber auf den Gräbern kann sie buddeln und Blumen einsetzen und all so was. Wenn es ihr gut genug geht, mit dem Herzen. »So hab ich das doch nicht gemeint …«

»Ich weiß doch, Schatz«, unterbricht sie mich kichernd. »Lass eine alte Frau doch ein bisschen rumalbern!«

Wenig später laufe ich den langen Gang von ihrem Zimmer vor zum Treppenhaus und hinunter ins Erdgeschoss, gierig nach frischer Luft. An der Glastür steht ein Junge und unterhält sich mit einem alten Mann im Rollstuhl. Wohl auch ein Besuch beim Großvater oder Großonkel. Gerade als ich bei der Tür ankomme, wendet der Mann seinen Rollstuhl und fährt davon.

»Hey«, sage ich zu dem Jungen, als wir gleichzeitig ins Freie treten.

»Hey«, sagt er und mustert mich von der Seite.

Ich seufze und sauge meine Lungen voll frischer Luft, erleichtert, draußen zu sein, trotz Schneegestöber und Kälte. »Megadeprimierend hier, was? Der Geruch nach alten Leuten macht mich fertig.«

Er hebt die Augenbrauen. »Es ist ein Seniorenheim«, sagt er, ziemlich kühl.

»Ja«, sage ich hastig. »Meine Oma riecht auch nicht so. Also ich meine das nicht böse. Es ist einfach ein eigenartiger Geruch hier, eine Mischung aus Krankenhaus und Betriebsküche …«

»Viele Leute hier *sind* krank«, sagt er. »Und es *gibt* eine Betriebsküche.«

»Schon klar«, antworte ich. Mann! Ich wollte doch bloß ein bisschen mit jemandem plaudern, der nicht hundert Jahre alt ist. »Ich bin eben nicht so oft hier«, erkläre ich ihm. »Meine Mutter kommt meistens allein. Aber sie liegt mit Lungenentzündung flach und jetzt muss ich sie vertreten.«

Er nickt nur. »Na dann.« Grußlos geht er weg, durch den wirbelnden Schnee, die Schultern hochgezogen, Hände in den Taschen. Komischer Typ. Na ja, wahrscheinlich ist ihm der Besuch auch aufs Gemüt geschlagen, kein Wunder.

2 Wochen vor Weihnachten.

Er scheint immer da zu sein, wenn ich auch da bin. Komischerweise besucht er nicht immer denselben Opa, er scheint hier eher so was wie ein Hausmaskottchen zu sein. Heute ist er reingeplatzt, als Oma und ich gerade dabei waren, Serienschauspieler zu imitieren. Genau genommen haben wir eine Szene aus »Anna und die Liebe« nachgespielt und uns dabei halb totgelacht. Und mitten im ärgsten Gegluckse und Gekicher hat er den Kopf zur Tür reingesteckt.

Wir haben ihn angesehen, beide etwas erschöpft vom Lachen.

»Sorry«, sagt er und wird rot. »Bin auf der Suche nach Schwester Frida.«

»Aber ist die nicht ein bisschen zu alt für dich, Schätzchen?«, hat Oma ihn todernst gefragt. »Nimm lieber meine knackige Enkelin hier!« Ich bin natürlich auch rot geworden und hab Oma einen empörten Blick zugeworfen.

Wenigstens war ihm die Sache auch so peinlich, dass er nur »Also dann, 'tschuldigung!« gemurmelt und sich schnell verdrückt hat.

1 Woche vor Weihnachten.

»Süße, du musst jetzt los!«

»Du hast aber nicht fertig erzählt!«

Oma lacht ihr glucksendes Lachen. »Die Geschichte dauert achtundsiebzig Jahre und ich bin gerade erst bei Jahr fünfzehn. Ich *kann* heute nicht mehr fertig erzählen. Aber nächstes Mal kommen wir zu meinem ersten Kuss, versprochen.«

Jetzt muss ich lachen. Vor ein paar Wochen hätte ich lieber eine dreistündige Mathearbeit geschrieben als Kussgeschichten von meiner Oma zu hören. Aber Tatsache ist, ich war jetzt fünf- oder sechsmal hier und jedes Mal freue ich mich ein bisschen mehr auf den nächsten Besuch.

Ich bringe ihr Rätselzeitschriften in großer Schrift mit – weil ihre Augen nicht mehr so gut sind. Und die Serien-DVDs, die ich gerade gucke. Sie ist voll in *Gossip Girl* reingekippt. Ich meine, ist das zu fassen? Meine Oma! Wir streiten darüber, welcher der Jungs in der Serie am besten aussieht. Wir spielen Scrabble. Wir gehen gemeinsam in die Cafeteria auf Kaffee und Kuchen.

Ein paarmal hab ich *ihn* auch dort gesehen – jetzt weiß ich schon, dass es drei verschiedene alte Herren sind, die er besucht. Er spielt Schach mit ihnen, holt ihnen Kaffee, liest ihnen aus der Zeitung vor. Ab und zu haben sich unsere Blicke getroffen und seine sind nicht mehr so unfreundlich wie zu Anfang. Eher irgendwie neugierig. Er hat kurze, mittelbraune Haare und blaue Augen und ein paar Sommersprossen, und ich schätze, er ist etwas älter als ich. Wenn er mit dem einen Opi Karten spielt oder plaudert, dann lachen beide immer so laut, dass die ganze Cafeteria vibriert. Meine Oma kennt den Jungen auch vom Sehen. Sie meint, mit Glück sieht er in ein paar Jahren aus wie Dan aus *Gossip Girl*. Na ja. Mir gefällt sowieso Nate besser.

Ich liebe es, wenn meine Oma aus ihrem Leben erzählt. Das ist wie *Gossip Girl*, nur eben vor sechzig Jahren. Ich hab ihr gesagt, sie sollte ein Buch schreiben.

»Klar«, hat sie gemeint. »Das mach ich dann aus dem Jenseits. Ich diktiere es einem Medium. In diesem Leben wird es etwas knapp mit der Zeit.«

Ich hasse es, wenn sie so was sagt. Ich will nicht daran denken, dass sie früher oder später nicht mehr da sein wird – vielleicht sogar eher früher als später. Wir schließen einen Vertrag, dass sie bei meiner Hochzeit noch dabei sein muss. Das erscheint mir so weit weg, beinahe ewig.

»Bis übermorgen, Oma. Ich hab dich lieb.«

»Ich dich auch, mein Schatz. Bis übermorgen.«

2 Tage später.

Irgendwie kann ich noch nicht nach Hause. Der Rettungswagen ist gerade erst weg und der Notarzt hat gesagt, es hat keinen Sinn, heute noch ins Krankenhaus zu kommen, ich dürfte ohnehin nicht auf die Intensivstation.

Ich hab Oma nur ganz kurz gesehen, sie hatte eine von diesen Sauerstoffmasken im Gesicht, wie ich sie bisher nur aus den Arztserien im Fernsehen kannte. Ihre Augen waren geschlossen und ihre Haut fast durchsichtig.

Auf ihrem Nachttisch lag die letzte Rätselzeitschrift, die ich mitgebracht habe, aufgeschlagen bei einem unvollständig gelösten Kreuzworträtsel. Ihr muss mittendrin schlecht geworden sein, sonst hätte sie es fertig gelöst. Daneben ein flaches, rechteckiges Päckchen, in Bärchen-Weihnachtspapier eingeschlagen, mit einer blauen Schleife drauf und einem kleinen Kärtchen daran. »Für Mellie, oder eigentlich für uns beide …« Dann kommt ein Zwinkergesicht. Das mit den Smileys kennt sie aus meinen SMS. »Frohe Weihnachten und bis bald. Oma. PS: Und Dan ist doch süßer als Nate!«

Jetzt sitze ich auf der Treppe, obwohl es eisig kalt ist, und starre auf das Päckchen. Ich kann noch nicht nach Hause. Ich kann hier noch nicht weg. Oma verbringt den Weihnachtsabend immer bei uns. Also muss sie das Päckchen für heute vorbereitet haben, weil es ihr nicht gut ging, weil sie gespürt hat, dass sie am Heiligen Abend vielleicht nicht bei uns sein kann.

»Hey.«

Ich sehe zu ihm hoch, aber antworte nicht.

»Du wirst dir hier auch noch eine Lungenentzündung holen«, sagt er. Komisch, wir haben seit über zwei Wochen kein

Wort miteinander gesprochen, aber das mit der Lungenentzündung meiner Mutter hat er sich gemerkt.

»Meine Oma ist im Krankenhaus«, sage ich und merke selbst, wie seltsam leer meine Stimme klingt.

»Ich weiß. Ich hab den Rettungswagen gesehen und eine Pflegerin hat's mir erzählt.« Er nimmt mich am Ellenbogen und ich lasse mich widerspruchslos hochziehen.

»Komm mit rein«, sagt er, und schubst mich, ohne eine Antwort abzuwarten, durch die Tür.

In der Cafeteria erzählt er mir dann, dass sein Opa hier gewohnt hat und letztes Jahr gestorben ist. Er hat ihn oft besucht und dabei auch ein paar seiner Kumpels kennengelernt und sich mit ihnen angefreundet. Und jetzt kommt er immer noch hin und wieder zu Besuch, um den Freunden seines Großvaters Gesellschaft zu leisten. Er heißt Christoph. Chris.

»Das ist nett von dir«, sage ich. »Wirklich.«

Er zuckt mit den Schultern. »Also ehrlich gesagt, ich mache das gar nicht so sehr aus Mitleid. Ich komm gerne her. Paul und Franz und Onkel Eddie – die haben alle so viel zu erzählen, und sie sind echt witzig, vor allem Paul. Franz hat ungefähr jedes Buch gelesen, das je geschrieben wurde. Und Onkel Eddie hat mir Schach beigebracht. Die Vorweihnachtszeit ist irgendwie kritisch, ich glaube, wenn man da keinen Besuch kriegt, fühlt man sich doppelt einsam. Drum war ich jetzt öfter da.«

Ich nicke. Plötzlich fällt mir etwas ein und ich werde rot. »Ich habe ziemlichen Müll geredet, als wir uns da draußen getroffen haben. Tut mir leid.«

Er zuckt nur mit den Schultern. »Mir tut's auch leid, dass ich so ein Arsch war. Altersheime sind gewöhnungsbedürftig, das ist schon so. Und alte Leute sind eben irgendwie anders –

und dann auch wieder nicht.« Er grinst. »Sind ja nicht alt auf die Welt gekommen.«

»Wenn ich mit meiner Oma rede, hab ich eher das Gefühl, sie ist überhaupt nie alt *geworden.* Nicht älter als siebzehn jedenfalls.«

Er lacht und deutet dann auf das Päckchen, das zwischen uns auf dem Cafeteria-Tischchen liegt.

»Dein Weihnachtsgeschenk?«, fragt er und ich nicke.

»Willst du's nicht aufmachen?«

»Ich weiß, was drin ist«, sage ich. »*Gossip Girl,* die dritte Staffel.«

Und dann fange ich an zu heulen. Wir wollten uns die dritte Staffel gemeinsam ansehen, Oma und ich. Ich schluchze und schluchze und kann gar nicht mehr aufhören.

»Sie hat's mir versprochen«, wiederhole ich nur immer wieder. »Sie hat's mir doch versprochen.« Er fragt mich zum Glück nicht, was Oma mir versprochen hat, der Deal mit der Hochzeit ist ja irgendwie kindisch, aber er schiebt seinen Stuhl auf die andere Seite des Tisches neben mich, legt seinen Arm um mich und hält mich ganz fest.

»Hey«, sagt er und dann noch mal: »Hey. Das wird schon. Echt.«

24. Dezember.

Der Anruf kommt um sieben Uhr dreißig morgens und ich schlafe noch halb, als es an meiner Tür klopft. Mama, immer noch blass und ziemlich dünn, aber wieder halbwegs fit, hat ihr Handy in der Hand.

»Mellie, bist du wach?«, sagt sie und lächelt. »Für dich.«

Ich nehme das Handy, und in der nächsten Sekunde bin ich hellwach.

»Hallo, Schatz«, sagt die Stimme am anderen Ende der Leitung. »Ich glaube, ich fange an, den Leuten hier auf den Wecker zu fallen. Hab ihnen erklärt, dass sie mich rauslassen müssen, ich hab draußen noch einiges vor.« Sie kichert und gluckst dabei wie immer.

Ich könnte heulen. Und lachen. Es geht ihr besser. Sie kommt raus.

Als ich auflege, hab ich das Gefühl, unbedingt etwas tun zu müssen. So, als ob ich etwas vergessen hätte. Etwas ganz Wichtiges, das mir ums Verrecken nicht einfallen will.

Und dann weiß ich es plötzlich. Ich muss es Chris sagen. Er ist der Einzige, der verstehen wird, wie glücklich ich gerade bin. Er war auch der Einzige, der wirklich verstehen konnte, wie es mir ging, nachdem Oma vom Rettungswagen abgeholt worden war.

Da gibt es nur ein Problem: Ich hab seine Nummer nicht. Wir haben uns lange unterhalten an dem Nachmittag, als ich mich endlich beruhigt hatte. Nicht nur über unsere Großeltern und die Leute im Heim. Über alles Mögliche. Und mir ging's danach wirklich besser. Ich hab Oma vermisst die letzten Tage und viel an sie gedacht. Aber an ihn hab ich mindestens genauso viel gedacht. Ich merke es bloß jetzt erst, wo die Sorge um meine Oma in den Hintergrund rückt. Er wird nach Weihnachten nicht mehr so oft kommen. Vielleicht hört er irgendwann ganz auf mit den Besuchen? Vielleicht treffen wir uns nie wieder?

Ich kann sein Gesicht genau vor mir sehen, jede einzelne Sommersprosse und seine blauen Augen und die Augenbrauen, von denen eine von einer schmalen Narbe unterbrochen ist.

Ich kann seinen Arm um mich spüren und seine Stimme hören, die sagt: »Das wird schon.« Verdammt. Ich hab wirklich zu viel *Gossip Girl* geguckt.

Ich höre den Schlüssel im Schloss und fliege die Treppe hinunter. Gerade kommt sie herein, hinter Papa, der ihre Tasche trägt und so ein kleines Grinsen im Gesicht hat.

»Oma!« Ich falle ihr um den Hals und da, über ihre Schulter hinweg, sehe ich plötzlich, dass noch jemand in der Tür steht.

»Der junge Mann wollte deine Telefonnummer«, sagt Oma und zwinkert. »Ich dachte, ich nehm ihn lieber gleich mit. Musste ihn überreden.«

Meine Mutter kommt und begrüßt Oma, die mir unauffällig einen kleinen Schubs in Richtung Tür gibt.

»Hey«, sage ich.

»Hey«, sagt er, ein bisschen verlegen. »Ich wollte dir bloß sagen, wie froh ich bin, dass es deiner Oma besser geht. Aber ich hatte deine Nummer nicht.«

»Ich wollte dir heute Morgen auch schon sagen, wie froh ich bin, dass es Oma besser geht. Aber ich hatte deine Nummer auch nicht.«

Wir schweigen. Jetzt haben wir ja beide gesagt, was wir sagen wollten, also haben wir keinen Vorwand mehr, Telefonnummern auszutauschen.

»Frohe Weihnachten dann«, sagt er.

»Dir auch frohe Weihnachten«, sage ich. »Und danke, dass du vorbeigekommen bist.«

Als ich die Tür zumache, könnte ich mich ohrfeigen. Warum

hab ich ihn nicht einfach nach seiner Nummer gefragt? Was wäre dabei gewesen?

»Und?«, fragt Oma.

»Nichts und«, sage ich.

»Das ist ein bisschen wenig.«

Ich zucke mit den Schultern.

Sie zückt ihr Handy. »Hab ganz vergessen, unserem jungen Freund *Frohe Weihnachten* zu wünschen. Würdest du mir helfen, ihm eine SMS zu schicken?«

Meine Augen fühlen sich plötzlich viel größer an. Gleich werden sie plopp! machen. »Du hast seine Nummer?«

»Hab ihn schon vor Wochen im Heim um einen kleinen Gefallen gebeten. Ich konnte mein Handy nicht finden. Hab ihm meine Nummer gegeben, damit er mich anruft.« Sie lächelt verschwörerisch. »Wie der Zufall so spielt.« Sie hält mir das Telefon hin. »Ich kann die Buchstaben kaum erkennen. Vielleicht besser, wenn du die SMS schickst.«

Sie lässt sich vorsichtig auf dem Sofa nieder. »Wenn du mich fragst«, sagt sie und lächelt zufrieden, »solltet ihr euch mal wo treffen, wo nicht lauter Hundertjährige abhängen. Das törnt nämlich so was von ab.«

Durchsichtige Weihnachtskugel als Deko oder Geschenk

Im Bastelladen gibt es durchsichtige Weihnachtskugeln aus Plastik, die man in der Mitte öffnen kann. Diese kannst du nach Lust und Laune verzieren – um sie dann entweder selbst zu behalten, den Weihnachtsbaum damit zu schmücken oder sie zu verschenken. Wichtig ist, dass du deiner Kreativität freien Lauf lässt!

Ideen für die Weihnachtskugeln:

- Kleine Tannenzweige
- Schokolinsen
- Zimtstangen
- Glitzer
- Perlen
- Konfetti
- Kunstschnee
- Lametta

Vielleicht passt sogar das eigentliche Geschenk in eine solche Weihnachtskugel (wenn es klein genug ist). Einfach mal ausprobieren!

Irene Zimmermann

18

Weihnachtsküsschen

»Ich hab überhaupt keine Lust auf die Adventsfeier bei Tante Thea«, nörgelt meine Schwester Amelie. »Da muss ich bloß wieder so doofe Weihnachtslieder singen. Und warum muss Jana nicht mit? Das ist gemein, das ist …«

Sie sucht vergeblich nach Worten und ich kann sie auch verstehen. Es ist schon ziemlich stressig, den Sonntagnachmittag mit Tante Thea, Onkel Albert und zwei Wellensittichen zu verbringen, die angeblich dreiundzwanzig Wörter völlig fehlerfrei sprechen, während die ältere Schwester – das bin ich – zu Hause bleiben darf.

»Also, dann lern mal schön Mathe«, sagt Mama, »und lass dich bloß nicht wieder ablenken. Du weißt doch, wie wichtig die nächste Arbeit am Montag für dich ist.« Sie gibt mir noch einen Kuss, dann verlässt sie mit Amelie die Wohnung. Ich hole mir auch brav Mathebuch und Heft und bin schon fast soweit, dass ich die erste Übungsaufgabe kapiere, da klingelt das Telefon.

Nike, sehe ich auf dem Display. Mamas Rat, mich nicht ablenken zu lassen, fällt mir ein, aber für Nike gilt das selbstverständlich nicht. Sie ist meine beste Freundin und sie ist *die* totale Beziehungsexpertin. Außerdem ist sie in Mathe besser als ich. Klar, dass ich das Telefon einfach abnehmen muss!

»Hi!«, sagt sie. »Was ich dich fragen wollte: Bist du noch an Manuel interessiert?«

»Ja schon«, erwidere ich. »Aber ich sitze gerade an Mathe und …«

»Vergiss es! Ich dachte, bei Manuel geht es um dein Lebensglück. Wenn ich mich richtig erinnere, redest du seit drei Wochen über nichts anderes mehr.«

Nike hat ja recht. Seit exakt dreiundzwanzig Tagen gibt es für mich nur noch Manuel, zumindest in der Theorie, denn er hat noch nicht die geringste Ahnung, dass ich mich unsterblich in ihn verliebt habe. Blöd ist nur, dass ich bis jetzt sehr wenig über ihn weiß, außer dass er jeden Morgen mit demselben Bus zur Schule fährt wie ich, unglaublich blaue Augen hat und einfach umwerfend süß aussieht.

»Also sag endlich: Bist du noch interessiert?«, unterbricht sie meine Gedanken. »Und komm mir bloß nicht wieder mit diesem lahmen *ja schon.*«

»Ja«, sage ich. Und weil das vielleicht immer noch nicht begeistert genug klingt, rufe ich: »Ja, ich will! Ich will Manuel! Bist du nun zufrieden?«

»Für den Anfang nicht schlecht. Du weißt ja, für die große Liebe muss man auch was wagen. Hör mal, was ich gerade eben rausgefunden habe. Erstens: Manuel ist bei der Jugendfeuerwehr. Zweitens: Die veranstalten heute Nachmittag eine Adventswichtelparty. Drittens: Als Eintritt soll jeder etwas Selbstgebackenes mitbringen. Also, wär das nichts für dich? Sechzehn Uhr, in der Margaretenstraße 23. Das ist gleich bei dir um die Ecke. Alles klar?«

»Du spinnst«, erwidere ich. »Ich kann doch nicht einfach …«

»Klar kannst du. Du musst sogar! Oder glaubst du noch an Märchen? Dass Prinz Manuel so ganz zufällig auf einem

Schimmel bei dir vorbeireitet und sich in dich verliebt?« Sie kichert. »Und ruf mich an, wenn alles geklappt hat.«

Ich bin völlig durch den Wind, als Nike aufgelegt hat. Die Adventswichtelparty wäre *die* Chance, Manuel endlich kennenzulernen, aber andererseits habe ich Mama hoch und heilig versprochen, dass ich für die nächste Mathearbeit wirklich lernen werde. Ich überlege hin und her und dann einige ich mich mit mir, dass ich zuerst Mathe üben werde und – falls das einigermaßen läuft – mir anschließend als Belohnung die Party gönne.

Ich versuche, mich auf die nächste Aufgabe im Buch zu konzentrieren, aber es klappt einfach nicht. Ich muss immer nur an Manuels blaue Augen denken! Und als dann noch der Taschenrechner völlig absurde Zahlen ausspuckt, ist es soweit: Ich packe meine Mathesachen weg und stürme in die Küche. Ich muss ja etwas Selbstgebackenes mitbringen!

Als ich eines von Mamas vielen Backbüchern aufschlage, fällt mein Blick als Erstes auf ein Rezept für *Weihnachtsküsschen.* Super!, denke ich, Weihnachtsküsschen für Manuel! Muss ein Wink des Schicksals sein. Jetzt kann ich nur hoffen, dass auch alle Zutaten da sind:

2 Eiweiß,
100 Gramm Zucker,
1 gestrichener Esslöffel Kakao,
50 Gramm dunkle Schokolade, fein geraspelt

Eiweiß, Zucker, Kakao – alles kein Problem, stelle ich fest. Lediglich dunkle Schokolade fehlt. Aber dann erinnere ich mich an den Schokoladennikolaus von Amelie, von dem ich ganz unauffällig mit einem Messer ungefähr 50 Gramm abhoble.

Meine Schwester kann mir dankbar sein; zu viel Schokolade ist bekanntlich schlecht für die Zähne.

Ich schlage das Eiweiß sehr steif und lasse dann den Zucker einrieseln, siebe den Kakao darüber und hebe die Schokolade vorsichtig unter. Mit zwei Teelöffeln, die ich immer wieder mit kaltem Wasser abspüle, damit nichts kleben bleibt, setze ich walnussgroße Häufchen auf das eingefettete Backblech.

Die Weihnachtsküsschen 25 bis 35 Minuten bei 130 bis 150 Grad backen, steht im Rezept, aber das gilt bestimmt nicht für unseren Backofen. Mama jammert schon seit Ewigkeiten, dass er eine Macke hat und sie immer eine höhere Temperatur einstellen muss. Nach kurzem Überlegen entscheide ich mich für 200 Grad. Schließlich sollen die Weihnachtsküsschen etwas werden.

Zufrieden schließe ich die Backofentür und nehme mir vor, mich jetzt erst einmal um mich und mein Aussehen zu kümmern. Denn Manuel muss sich heute Nachmittag einfach unsterblich in mich verlieben. Und das Schicksal scheint es richtig gut mit mir zu meinen: Mein Blick fällt nämlich auf ein kleines Päckchen in Klarsichtfolie, das mit einem Tannenzweig und einer roten Schleife verziert ist. Das Geschenk für Tante Thea. Mama hat es vergessen!

Natürlich könnte ich sie gleich anrufen und ihr Bescheid sagen oder die Finger ganz von dem Päckchen lassen. Doch dann lese ich auf dem Etikett: … verleiht Ihrem Teint ein strahlendes Aussehen!, und damit ist die Sache entschieden. Denn wozu braucht Tante Thea ein strahlendes Aussehen? Sie hat ihren Albert, und das schon seit mindestens zwanzig Jahren. Bei ihr wäre also diese geniale Feuchtigkeitsmaske, die ich gerade in der Hand halte, völlig fehl am Platz. Wenn jemand sie braucht, dann bin *ich* das!

Ich reiße die Verpackung auf, hole einen goldfarbenen Minitiegel heraus und schraube den Verschluss auf. Riecht nicht übel, finde ich und beschließe, mir gleich mal die ganze weiße Masse ins Gesicht zu schmieren. An manchen Dingen sollte man nicht sparen, und wer weiß, vielleicht hilft das Zeug ja auch noch gegen meine zwei Pickelchen am Kinn.

Beim Auftragen fällt mir ein, dass Mama sich mit ihrer Gesichtsmaske immer in die Badewanne legt, weil das die Wirkung vervielfacht. Und weil ich heute alles, aber auch buchstäblich alles, machen werde, damit mein Teint strahlend schön wird, lasse ich Wasser in die Wanne einlaufen.

Zwischendurch schaue ich nach den Weihnachtsküsschen, was sich als eine äußerst gute Idee erweist. Denn vorhin habe ich tatsächlich vergessen, den Backofen anzustellen. Ich drehe den Schalter auf 220 Grad (ein bisschen mehr Temperatur kann hier nicht schaden, finde ich) und renne wieder nach oben ins Bad, nicht ohne meinem Spiegelbild im Flur fröhlich zuzuwinken. Die Feuchtigkeitsmaske auf meinem Gesicht hat inzwischen an einigen Stellen eine dunkelgrüne Färbung angenommen – ich hoffe bloß, dass das normal ist.

Das liegt an der Sauerstoffanreicherung, lese ich auf der Verpackung, die ich aus dem Mülleimer gefischt habe, und bin wieder beruhigt. Ich finde, dass dies die seltsame Farbveränderung erklärt. Als ich gerade in die Badewanne steigen will, fällt mir noch etwas sehr Wichtiges ein: Ich brauche unbedingt Musik. Und zwar die richtige!

Minuten später geht es mir ja so was von gut. Ich liege in einem rückfettenden Lavendelölbad (großzügig dosiert, denn heute geht es schließlich um was!), die CD mit *Entspannungsmusik für mehr Gelassenheit* ist voll aufgedreht und die sagenhafte Feuchtigkeitsmaske mit ihren super Inhaltsstoffen entfaltet so langsam ihre Wirkung. Hoffe ich wenigstens.

Ich schließe die Augen und weiß: Heute werde ich der Star sein. Ich sehe es förmlich vor mir: ein festlich mit Kerzen und Tannenzweigen geschmückter Saal, mittendrin Manuel und ein paar Jungs von der Feuerwehr, sie lachen und unterhalten sich. Dann öffnet sich die große Flügeltür, alle drehen sich um und es wird plötzlich ganz still im Raum. In der Tür stehe ich! Manuel starrt mich an, einen Moment lang wirkt er wie benommen, dann kommt er auf mich zu und flüstert mir ins Ohr: »Jana, du bist so überirdisch schön. So schön wie ein Engel.« Ich lächle ihn an. Sanfte Gitarrenklänge ertönen und …

Aber dann ist da ein Geräusch, das nicht zu diesen wunderbaren Bildern passt. Ich fahre zusammen. Irgendwer scheint den Finger nicht mehr von unserer Türklingel zu kriegen. Ich warte eine Weile – so lange kann doch kein Mensch klingeln! –, dann gebe ich auf. Genervt springe ich aus der Wanne und ziehe mir meinen Bademantel über. Als mein Blick in den Spiegel fällt, zucke ich zusammen. Die Feuchtigkeitsmaske ist inzwischen dunkelgrün geworden – ehrlich gesagt: Ich sehe zum Fürchten aus! Ich ziehe eine Grimasse, was dazu führt, dass sich hässliche Risse bilden. Wer auch immer vor unserer Eingangstür steht und dauerklingelt: Er wird gleich den Schock seines Lebens kriegen!

»Bin unterwegs!«, brülle ich auf der Treppe. Unten wird inzwischen wie verrückt an die Tür gepoltert und jemand ruft immer wieder: »Aufmachen! Sofort aufmachen!«

Erst als ich unten im Flur stehe, kapiere ich. Aus der Küche quillt schwarzer Rauch. Einen Moment bin ich wie gelähmt, dann, hustend und in totaler Panik, renne ich zur Eingangstür, reiße sie auf und … Vor mir steht Manuel! Träume ich oder …?

»Na endlich!«, ruft er und schiebt mich beiseite.

Er stürmt an mir vorbei in die Küche, während ich zitternd im Treppenhaus stehe und immer noch keinen klaren Gedanken fassen kann. Lieber Gott, bete ich, bitte mach, dass das Haus nicht abbrennt, Mama ist so glücklich in unserer Maisonette-Wohnung, wir sind doch erst vor zwei Monaten eingezogen, Mama wird mir nie verzeihen, was ich gemacht habe, ich wollte doch nur Weihnachtsküsschen backen und Manuel kennenlernen …

Das Karussell in meinem Kopf stoppt erst, als Manuel wieder vor mir steht. Er grinst breit und meint: »Egal was im Backofen war, es ist total verkohlt. Aber mehr passiert ist nicht, außer dass alles ziemlich verqualmt ist. Du hast irre Glück gehabt, dass das Fenster gekippt war. Ehrlich gesagt, ich dachte, das wird ein größeres Ding hier, als ich die Rauchwolken gesehen habe. Dann hätte ich aber die Kollegen von der Feuerwehr alarmiert.«

Ich nicke nur. Am liebsten würde ich mich auf die Treppe setzen, so schwach fühle ich mich. Keine Ahnung, ob das von dem Schreck kommt oder eher von der Tatsache, dass Manuel mich so lieb anlächelt. Toll übrigens, dass er kein Wort über mein merkwürdiges Aussehen verliert. Aber das ist – neben der Tatsache, dass die Wohnung nicht ausgebrannt ist – das einzig Positive an diesem Sonntag. Denn mir ist so was von klar, dass ich mir die Adventswichtelparty bei der Jugendfeuerwehr abschminken kann.

Ich lasse mich auf die Treppenstufe sinken.

Manuel sieht mich besorgt an und nimmt meine Hand. »Ich glaube, ich sollte mal deinen Puls fühlen.«

Dass der wie wild rast, könnte ich ihm gleich sagen. Was aber auch kein Wunder ist nach dieser Beinahkatastrophe und der Tatsache, dass sich Manuel so was von toll um mich kümmert.

»Grenzwertig«, meint er. »Da kann ich dich auf keinen Fall allein lassen. Es könnte nämlich sein, dass du einen leichten Schock hast. Ist es in Ordnung, wenn ich noch ein paar Minuten dableibe?«

Wortlos stehe ich auf und gehe voraus ins Wohnzimmer. Alles könnte so schön sein, wenn ich Idiot mir nicht dieses blöde Zeug ins Gesicht geschmiert hätte. Manuel muss mich ja für total bescheuert halten. Ich überlege gerade, ob ich vielleicht behaupten sollte, diese dunkelgrüne Masse habe mir der Arzt verordnet, da klingelt Manuels Handy.

»Ich komme später«, höre ich ihn sagen. »Fangt schon mal ohne mich an.«

»Du zitterst ja immer noch«, meint er, als er aufgelegt hat. »Das sind übrigens eindeutig die Symptome eines Schocks.«

Ich nicke, vor allem, als ich merke, dass Manuels Therapie darin besteht, ganz fest meine Hand zu halten.

»Geht's wieder?«, fragt er nach einer Weile.

Ich höre auf zu nicken und sage: »Ich weiß nicht. Aber es ist alles etwas durcheinander.«

»Vor allem in der Küche«, meint er.

»Und bei mir auch«, füge ich leise hinzu.

Zwei Stunden später haben wir den Backofen von der dicken Rußschicht befreit, alle verkohlten Reste im Müll entsorgt und sehr ausgiebig Raumspray mit Tannennadelduft versprüht. Von der Katastrophe ist fast gar nichts mehr zu sehen und zu riechen.

Ach ja, ich habe mich natürlich auch wieder in meinen Normalzustand zurückverwandelt. Ich finde zwar, dass die Feuchtigkeitsmaske nicht im Geringsten gehalten hat, was sie versprochen hat, aber Manuel scheint mich trotzdem toll zu finden. Sagt er jedenfalls, während wir in meinem Zimmer sitzen, Adventstee trinken und die Plätzchen essen, die er plötzlich aus seinem Rucksack hervorgezaubert hat.

»Die waren für die Adventsparty im Feuerwehrhaus«, meint er irgendwann. »Hast du Lust auch hinzugehen? Dort wird übrigens gewichtelt. Vielleicht bekommst du ja etwas ganz Tolles.«

Ich lächle ihn an. »Ich würde lieber hierbleiben«, sage ich und gebe ihm ein Weihnachtsküsschen. »Ich habe jetzt alles, was ich brauche.«

Kleine Snacks – mit großer Wirkung: Oliven-Pinguine

Du willst eine kleine Adventsfeier mit deinen Freundinnen und Freunden machen, dann dürfen Plätzchen natürlich nicht fehlen! Aber nur Plätzchen essen geht auch nicht, deshalb kommt hier das ultimative Rezept für die allerniedlichsten Pinguin-Oliven.

FÜR CA. 20 PINGUINE BRAUCHST DU:

500 g Frischkäse

40 schwarze Oliven ohne Kern

ca. 2 Karotten

Zahnstocher

REZEPT:

20 Oliven von oben nach unten einschneiden, aber so, dass sie an einer Stelle noch zusammengehalten werden. Die offene »Tasche« großzügig mit Frischkäse füllen. Das wird am Ende der Körper des Pinguins.

Die Karotte(n) in 20 Scheiben schneiden und aus jeder Scheibe ein kleines Dreieck schnitzen. Jetzt das Karotten-Dreieck mit einem Zahnstocher auf eine ganze Olive stecken.

Der Pinguin ist fast komplett: mit dem Zahnstocher das restliche Stück Karotte aufpiksen, darüber die Olive mit dem Frischkäse und als Kopf die ganze Olive quer aufstecken.

Fertig ist der Oliven-Pinguin!

SABINE BOTH

19

Besuch von Joseph

Das kann nicht sein. Das darf nicht sein. Das ist nicht wahr. Oder?

»Tut es weh, wenn ich hier drücke?«, fragt der Arzt.

»Ahhhhh! Aua!« Ja, verdammt. Es tut sauweh, wenn er da drückt.

»Wir machen noch ein paar Tests. Aber es ist ziemlich eindeutig. Das ist der Blinddarm. Und der muss raus.«

»Nach Weihnachten!«, sage ich.

»Nein, sofort. Heiliger Abend hin, Heiliger Abend her.«

»Aber ich kann nicht!« Ich will von der Untersuchungsliege herunterrutschen, aber Papa schiebt mich zurück.

Mama sagt: »Elisa. Mit einem entzündeten Blinddarm ist nicht zu spaßen.«

Mit mir auch nicht! »Ich komme morgen wieder!«

Der Arzt schüttelt den Kopf.

»Ich komme später wieder. Gegen neunzehn Uhr.«

Er lacht. »Du willst wohl nicht die Bescherung verpassen, was?«

Er hat ja keine Ahnung! »Ich will die Messe nicht verpassen!«

»Die Kirche? Bist du so gläubig?«

Nicht die Bohne. Aber ich bin Maria. Und heute ist die Aufführung des Krippenspiels. Nicht Probe. Nicht Generalprobe.

Heute ist ernst. Und weil heute ernst ist, muss Joseph den Kuss auf meine Stirn auch wirklich spielen. Nicht andeuten. Nicht schummeln. Echt draufdrücken. Das kann ich nicht verpassen. Das darf ich nicht verpassen!

»Ohne mich hat das Jesuskind keine Chance, auf die Welt zu kommen!«, erkläre ich. »Ich muss da hin!«

»Aber es gibt doch eine Zweitbesetzung«, sagt Mama.

Sie hat keinen Schimmer, dass es nicht um die Schauspielerei geht. Dass ich die Rolle, das ganze Geprobe sowieso nur auf mich genommen habe, weil ich wusste, dass er den Joseph spielen wird. Er. Timo. Der Traum meiner schlaflosen Nächte.

»Kannst du mir bitte mal sagen, was eine Zweitbesetzung in einem Krippenspiel verloren hat. Ich meine, Gott hat doch auch nicht gesagt, hey, wenn Maria unpässlich ist, dann nehme ich halt Rachel von nebenan.«

Mama verschränkt die Arme vor der Brust. »Der Blinddarm kommt raus. Und zwar heute. Sofort! Am Heiligen Morgen!«, sagt sie streng.

Solange du noch deine Füße unter meinen Tisch streckst, entscheide ich über deine Innereien. Schon klar. Ich verschränke ebenfalls die Arme vor der Brust und grunze den Arzt an: »Dann machen sie eben eine straffe Naht und wickeln mir irgendwas um, dass ich heute Abend wieder fit bin. Ich muss auch nicht viel machen. Hauptsächlich sitzen und heilig gucken.«

»Das wird leider nicht gehen.« Der Arzt grinst. Er findet mich putzig. Aber ich bin so was von unputzig.

»Wir kommen auch heute Abend alle«, verspricht Mama. »Oma, dein Bruder, wir beide. Dann feiern wir eben an deinem Bett. Das wird bestimmt lustig.«

Das wird so was von gar nicht lustig. Weil nichts mehr lustig wird. Weil alles Mist ist, wenn ich heute Abend nicht diesen Kuss bekomme.

»Elisa, Liebes, bist du wach?«

Ich weiß nicht. Irgendwie ja, aber irgendwie auch nicht. Es fühlt sich an, als hätte ich die Wahl: in Wolkenkuckucksheim bleiben oder in die harte Realität zurückschliddern. Eine Realität ohne Josephs Kuss. Ich entscheide mich für Ersteres.

Meine Schonfrist scheint aber nicht sehr lange gedauert zu haben. Sekunden?

»Ja, sie ist wach«, höre ich Papa. »Guck, das eine Auge ist halb auf. Und es scheint ihr gut zu gehen. Sie kann schon wieder ein genervtes Gesicht ziehen. Siehst du?«

Ich lege noch ein bisschen mehr Verachtung in meine Mimik und schiebe auch das andere Auge auf Halbmast. Sie sind alle da. Oma, Jens, Mama, Papa. Und wenn mein narkosebenebeltes Auge das richtig sieht, steht hinter ihnen sogar ein Weihnachtsbaum. Kein echter. Ein Gerippe aus Plastik. Aber er leuchtet dafür umso greller.

»Kann mal einer die Scheinwerfer ausschalten?«, grunze ich.

Sie gucken mich verdattert an. Offensichtlich ist es um meine Artikulation noch nicht so gut bestellt.

»Baum aus!«, schiebe ich nach.

Das verstehen sie und gehorchen sofort.

Mir reicht es fürs Erste. Ich verabschiede mich noch eine Weile nach Wolkenkuckucksheim.

»Ahhh, da ist sie wieder!«

Diesmal bekomme ich die Augen sofort ganz auf. Und es sieht alles halbwegs klar aus. Der Baum ist wieder an. Jetzt blendet er nicht mehr so wie vorhin. Ich beschwere mich nicht.

»Wie viel Uhr?«, frage ich.

»Vier.«

Ich seufze. Normalerweise würde ich jetzt gerade meinen Umhang, mein Kopftuch, mein Madonnengesicht anlegen. Ich würde Herzrasen, feuchte Hände und eine schier unbändige Vorfreude mein Eigen nennen. Ich würde aus dem Augenwinkel zu Timo schielen, der seinen Bart anschnallt. Stattdessen schiele ich auf den Nachttisch. Er ist zum Bersten voll mit Geschenken.

»Alle für dich.«

»Habt ihr noch mal nachgekauft, weil ich so eine arme Sau bin?«

»Tatsächlich ist Papa noch mal schnell vor Ladenschluss in die Stadt gedüst.«

Als wenn es das wiedergutmachen könnte. Das war eine einmalige Gelegenheit. So was kommt nicht wieder. Ich bin jetzt schon zu alt fürs Krippenspiel, und das wird nächstes Jahr wohl nicht besser. Und wo sonst soll man sich ohne peinliche Aktionen so nah kommen? Nein, es ist alles sinnlos. Vorbei. Hoffnungslos.

»Nun pack doch mal eins aus!« Mama schiebt mir das zu, von dem sie wahrscheinlich hofft, dass es mich am ehesten wieder weihnachtlich stimmen könnte.

Ich zupfe das Geschenkpapier ab und finde – ich fasse es nicht – ein Tablet.

»Wow!« Eine Viertelsekunde lang vergesse ich meinen Schmerz, dann schlägt er wieder gnadenlos zu.

Daran kann auch Papa nichts ändern, der sich Elchohren aufsetzt. Oma nicht, die meine Lieblingskekse gebacken hat. Jens nicht, der mich mit gut platzierten Frechheiten aus der Reserve locken will. Und schon gar nicht Mama, die, weil ich behaupte, OP-bedingt zu schwach zu sein, stellvertretend meine restlichen Geschenke auspackt und in Freudenschreie ausbricht.

»Wie viel Uhr?«, frage ich mitten hinein.

»Siebzehn Uhr acht.«

Bingo. Genau jetzt. Das ist der Moment. Die Hirten sind da. Die Heiligen Drei Könige. Die Puppe in der Krippe. Esel. Ochse. Der Engel labert was vom Frieden auf Erden. Und Joseph gibt seiner Maria einen Kuss auf die Stirn.

»Weinst du?«

Ja! Was soll ich denn sonst tun? Es ist nicht meine Stirn. Es ist die Stirn der Zweitbesetzung, die hoffentlich nicht den geringsten Schimmer davon hat, was sie da gerade Kostbares bekommt. Meinen Kuss. Meinen Start in eine Nähe, aus der irgendwann einmal die große Liebe werden würde. Vielleicht schon heute. Beim Umtrunk. Beim Frohe-Weihnachten-Wünschen.

»Es ist alles zu viel für sie«, sagt Oma.

Zu viel? Zu wenig!

»Dann essen wir jetzt erst mal. Wir haben alles mit. Braten. Rotkohl. Knödel.« Mama beginnt, stapelweise Tupperware aus einer isolierten Tasche zu holen und Oma packt das gute Service aus. Sie haben wirklich an alles gedacht.

»Jens. Hol mal deinen iPod und schließ ihn an die Boxen. Wir brauchen Weihnachtsmusik.«

Ich brauche noch eine Ladung von dieser Wolkenkuckucksheim-Narkose!

»Ich bin so satt, ich mag kein Blatt, mäh, mäh«, sagt Jens und rülpst.

»Jens!« Mama tut empört.

»Lass mal«, sagt Oma. »Dem Jungen hat es halt geschmeckt.« Sie wendet sich an mich. »Und du, Kind? Keinen Appetit?«

Ich schüttle den Kopf.

»Ich denke, es reicht langsam«, sagt Mama. »Elisa ist bestimmt sehr müde. Es war ein langer Tag. Und die Narkose sitzt ihr noch in den Knochen.«

Sie packen alles zusammen. Nur den Baum und die Geschenke lassen sie da. Einer nach dem anderen tritt an mein Bett und herzt mich, was das Zeug hält.

»Wir kommen morgen früh. Ganz früh«, verspricht Mama. »Sei nicht einsam.«

Doch! Sobald sie aus der Tür sind, bin ich so was von einsam.

Jetzt können sie raus. Alle zurückgehaltenen Tränen. Das ganze Programm an Herzschmerz. Es fließt und schwillt, bis ich einschlafe und von Stirnküssen träume, die auf wundersame Weise so verrutschen, dass sie die Lippen treffen.

Wie aus weiter Ferne höre ich eine Stimme. »Ich sag doch, sie schläft. Und die Besuchszeit ist obendrein längst vorbei.«

Dann noch eine Stimme. Eine, die mir die vertrauteste der Welt ist, weil ich nie zuvor einer so an den Lippen gehangen habe. »Kann ich nur kurz rein, ihr was auf den Nachttisch legen?«

Was für ein schöner Traum!

»Joseph!«

»Ähm, na ja. Eigentlich jetzt wieder Timo.«

Ich reiße die Augen auf. Da steht er.

»Ist das die Narkose?« Ich wende mich an die Schwester. »Ist das so, dass man da Sachen sieht und hört, die gar nicht da sind?«

Sie grinst. »Also, wenn es keine weißen Mäuse sind … Dieser junge Mann jedenfalls ist sehr real.« Sie zwinkert mir zu und verlässt das Zimmer.

Real. Oh mein Gott! Wie sehe ich aus? Wie rieche ich? Wie um alles in der Welt soll ich das überleben? Mein Herz klopft bis zum Scheitel, es rast, es stolpert.

»Hallo, Elisa«, sagt er. »Ich, na ja. Ich hab gehört, was dir passiert ist. Saublöde Sache das.«

»Hm.« Es kommt einfach nicht mehr aus mir raus.

Zum Glück redet er weiter. »Jedenfalls. Ohne dich hat es nur halb so viel Spaß gemacht. Oder nur ein Drittel so viel.« Er grinst.

»Hm!« Ich verziehe auch die Lippen. Und kann nur hoffen, dass daraus ein Grinsen wird.

»Ich hab dir was mitgebracht.« Er stellt ein Teelicht in einem sternförmigen Schälchen auf meinen Nachttisch. »Hat jeder bekommen, beim Rausgehen aus der Kirche.«

»Danke.« Wenigstens ein Wort!

»Und dann wollte ich noch …«

»Ja?« Wieder eins.

»Ich wollte dich noch fragen …«

»Was denn?« Schon zwei!

»Ich wollte fragen, ob du, wenn du wieder fit bist, mal mit mir ins Kino gehst.«

»Wirklich?« Ein ziemlich langes Wort.

»Nur, wenn du Bock hast.«

»Ich hab Bock!« Drei!

»Super!«

An der Tür klopft es.

»Jetzt ist aber wirklich Schluss«, ruft die Schwester sanft durch die geschlossene Tür.

»Hm.« Jetzt weiß er nicht mehr weiter.

»Ich hab mich sehr über deinen Besuch gefreut«, sage ich dafür umso flüssiger.

Er strahlt. Kommt näher. Beugt sich über mich. Küsst mich auf die Stirn und sagt: »Den hab ich so lange geübt, wär doch schade, wenn es umsonst gewesen wäre.«

Fähnchen aus Masking Tape

Du willst deine Plätzchen, deinen Weihnachtskuchen oder auch deine Geschenke hübsch verzieren? Das geht ganz einfach, und zwar mit Fähnchen aus Masking Tape.

Du brauchst nur Zahnstocher und eine bunte Auswahl an weihnachtlichem Tape.

Schneide einen ca. 5 cm langen Streifen ab und klebe ihn um das eine Ende des Zahnstochers, sodass beide Seiten übereinanderliegen.

Jetzt kannst du ein kleines Dreieck hineinschneiden, und fertig ist die bunte Fahne. Schön wird es, wenn du viele unterschiedliche Farben oder Muster für die verschiedenen Fahnen nimmst.

Die herausgeschnittenen Dreiecke musst du auch nicht wegwerfen. Nutze sie doch, um Geschenke noch schöner zu machen oder verwende sie als Deko (beispielsweise auch bei der durchsichtigen Weihnachtskugel von S. 202).

Weihnachten auf Rezept

Schwedische Lussekatter *(»Luciakatzen«)*

50 Gramm frische Hefe
100 Gramm Butter
½ l Milch
250 Gramm Quark
1 Gramm Safran
200 ml feiner Kristallzucker (Backzucker)
170 ml Weizenmehl
150 ml Rosinen (oder mehr nach Geschmack)
½ Teelöffel Salz
Zum Bepinseln: 2 Eier

Butter schmelzen, Milch dazugeben, auf etwa 37 °C erwärmen.

Die Hefe in eine große Schüssel krümeln, Safran und Rosinen zufügen (einige Rosinen zum Dekorieren aufheben). Die warme Flüssigkeit dazugeben, umrühren, bis die Hefe ganz aufgelöst ist. Quark, Zucker, Salz und den Großteil des Mehls zufügen (eine Handvoll für das Bestäuben der Arbeitsfläche aufheben).

Teig kneten, bis er glänzt und sich von der Schüssel löst.

Mit einem sauberen Geschirrtuch zudecken und ca. 40 Minuten gehen lassen.

Teig erneut durchkneten und zu ca. 30 s-förmigen Plätzchen formen. Auf mit Backpapier belegte Bleche legen.

Backofen auf 225 °C vorheizen, Plätzchen überdeckt noch mal 30 Minuten gehen lassen.

Die Lussekatter mit Ei bepinseln und mit Rosinen garnieren. In der Mitte des Backofens 5–8 Minuten backen.

»Also schön, einmal das Grippemittel, den schleimlösenden Saft, das Nasenöl …« Die Apothekerin legt noch ein Schächtelchen dazu. »Und Lutschtabletten gegen die Halsschmerzen.«

Ich lege seufzend einen Fünfzig-Euro-Schein auf den Tresen. In elf Tagen ist Weihnachten und meine ganze Familie ist krank. Zuerst war es nur Jonas, mein kleiner Bruder. Hohes Fieber, Husten, Halsschmerzen. Mama hat zwei Nächte an seinem Bett verbracht, und als sein Fieber endlich runterging, da bekam *sie* Kopfschmerzen. Arme und Beine taten ihr weh und am Abend lag sie auch schon krank im Bett. Am Tag darauf kam Papa aus der Schule heim, und ich musste ihn nur ansehen, um zu wissen, dass er der Nächste war. Nur ich bin noch gesund.

»Muss ich nicht auch von der Schule zu Hause bleiben, damit ich niemanden anstecke?«, habe ich den Arzt hoffnungsvoll gefragt, als er die Rezepte ausgestellt hat. Das wäre wenigstens ein kleiner Bonus gewesen.

»Sorry, Lucy.« Dr. Weidinger kennt mich schon, seit ich ein Baby bin, seine Praxis ist im Nebenhaus. »Regelmäßig Hände desinfizieren reicht vollkommen. Und nimm vorbeugend Echinacea fürs Immunsystem.«

»Lutschtabletten«, sagt der Apotheker am Nebenschalter gerade. »Schleimlösender Saft. Nasenöl. Und natürlich das Grippemittel.«

Neugierig sehe ich hinüber. Der Junge, der mit gerunzelter Stirn das Etikett auf dem Nasenöl studiert, kommt mir irgendwie bekannt vor.

»Entschuldigung«, sagt er mit einem leichten, etwas rollenden Akzent. »Wofür ist das hier?«

»Zum Befeuchten der Nasenschleimhäute«, erklärt der Apotheker. »In die Nase eintropfen.«

»Ah. O.k.« Sein Akzent gefällt mir irgendwie. Hat so was Freundliches. Wo er wohl herkommt? Ich weiß genau, dass ich ihn schon mal gesehen habe.

Er sucht in seiner Jackentasche nach seinem Portemonnaie und dabei streift sein Blick meinen und bleibt einen Augenblick neugierig hängen. Ich werde rot, als ich merke, dass ich ihn immer noch anstarre.

Hastig nehme ich mein Wechselgeld, da fällt mir ein, dass ich mein Echinacea vergessen habe. Als ich dann endlich wirklich alles habe und einen Blick zu dem anderen Schalter werfe, ist der Junge weg.

Na ja, denke ich und seufze noch mal. Sowieso besser, ich konzentriere mich auf den nächsten Punkt der Tagesordnung: einkaufen. Kranke Menschen müssen bekanntlich Tee und Suppe kriegen.

Im Supermarkt schiebe ich trübsinnig den Einkaufswagen durch die Gänge und bemitleide mich selbst. Ich wäre gern eislaufen gegangen, oder ins Kino. Oder hätte mir mit Erin und Pia den Weihnachtsmarkt angesehen. Ach nein. Das wär ja sowieso nicht gegangen. Irgendwie komme ich aus dem Seufzen nicht heraus.

Nicht nur, dass die Grippe mir einen Strich durch die Vorweihnachtszeit macht, da ist auch noch die Sache mit meinen besten Freundinnen. Pia, Erin und ich haben bis vor Kurzem immer alles zusammen gemacht. Doch vor zwei Wochen haben die beiden an demselben Abend bei derselben Party zwei Jungs kennengelernt – auch beste Freunde. Ich konnte an dem Abend nicht, weil Jonas Geburtstag hatte. Seither sind die vier dauernd zusammen unterwegs, und wenn ich mitkomme, bin ich wortwörtlich das fünfte Rad am Wagen. Nicht, dass ich das nicht verstehe. Hätte mir schließlich auch passieren können. Aber trotzdem.

Rrrummms. *»Aua!«*

Ich bin so in Gedanken vertieft gewesen, dass ich einen anderen Einkaufswagen voll gerammt habe.

»Oh, Entschuldigung!«

Das glaub ich ja jetzt nicht! Wer da vor mir steht und sich mit schmerzhaft verzogenem Gesicht seine Hand reibt, das ist der Junge von vorhin, aus der Apotheke.

»Hey«, sagt er und grinst. Offenbar erkennt er mich auch wieder.

»Hey«, antworte ich und grinse vorsichtig zurück. »Tut mir echt leid!«

Er nickt. »Pass bloß auf. Wenn du mich überfährst, muss meine gesamte Familie verhungern. Sind nämlich alle krank. Mutter, Vater, kleine Schwester.«

»Ich weiß«, sage ich. »Husten, Halsweh, Schnupfen, Fieber.«

Er schaut mich verblüfft an.

»Du hast in der Apotheke genau dieselben Sachen gekauft wie ich«, erkläre ich ihm. »Bei mir zu Hause sind auch alle krank. Mutter, Vater, kleiner Bruder.«

Wir müssen beide lachen.

»Dann musst du also auch kochen?« Er wirft einen Blick in meinen Wagen. Apfelmus im Glas. Fertigsuppe. Fertigkartoffelpüree. Tiefkühlgemüse. Ich bin noch nicht ganz sicher, wie ich das mache, aber ich habe vor, das Gemüse in der Fertigsuppe aufzutauen, wegen der Vitamine.

»Hm«, macht er.

Ich sehe in seinen Wagen: jede Menge frisches Gemüse. Petersilie. Äpfel. Zitronen.

»Mann«, sage ich, »da wird man ja schon vom Hinschauen gesund. Was wird das?«

»Gemüsesuppe«, meint er. »Und Apfelmus.«

»Wow.« Ich bin fassungslos. »So was kannst du?«

Er zuckt nur mit den Schultern. »Ist nicht schwer. Mein Vater ist Koch und hat's mir beigebracht.«

»Cool«, sage ich. »Meiner ist Lehrer und bringt mir gar nichts Vernünftiges bei.«

Ich werfe noch mal einen Blick auf den Inhalt seines Einkaufswagens. »Und wofür sind die Rosinen?«

»Für die Lussekatter«, sagt er.

»Lussewas?«

Er lacht. »Lussekatter. Die backen wir in Schweden am Luciafest. Total lecker. Normalerweise macht mein Vater sie, aber wo er nun krank ist … Meine kleine Schwester wäre total enttäuscht, wenn es dieses Jahr keine Lussekatter gäbe.«

Er sieht mich an und bemerkt offenbar, dass meine Augen gerade aus ihren Höhlen quellen. Schließlich muss ich gerade jede Menge Information verarbeiten. Erstens: Er kommt aus Schweden. Zweitens: Die haben dort ein Luciafest, was irgendwie schmeichelhaft ist, wenn man Lucia heißt. Drittens und von allem das Unglaublichste: Er kann auch noch backen!

»Was ist denn?«, fragt er mit hochgezogenen Augenbrauen.

»Backen kannst du auch?«, frage ich ihn mit der Fassungslosigkeit von jemandem, dessen Familie die Weihnachtskekse seit Jahren in der Konditorei kauft.

Er lacht. »Ja, ich bin ein Genie. Wie heißt du eigentlich? Ich bin Micke.« Miii-ckä.

»Und ich Lucia.«

»Echt? Dann hast du heute Namenstag. Zumindest nach dem schwedischen Kalender.«

»Ich weiß nicht. Wir feiern keine Namenstage.«

Er lacht wieder. Er hat ein echt nettes Lachen. Überhaupt ist er sehr gut drauf für jemanden, der seine ganze Familie versorgen muss. »Wir auch nicht. Aber Lucia ist eben ein besonderes Datum. Das kennt jeder, so wie Weihnachten.«

»Irgendwie hab ich das Gefühl, ich kenn dich von irgendwo«, sage ich zu ihm.

»Ich glaub nicht«, antwortet er. »Wir sind vor einem Monat erst hierhergezogen.«

»Oh«, sage ich. »Und wohnst du in der Nähe?« Gleichzeitig werde ich rot, weil ich ihn so ausfrage.

»Endresstraße 12. Um die Ecke von hier.«

»Was? Ich wohne auch Endresstraße 12. Im zweiten Stock!«

»Und ich im vierten!«

Jetzt lachen wir beide. Und nun fällt's mir auch wieder ein. Ich hab ihn neulich gesehen, als er sein Rad auf die Straße geschoben hat. Hab ihn noch bewundert, dass er bei dieser Kälte Rad fährt. Aber ich schätze, wenn er aus Schweden kommt, ist er wohl abgehärtet. Während ich mein kleines Aha-Erlebnis hatte, hat er offenbar den Inhalt meines Einkaufswagens noch mal taxiert.

»So geht das echt nicht«, sagt er, nimmt meinen Wagen und fährt drauflos. Mir bleibt nichts übrig, als mit seinem hinterherzulaufen. Er steuert auf die Obst- und Gemüseabteilung zu und im Vorbeigehen legt er meine Fertigprodukte alle dorthin zurück, wo ich sie ein paar Minuten zuvor rausgenommen habe. Er kennt sich hier im Supermarkt besser aus als ich. Während er meinen Wagen mit frischem Grünzeug belädt, erklärt er mir abwechselnd, wie man daraus Suppe macht, und beantwortet meine Fragen über Schweden und seine Familie.

Sein Vater ist von hier, hat aber lange in Stockholm in einem großen Hotel gekocht, in dem seine Mutter im Management war. Nun hat sie hier das Angebot bekommen, ein kleines Hotel alleine zu leiten, und da Mickes Vater sofort einen Job als Küchenchef gefunden hat, haben sie sich zum Umzug entschlossen – unter anderem, damit die Kinder nun auch die Heimat ihres Vaters besser kennenlernen.

»Und wie gefällt's dir bis jetzt?«

Er zuckt mit den Schultern, zum ersten Mal wirkt er ein bisschen traurig. »Geht so. Alle meine Freunde sind halt in Stockholm.«

Klar. Blöde Frage. Wenn ich mir vorstelle, ich müsste so von heute auf morgen von Pia und Erin weg, von meiner ganzen Klasse, den Freunden vom Eislaufplatz …

»Gehst du gern Schlittschuh laufen?«, frage ich ihn.

Seine Augen leuchten auf. »Klar. Total gern. Du auch?«

Ich nicke. »Es gibt einen großen Eislaufplatz ganz in der Nähe, mit Musik und Kiosk und allem. Wenn du willst, können wir heute Abend …« Ich breche ab und seufze. »Ach nein, geht ja nicht. Meinen Eltern geht's noch ziemlich schlecht, die kann ich unmöglich so lange mit Jonas allein lassen. Der Kleine ist die Hölle, wenn er halb krank ist.«

»Kenn ich«, sagt er. »Meine Schwester ist genauso. Aber das mit dem Eislaufen können wir ja irgendwann nachholen.«

»Auf alle Fälle«, sage ich. Irgendwann. Wenn wieder alle gesund sind und ich nicht mehr Kindermädchen und Köchin und Krankenschwester spielen muss. Obwohl, wenn die anderen wieder gesund sind, werde *ich* wahrscheinlich krank, bei meinem Glück.

Wir schieben nebeneinander unsere Wagen in Richtung Kasse und ich sehe ihn von der Seite an. Er hat ziemlich lange Haare, die ihm in so niedlichen Fransen ins Gesicht hängen. Und eine richtige Stupsnase. Seine Augen sind total blau, ein Schwede wie aus dem Bilderbuch. Soll ich ihn nach seiner Nummer fragen? Aber er hat mich nicht nach meiner gefragt … vielleicht denkt er, wir laufen uns sowieso wieder über den Weg. Oder er denkt, dass ich *ihn* ja fragen könnte – weil er doch neu ist und ich hier wohne. Vielleicht denkt er auch nichts von alledem, weil er in Stockholm eine Freundin hatte, die er nun total vermisst.

Wir sind irgendwie beide plötzlich etwas einsilbig, als wir gemeinsam nach Hause gehen. Ich denke an Pia und Erin, und dass ich nicht mal weiß, ob sie heute was unternehmen. Und er denkt wahrscheinlich an seine Freunde in Schweden.

»Also dann«, sage ich im zweiten Stock. »Wir sehen uns ja bestimmt.«

»Bestimmt«, sagt er und lächelt wieder ein bisschen. Dann geht er die Treppen weiter hinauf und ich den Gang nach hinten zu unserer Wohnung. Natürlich ist genau hier wieder mal das Licht kaputt. Als ich's endlich geschafft habe, mit dem Schlüssel ins Schloss zu finden, bin ich fast genauso schlechter Laune wie vor einer Stunde, als ich losgezogen bin. Vor allem, als ich Jonas' Stimme von drinnen höre. »Mama, Papa, Mama, Papa, Mama, Papa …« Kleine Kinder sind echt brutal.

Ich lasse die Einkäufe stehen und laufe ins Elternschlafzimmer. Das kleine Monster steht in seinem Spiderman-Pyjama vor dem Bett und johlt immer noch mit der hemmungslosen

Fröhlichkeit eines Dreieinhalbjährigen, dem langweilig ist: »Papa, Mama, Papa, Mama …«

Papa hat sich unter der Decke vergraben und Mama versucht mit schwacher Stimme, Jonas dazu zu bewegen, wieder ins Bett zu gehen.

»Hey, du Monster«, sage ich, schnappe ihn und hebe ihn hoch. »Was brüllst du denn so?«

»Immerhin geht es ihm besser«, meint Mama und hustet.

»Nicht zu überhören«, antworte ich und hab ein ganz schlechtes Gewissen, weil ich grade eben noch sauer auf mein Schicksal war, von wegen Krankenschwester und so. Mama war schließlich schon hundert Mal *meine* Krankenschwester. »Ich hab die Medikamente«, füge ich hinzu. »Und jetzt koch ich Gemüsesuppe.«

»Du bist ein Hauptgewinn, Lucymaus«, sagt sie und lächelt angestrengt. »Ich hab schon ein ganz schlechtes Gewissen, weil du gar nicht mehr rauskommst.«

»Ach was«, erkläre ich. »Da draußen verpasse ich schon nichts.«

Ich schiebe Jonas eine Barbie-DVD in den DVD-Player – ja, er steht auf Barbie, keine Ahnung, woher er das hat – und gehe in die Küche. Ein bisschen ratlos betrachte ich all das Grünzeug, das Micke mir in den Wagen geladen hat. Welches Gemüse braucht noch mal am längsten, bis es weich ist? Und diese Selleriestangen, muss man die waschen oder schälen? Und wenn man Nudeln reintun will, kocht man die extra oder wirft man die irgendwann in die Suppe? Es hat so einfach geklungen, als er mir alles beschrieben hat.

Ich seufze und gehe ins Vorzimmer, um die restlichen Einkäufe zu holen, da höre ich die Stimme von Frau Hemmings, unserer Nachbarin, durchs Treppenhaus schallen.

»Hier ist *Hemmings*«, brüllt sie. »*Hemmings!* Zu wem wollen Sie?«

Frau Hemmings ist fast achtzig und total schwerhörig.

»Ich *brauche* nichts!«, brüllt sie weiter. »Sie sind hier *falsch!*«

Seufzend öffne ich die Tür. »Zu wem wollen Sie denn?«, frage ich den fremden Jemand, der im Dunkel des Treppenhauses vor Frau Hemmings Tür steht. »Vielleicht kann ich Ihnen …«

Der fremde Jemand dreht sich um. »Micke!«, rufe ich verblüfft. Da steht er, mit seinen Einkäufen und einem großen Kochtopf beladen. Als er näher kommt, sehe ich, dass sein Gesicht hochrot ist – die Unterhaltung mit Frau Hemmings ist aber auch nur was für starke Nerven.

»Danke, Frau Hemmings«, brülle ich hinüber. »Der Besuch ist für uns!«

Micke schaut mich verlegen an. »Ich dachte, wir kochen gemeinsam«, meint er.

Ich kann nicht anders, ich muss ihn einfach umarmen. »Du bist meine Rettung«, erkläre ich ihm und ziehe ihn in die Küche. »Brauchen die dich auch nicht, zu Hause?«

»Mein Vater ruft an, wenn meine Schwester aufwacht. Es geht ihr schon besser, aber um die Zeit schläft sie immer.«

Es wird ein echt witziger Nachmittag. Wir reden über so ziemlich alles: kochen und kleine Kinder, Musik und Freunde, Weihnachtsbräuche hier und in Schweden, Schule und Bücher, Filme und Snowboarden. Wir kommen auch drauf, dass wir denselben Arzt haben – klar, er ist ja im Haus nebenan, und wenn man gerade erst hergezogen ist und noch niemanden so wirklich kennt, dann nimmt man eben den Arzt, der am nächsten ist.

Irgendwann, als die Suppe schon fröhlich vor sich hin kocht, ruft Mickes Vater an – Elisa, seine kleine Schwester, ist aufgewacht, fühlt sich besser und nervt offenbar tierisch.

»Hol sie doch runter!«, schlage ich vor. Elisa ist nur ein halbes Jahr älter als Jonas und die beiden kommen bestimmt klar – sie steht auch auf Barbie. Wir rufen zur Sicherheit Doktor Weidinger an und der meint, es sei unbedenklich wegen der Ansteckung, höchstwahrscheinlich hätten wir sowieso alle denselben Infekt.

Zehn Minuten später steht Micke wieder vor der Tür, diesmal eine kleine blonde Prinzessin mit rosa Plüsch-Ohrenschützern auf dem Arm. So was von süß. Jonas ist offenbar derselben Ansicht, denn die ersten zehn Minuten des neuen Barbiefilms starrt er nur auf sie statt auf den Fernseher.

Micke und ich gehen zurück in die Küche und kochen weiter: Erst das Apfelmus und dann machen wir uns an die Lussekatter. Während der Teig ruht, geht er mit seinem Suppentopf hinüber zu seinen Eltern, ich bringe meinen Eltern das Essen ins Schlafzimmer und füttere dann am Küchentisch die Kleinen.

»Supersuppe!«, verkündet Jonas. »Supersuppe, Supersuppe, Supersuppe!«

Elisa beäugt ihn fasziniert aus ihren riesigen wasserblauen Augen. Als Micke wiederkommt, grölen beide aus vollem Hals: »Supersuppe, Supersuppe!«

»Ich kann den Aus-Knopf nicht finden«, beschwere ich mich.

Micke grinst. »Nimm's doch als Kompliment«, meint er. »Kriegt nicht jeder Koch so viel Applaus für seine erste Suppe.«

Auch wieder wahr. Ich grinse zurück. Wenn mir gestern jemand gesagt hätte, dass Kochen Spaß macht, ich hätte ihm einen Vogel gezeigt. Aber ich glaube, mit Micke könnte so ziemlich alles Spaß machen. Ich wüsste zu gern, ob er eine Freundin hat oder nicht, aber irgendwie kann ich mich nicht überwinden, ihn zu fragen.

Wir stellen Jonas' Barbieschloss im Wohnzimmer auf und die beiden Kleinen sind Sekunden später wieder total vertieft.

Zurück in der Küche formen Micke und ich kleine Doppelschnecken aus dem Lussekatter-Teig und verzieren sie mit Rosinen und Eigelb. Micke erklärt mir, dass »Lussekatter« so viel heißt wie »Lucia-Katzen«, weil das Gebäck früher einmal wirklich die Form von Katzen hatte, mit Rosinenaugen. Aus dem letzten Teigstück basteln wir also eine Katze. Danach ist immer noch ein bisschen was übrig und damit forme ich ein kleines Herz und verziere es mit einer Rosinengirlande.

Als wir die Lussekatter wenig später aus dem Ofen nehmen, sind sie goldbraun und superappetitlich und in der ganzen Wohnung duftet es weihnachtlich nach Zimt und Safran. Ich könnte heulen, so schön ist das. Dabei wusste ich gestern noch nicht mal, was Safran ist.

»Ich hoffe, ich kann mich mal revanchieren«, sag ich zu Micke, als er schließlich mit einer müden Elisa auf dem Arm in der Tür steht. Gerade sinkt ihr Kopf auf seine Schulter und sie scheint einzuschlafen. Kein Wunder. Die beiden Kleinen haben ein ganzes Barbieversum inszeniert und waren ja auch beide eben noch krank. »Fürs Kochen und fürs Backen und dass du mir mit Jonas geholfen hast. Vielen, vielen Dank.«

Er lacht. »Du musst dich nicht bedanken«, sagt er. »Echt nicht. Ich hatte zum ersten Mal richtig Spaß, seit ich hier bin.«

Ich werde vor Freude ganz rot, als er das sagt. Ich hatte auch schon lange nicht mehr so viel Spaß. »Vergiss nicht deine Lussekatter«, murmle ich und wünsche mir, ich hätte ihn doch gefragt, ob er eine Freundin hat. Wir haben das Gebäck aufgeteilt, jeder bekommt eine Hälfte. Nur die Katze und das Herz liegen noch abseits. Ich will die Katze nehmen und noch auf seinen Lussekatter-Teller legen.

»Nein, nein«, sagt er. »Ich schenk dir meine Katze.«

»Dann schenk ich dir mein Herz«, antworte ich, ohne nachzudenken. Oh Mann! Kann sich die Erde bitte auftun und mich verschlingen? Bestimmt sagt er gleich irgendwas Ironisches.

Aber er schaut mich bloß an und ich ihn und zwar ganz lange. Irgendwie stehen wir bloß da und unsere Blicke fließen so ineinander.

»Das finde ich sehr schön«, sagt er.

Mir wird plötzlich ganz heiß, überall gleichzeitig. Und ich bin ziemlich sicher, dass es nicht die Gripppe ist.

Heiße Schokolade mit Marshmallows

ZUTATEN FÜR 2 TASSEN:

1 Tüte Mini-Marshmallows

60 g Zartbitter-Schokolade

40 g Vollmilch-Schokolade

300 ml Milch

30 g Kakaopulver

20 g Zucker

REZEPT:

Als Erstes musst du die Schokolade klein hacken.

Dann wird die Milch aufgekocht, und Kakao und Zucker langsam hineingerührt.

Gib danach die gehackte Schokolade hinzu und lass sie unter ständigem Rühren schmelzen.

Jetzt kann die Heiße Schokolade in Tassen gefüllt und mit den Marshmallows dekoriert werden.

IRENE ZIMMERMANN

21

Weihnachtsfrühstück mit Schokoherz

»Ich weiß nicht …« Meine Freundin Annika schaut mich entsetzt an. »Sieht irgendwie grenzwertig aus. Lisa, bist du sicher, dass du alles richtig gemacht hast?«

»Klar doch!«, behaupte ich, ganz sicher bin ich mir natürlich nicht. War vermutlich doch ein Fehler, mich nicht an das Rezept aus Mamas altem Backbuch gehalten zu haben, aber mir blieb nichts anderes übrig. Es war schließlich schon halb zehn abends und wo hätte ich um diese Uhrzeit noch schnell die Zutaten für meinen genialen Schokoladenweihnachtskuchen herbekommen sollen.

Also musste ich mir eben irgendwie behelfen: Rosinen statt Nüsse, Milch statt Sahne, und auf Backpulver habe ich ganz verzichtet. Dafür aber habe ich jede Menge Schokoladenguss und als echten Hingucker Sterne aus rosa Marzipan und in der Mitte auch noch ein großes Herz aus bunten Smarties verwendet. Am liebsten hätte ich mit der Lebensmittelfarbe, die von meinem Geburtstagskuchen übrig war, *Niklas* auf den Schokoguss geschrieben, aber das wäre vermutlich ein bisschen zu direkt gewesen. Wo Niklas doch nicht mal die blasseste Ahnung hat, wie verliebt ich in ihn bin.

»Ich finde, dein Kuchen hat was von einem Ziegelstein«, meint Annika, nachdem sie eine Weile vergeblich an ihm herumgedrückt hat. »Nicht nur von der Form her, sondern überhaupt. Aber er hat was von einem Ziegelstein mit Herz, falls dich das tröstet.«

Ich grinse tapfer, packe den Ziegelstein wieder zurück in die Tüte und hoffe nur, dass er durch irgendein Wunder doch noch weich wird. Am besten innerhalb der nächsten halben Stunde, dann findet nämlich unser gemeinsames Frühstück statt.

Herzlich willkommen!
Die Klasse 7b feiert Weihnachten mit einem fröhlichen Frühstück!

lese ich an der Tafel, als ich die Tür zu unserem Klassenzimmer öffne. Es ist schon schwer was los und die meisten sind ziemlich aufgeregt, weil wir das Frühstück ganz allein organisieren durften.

»So, meine Herrschaften!« Herr Schrader, unser Klassenlehrer, steht am Pult und klatscht in die Hände, um für Ruhe zu sorgen. »Setzt euch erst einmal, damit wir die Aufgaben vergeben können. Die Jungs stellen die Tische im Viereck auf, Mona und Nicki verteilen dann das Tannengrün und die Kerzen. Passt mir aber bloß damit auf, ich will nicht, dass die Feuerwehr …«

»Kein Problem, unser Svenni ist doch bei der Freiwilligen Feuerwehr!«, ruft Jakob dazwischen.

Herr Schrader verdreht die Augen. »Ich will nicht, dass die Feuerwehr anrücken muss. So, und auf die drei Tische hinten stellt ihr alles, was wir an Essbarem haben. Ich bin ja sehr gespannt darauf, was ihr alles so gezaubert habt. Währenddessen hole ich die Musikinstrumente. Dabei helfen mir …«

»Und?«, flüstert Annika mir zu. Sie breitet eine Weihnachtsserviette auf einem Teller aus und legt ihre selbst gebackenen Brownies darauf. Wunderbar lockere, luftige Brownies! Mir wird ganz schwach, vor allem, weil ich den Eindruck habe, dass mein Weihnachtskuchen inzwischen eher noch härter geworden ist. Falls das überhaupt möglich ist. Vielleicht ist mir aber auch nur schwach geworden, weil Niklas gerade an unserer Bank vorbeigeht.

Annika zwinkert mir zu. Dann ruft sie: »He, Niklas! Was hast du denn gebacken?«

»Ich? Gebacken?« Er bleibt stehen.

Mein Herz ebenfalls, fast zumindest. Ich fasse mich erst wieder so einigermaßen, als Annika ihre Brownies mit einem Aufschrei in Sicherheit bringt, denn Niklas meint, die würden so gut aussehen, davon müsste er gleich mal probieren.

»Untersteh dich bloß! Die sind für nachher«, schimpft sie. »Erzähl uns lieber, was du Tolles mitgebracht hast.«

Grinsend holt er eine Thermoskanne aus seinem Rucksack und stellt sie auf unsere Bank. »Ich hab mir auch sehr viel Mühe damit gegeben. Megageiler Adventstee, von mir höchstpersönlich aufgegossen. Irgendwas mit Zimtgeschmack, wenn ich mich nicht täusche … Eh, was ist denn das?« Er greift nach meinem Ziegelsteinschokoladenweihnachtskuchen und schüttelt den Kopf. »Dafür braucht man ja einen Waffenschein!«

Unter der Bank tritt Annika mir auf den Fuß. »Jetzt oder nie, los!«, zischt sie und ich hole tief Luft und lächle Niklas an. Was mir – ehrlich gesagt – nicht leichtfällt. Denn zum einen bin ich rasend verliebt in ihn und kriege deshalb natürlich prompt einen roten Kopf, und zum anderen finde ich es aber auch ziemlich blöd zu behaupten, man würde einen Waffenschein für meinen Kuchen benötigen.

»Der Kuchen muss so sein«, behaupte ich. »Das ist nämlich ein Spezialrezept von meiner Oma. Wenn du dich traust, kannst du ja nachher ein Stück probieren.«

Niklas beugt sich zu mir herunter. Alles um mich herum, das ganze Klassenzimmer, alles verschwimmt vor meinen Augen und ich sehe nur noch Niklas, ganz nah vor mir. Wow! Davon träume ich schon seit Wochen! Dann sagt er auch noch: »Sicher probier ich davon. Aber damit das klar ist, ich will das Herz.« Und lässig richtet er sich wieder auf und schlendert weiter.

Bingo! Ich will das Herz … Das ist ja so was von eindeutig! Klarer geht es doch gar nicht mehr! Ich werfe Annika einen triumphierenden Blick zu. »Siehst du«, flüstere ich ihr zu, »und du hast immer gesagt, ich hätte keine Chance bei ihm. Hab ich aber doch!« Puh, denke ich, was bin ich froh, dass ich heute extra meinen neuen weißen Kuschelpulli angezogen habe. In dem sehe ich nämlich total süß aus, das hat sogar Lena gesagt, meine älteste Schwester. Und die kennt sich aus, sie studiert nämlich Modedesign.

»Ist ja in Ordnung. Darüber müssen wir wirklich nicht diskutieren«, höre ich Annika sagen. »Aber warum steht Niklas dann jetzt so lange bei Laura rum? Jede Wette, die flirtet er auch an.« Ich überhöre das großzügig. Annika hat eben einfach noch keine Ahnung von Jungs.

Eine halbe Stunde später sieht das Klassenzimmer so festlich aus, dass sogar Herr Schrader staunt. Tannengrün auf allen Fensterbänken, dazwischen Sterne aus Goldfolie und rotbackige Äpfel, und die Teelichter haben wir in der Mitte des Raumes so angeordnet, dass man einen Stern mit Schweif erkennt. »Toll habt ihr geschmückt«, lobt unser Klassenlehrer.

»Da müssen wir nachher aber unbedingt ein paar Fotos für die Schülerzeitung machen.«

»Au ja! Fotos! Super!«, kreischt Laura und hängt sich bei Niklas ein.

Ich rege mich darüber überhaupt nicht auf, da kann Annika mir noch so sehr Zeichen machen. Schließlich hat Niklas mich um das Herz obendrauf gebeten und das macht man ja eigentlich nur, wenn man damit etwas ausdrücken will, finde ich wenigstens. Unschlüssig halte ich meinen Kuchen in der Hand und überlege gerade, wo ich ihn am besten auf dem Frühstücksbuffet platziere, da kichert Laura los: »Was ist denn das für ein komisches Ding? Kann man das auch essen?«

»Das ist ein ganz toller Schokoladenweihnachtskuchen!«, ruft Annika, bevor ich noch etwas erwidern kann. »Übrigens hat Niklas sich vorhin schon das Herz reservieren lassen.«

Laura verzieht das Gesicht. »Eh Niklas, stimmt das? Du willst das Herz?«

Gespannt schaue ich ihn an, wie er dasteht in seinem übergroßen Kapuzenpulli, die Augen gesenkt und sich unschlüssig auf die Unterlippe beißt. Plötzlich ist es ganz still geworden im Klassenzimmer, sogar Nicki und Alessa haben aufgehört, ihre Gitarren zu stimmen.

Dann endlich … »Ja, ich wollte mal probieren«, murmelt Niklas verlegen.

Ich verkneife mir ein siegessicheres Lächeln und greife nach einem Messer. »Soll ich schon mal anschneiden, Niklas?«

Er nickt bloß. Er traut sich nicht mal, mich anzuschauen.

»Sei vorsichtig mit dem Messer«, flüstert Annika besorgt. »Nicht dass du …«

Aber da ist es auch schon zu spät … »Aua!«, schreie ich auf.

»Du Ärmste«, sagt Annika und legt den Arm um mich. »Sieht aber wahrscheinlich schlimmer aus, als es ist. Die von unserem Sanidienst kriegen das schon wieder hin.«

Ich schniefe, als wir im dunklen Treppenhaus stehen. In allen Klassenzimmern finden Weihnachtsfeiern statt, alle sind fröhlich, bloß ich … »Irrtum, die vom Sanidienst kriegen das auch nicht mehr hin«, schluchze ich. »Es ist ja nicht nur der Daumen. Es ist …«

»Es ist dein Herz, ja, ich weiß«, sagt Annika.

Ich nicke. »Genau. Weißt du, was das Schlimmste ist? Nicht, dass ich mir gerade den halben Daumen weggesäbelt habe, nein, das Schlimmste ist, dass Laura sich jetzt von Niklas trösten lässt, weil sie doch angeblich kein Blut sehen kann. Und was ist mit mir? Ich kann nämlich auch kein Blut sehen.« Ich heule schon wieder los. »Und schau dir mal meinen neuen Pulli an, wie der jetzt aussieht. Das geht bestimmt nie mehr raus.«

»Das ist jetzt aber wirklich egal. Komm lieber, der Daumen muss endlich richtig verbunden werden!«

Eigentlich will ich nur noch nach Hause, aber Annika ist so entschlossen, dass ich schließlich hinter ihr her ins Kellergeschoss renne, wo im Raum 025 der Schulsanitätsdienst ist. Kaltes Neonlicht, grün getünchte Wände, eine künstliche Pflanze in der Ecke, fünf Stühle …

»Dauert noch 'ne Weile. Der Sani ist gerade drüben in der Grundschule, da ist auch irgendwas passiert«, höre ich jemanden sagen. Ich fahre zusammen.

»Sorry, ich wollte dich nicht erschrecken.«

»Nein, nein, kein Problem«, wehre ich ab und lasse mich auf einen der Stühle sinken. Dann erst mustere ich den Jungen, der an der Tür zum Nebenraum lehnt, die rechte Hand in ein Tuch gewickelt. »Was hast du denn gemacht?«, frage ich neugierig.

»Baumständer in der Aula, Finger gequetscht, typischer Weihnachtsunfall eben«, sagt er. »Und du? Für einen Horrorfilm geprobt? Übrigens, ich heiße Paul.«

Ich muss lachen. »Hi, Paul. Na ja, so ähnlich. Nein, im Ernst, ich hab nur einen Kuchen gebacken und vorhin versucht, ihn anzuschneiden.«

Und fast wie aus einem Mund fragen wir einander gleichzeitig: »Tut's sehr weh?«

Annika räuspert sich. »Sag mal, Lisa, hättest du was dagegen, wenn ich wieder ins Klassenzimmer hochgehe? Ich meine, ich kann jetzt ja nichts mehr für dich tun.«

»Nein, schon in Ordnung. Geh ruhig wieder nach oben.«

Nie hätte ich gedacht, dass es im Saniraum so gemütlich sein kann. Paul und ich haben nämlich beschlossen, dass wir, wenn wir schon so schwer verletzt hier unten im Keller warten müssen, wenigstens unsere eigene Weihnachtsfeier machen können.

»Ich hätte fast vergessen, dass ich noch Plätzchen dabeihabe!«, ruft Paul und zieht eine Tüte mit Weihnachtsgebäck aus seinem Rucksack. »Kerzen stellen wir uns einfach vor, die komische Pflanze dort drüben ernennen wir zu unserem Weihnachtsbaum, Kugeln und Lametta denken wir uns ebenfalls und außerdem …«

»Außerdem könnten wir Weihnachtslieder singen!«, unterbreche ich ihn. »So schwer verletzt sind wir schließlich auch wieder nicht.«

Er lacht mich an. Dann summt er: »Oh du fröhliche …«

Die Plätzchen sind aufgegessen und wir sind so ungefähr beim zwanzigsten Weihnachtslied, als plötzlich die Tür aufgeht.

»Was macht ihr denn hier?«, ruft Can, unser Schulsani, überrascht. Dann erst entdeckt er das Blut auf meinem weißen

Pullover und den notdürftigen Verband um meinen Daumen. »Ladies first«, meint er und deutet zum Nebenzimmer. »Den jungen Mann hier verarzte ich anschließend.«

»Da hast du aber gewaltig Glück im Unglück gehabt«, meint Can, als ich ihm erzähle, wie ich mich verletzt habe. Behutsam wickelt er das blutige Taschentuch ab. Ich schaue lieber gar nicht hin. Wer weiß, vielleicht werde ich ja ohnmächtig, wenn ich die Wunde sehe.

»Ist ein echtes Weihnachtsgeschenk: glatter Schnitt, heilt garantiert prima. Tut jetzt vielleicht ein bisschen weh, wenn ich es desinfiziere, aber dann kriegst du einen wunderschönen Verband drum und merkst gar nichts mehr davon.«

Nach fünf Minuten bin ich auch schon fertig. »Und tschüss«, sagt Can. »Du kannst jetzt wieder in deine Klasse gehen und weiterfeiern. Schick mir den jungen Mann rein.«

Paul sieht mich erwartungsvoll an, als ich zurückkomme. »Und? Wie war's? Hat's wehgetan?«

»Nein, fast gar nicht«, sage ich. »Viel Glück, dass es bei dir auch so gut läuft.«

Natürlich könnte ich jetzt wieder ins Klassenzimmer zurückgehen, aber dazu habe ich überhaupt keine Lust mehr. Lieber bleibe ich hier und warte auf Paul. Komisch, überlege ich, an Niklas habe ich die ganze Zeit überhaupt nicht mehr gedacht, dabei war ich doch mal total verknallt in ihn, hab nur noch von ihm geträumt. Doch seit einer halben Stunde ist es irgendwie ganz anders … Könnte es sein, dass ich mich in Paul verliebt habe?

»Du bist ja immer noch da!«, höre ich ihn erstaunt rufen. Er steht in der Tür, die rechte Hand dick verbunden, sieht mich fragend an. »Warum bist du nicht …?«

»Weil ich auf dich gewartet habe«, flüstere ich.

Mit der linken Hand greift er nach meiner rechten. »Hab ich mir auch ganz fest gewünscht«, flüstert er zurück.

Can, den Notfallkoffer in der Hand, öffnet die Tür. »Ich muss mal wieder rüber zur Grundschule, da ist schon wieder was passiert. Braucht ihr zwei mich noch?«

»Nein, danke, bei uns ist alles in Ordnung!«, rufe ich strahlend und gebe Paul ein Küsschen auf die Wange. »Fröhliche Weihnachten.«

Schokoladen-Weihnachtskuchen

Was macht man eigentlich mit den vielen Schoko-Weihnachtsmännern, die man entweder zu Nikolaus, zu Weihnachten oder auch einfach mal so bekommt? Irgendwann vergeht einem die Lust auf die immer gleiche Schokolade.
Aber man kann daraus einen superleckeren Schokokuchen backen.
Probiere das Rezept doch einfach mal in oder nach der Weihnachtszeit aus.

ZUTATEN:

250 g Schokolade

150 g Butter

30 g Kakao

4 Eier

400 g Mehl

1 Packung Backpulver

150 g Zucker

1 Glas Kirschen

Puderzucker

REZEPT:

Den Weihnachtsmann in einem Topf mit der Butter schmelzen.

Das Mehl, das Backpulver und den Kakao in eine Schüssel geben und verrühren.

Die Eier trennen und das Eiweiß steif schlagen.

Das Eigelb wird mit der flüssigen Schokolade und dem Zucker gut umgerührt. Ganz zum Schluss den Eischnee hinzugeben.

Die Kirschen abtropfen lassen und unter den Teig rühren. Eine Handvoll Kirschen in eine extra Schale geben, um sie nachher als Deko auf dem Kuchen zu verwenden.

Die Masse auf einem Backblech verteilen (das Backpapier darunter nicht vergessen).

Im vorgeheizten Backofen bei 200 °C ca. 20 Minuten backen.

Wenn der Kuchen abgekühlt ist, könnt ihr ihn mit Puderzucker und den restlichen Kirschen verzieren.

SABINE BOTH

22

Schicht im Schacht

»Anna, holst du bitte die Ersatzlichterkette«, ruft Papa. »Mir ist hier was durchgebrannt.« Er sieht aus wie ein irrer Professor, der sich für ein Experiment in Stromkabel gewickelt hat. Jedes Jahr dasselbe Drama. Was ist, bitte schön, so schwer daran, einen Baum zu schmücken?

Ich hasse Weihnachten. Ich hasse Bäume. Ich hasse alles.

Meine Eltern glauben, dass das nur eine recht übliche pubertäre Phase ist, die auf jeden Fall wieder vorübergeht. Aber da haben sie sich geschnitten. Das bin ich. Ich spüre es ganz deutlich. Ich und die Welt, das passt seit einigen Monaten einfach nicht mehr zusammen. Und das wird sich auch nicht ändern. Ich habe alles durchschaut, da gibt es kein Zurück mehr.

»Wieso immer ich?«, grunze ich.

»Weil du gerade dastehst!«

»Ich steh nicht, ich bin auf der Durchreise in mein Zimmer.« Um mich in irgendwelchen Weihnachten-Hasser-Foren mit Gleichgesinnten in Rage zu chatten.

»Dann gehst du eben einen kleinen Umweg über den Keller! Dort kannst du gleich noch den Rauschgoldengel holen. Den hab ich vergessen. Steht auf dem oberen Regal neben den Einmachgläsern.«

»Sonst noch was?« Ich verschränke die Arme vor der Brust. Wieso streike ich nicht einfach. Was sollten sie machen, wenn ich mich in meinem Zimmer einschließe und für niemanden mehr zu sprechen bin.

»Lach mal, ist doch Weihnachten«, sagt Papa.

»Das ist ein paradoxer Satz«, kläre ich ihn auf.

Er grinst doof.

»Die Keksdose, die ich vor euch versteckt habe, ist übrigens hinter den Reisekoffern«, ruft Mama. »Bring die auch mit!«

Wenigstens etwas. Ein Ziel für die elend lange Tour, die vor mir liegt. Fünf Stockwerke mit dem Aufzug, kilometerlang durch gruselige Kellerkorridore, bis zu unserem Verschlag.

Und zurück.

Ich hasse es, das schwächste Glied der Kette zu sein.

Bevor ihnen noch einfällt, dass ich auch einen Umweg über die Tankstelle machen soll, weil es da bestimmt auch an Heiligabend noch das Nötigste zu kaufen gibt, trolle ich mich.

Brrr. Es ist kalt im Hausflur. Und es dauert ewig, bis der Aufzug kommt. Er riecht komisch. Irgendwie nach Weihnachten. Nach Tanne. Gestressten Leuten. Konsumterror. Ich halte mir die Nase zu und drücke auf UG. Aber der Aufzug hält eine Etage tiefer schon wieder an.

»'n Abend.«

Den hab ich hier noch nie gesehen.

»'n Heiligen Abend«, antworte ich.

Er grinst.

»Willste nicht drücken?«, frage ich und deute zu den Knöpfen.

»Hast du doch schon.«

»Auch Keller? Wohnste hier?«

»Seit vorgestern.«

»Herzliches Beileid.«

»So schlimm, das Haus?«

»Horror. Nur alte Leute, die Jugendliche für Gangster, und junge Familien, die Jugendliche für kostenlose Babysitter halten. Du bist neben mir das einzige Exemplar zwischen zehn und zwanzig. Abgesehen von dem irren Kevin aus dem zweiten und Mascara-Jenny aus dem sechsten. Außerdem ist das Haus eine marode Bruchbude. Immer ist irgendwas kaputt. Letztes Jahr saß das ganze Haus an Weihnachten ohne Heizung da.«

Ich hab mich in Rage geredet und wir sind da.

»Ich weiß noch gar nicht, wo unser Keller ist, und muss da was rausholen.«

»Eltern sind Sklaventreiber.«

»Meine nicht.«

Ich werfe ihm einen abschätzigen Seitenblick zu. Muttersöhnchen.

»Dritter Stock. Welche Wohnung?«, frage ich.

»Nummer sechsundfünfzig.«

»Dann musst du rechts, wieder links, am Rumpelkeller von den Schröders vorbei – Achtung, Stolpergefahr! – danach wieder rechts, bis du zum Stinkekeller vom Gruselmann kommst – Achtung, Monster! – und dann biste schon da.«

»Danke für die präzise Beschreibung.«

»Gern geschehen. Wenn du es überlebst, sehen wir uns vielleicht mal wieder.«

»Schöne Weihnachten. Ich meine, falls du Weihnachten nicht für ein weiteres Übel hältst.«

»Bleibt abzuwarten, was unter dem Baum liegt. Ob wie geordert, das Smartphone da ist oder doch irgendein Gutschein über irgendwelche blöden Tanzstunden, die Mama sich für mich wünscht, weil sie selbst so gern getanzt hat, bis sie die Sache mit dem Knie hatte.«

Er schüttelt den Kopf über mich und tippt sich an den nicht

vorhandenen Hut. Daraufhin verschwindet er in den schummrig beleuchteten Flur. Ich muss in die andere Richtung.

Schnell habe ich die gesuchten Sachen gefunden und mache mich auf den Weg zurück zum Aufzug. Keine Ahnung, wieso, aber ich schleiche ganz schön vor mich hin. Mag sein, dass es daran liegt, dass aus der entgegengesetzten Richtung Schritte zu hören sind. Zugegeben, ich wundere mich nicht wirklich, als ich so gut wie zeitgleich mit dem Neuzugang wieder am Aufzug aufschlage.

»Keine Monster?«

»Alles wunderbar. Und bei dir?«

»Nur eine Ratte.«

Er grinst. »Paul.«

»Nein, die Ratte heißt Herbert.«

»Hast du auch einen Namen?«

»Anna.«

»Schöner Name.«

»Blöder Name. Von hinten und von vorne gleich – ist Banane.«

Auf seinen Armen balanciert er Kerzen, ein Glas Preiselbeeren und … »Sind das Engelsflügel?«

»Ich habe eine kleine Schwester. Sie ist fünf.«

»Du Armer.«

»Ich finde sie eigentlich ganz süß.«

Ich drücke und es dauert ewig, bis der Aufzug kommt. Zeit genug, mich über das verschlagene und obernervige Wesen von *Hello-Kitty*-verliebten Kleinkindern weiblichen Geschlechts aufzuregen.

Als die Tür sich öffnet, wollen wir beide gleichzeitig rein. Es ist zu eng. Der Rauschgoldengel knickt sich einen Flügel. Dann sind wir drin.

»Hast du auch Geschwister?«

»Ich bin der einzige Sklave.«

Er schüttelt wieder den Kopf über mich. Dann drückt er den Knopf und wir fahren los. Die Fahrt ist kurz und endet abrupt.

»Mist«, fasse ich unsere Situation zusammen.

»Was?«

»Der Aufzug ist stecken geblieben!«

»Ach Quatsch!«

Er drückt sämtliche Knöpfe in undefinierter Reihenfolge.

Ein hoffnungsloser Optimist.

»Der einzige, der Sinn macht, ist der mit der Glocke drauf.« Ich drücke ihn selber. »Da bin ich aber mal gespannt, wie gut besetzt der Notdienst am Heiligen Abend ist. Ich wette mal, der verbliebene alleinstehende Endsechziger mit Hörgerät, das er selbstverständlich ausgestellt hat, um nicht von lästigen Notrufen gestört zu werden und besser schlafen zu können, wird sich hier am zweiten Weihnachtstag blicken lassen.«

»Jetzt hör aber auf!«

Er drückt wieder, versucht, die Finger in den Ritz zwischen die geschlossenen Türen zu bekommen, klopft dagegen, ruft: »Hallo! Hört uns jemand?«

»Wenn du mich fragst, hängen wir zwischen den Stockwerken.« Ich luge durch den Ritz und sehe kein Licht. Nur ganz oben wird es hell. »Selbst wenn du die Tür aufkriegen würdest, wir kämen nicht raus.«

»Du bist echt ein Schwarzmaler, was?«

»Ich bin Realist.«

Er verdreht die Augen. »Unsere Eltern werden uns schon vermissen.«

»Zumindest Ersatzkette und Kerzen.«

»Die kommen gleich. Und dann befreit uns jemand.«

Ich stelle erst mal mein Gepäck ab und lasse mich an der Wand runterrutschen.

Ich hätte eine Jacke anziehen sollen – es ist kalt. »Keks?« Ich halte ihm die Dose hin.

»Nein, danke!«

»Wenn die alle sind, essen wir vielleicht die Kerzen mit Preiselbeeren.«

»Du bist echt komisch.« Er ruft wieder. »Gibt es eigentlich nichts, was du gut findest?«, fragt er, als er das Rufen satthat.

»Doch!«

»Und das wäre?«

»Ein Loft in New York, mit Butler, einen Rockstar zum Freund und ein Smartphone eben.«

»Sehr bescheiden.«

»Was hast du denn zu bieten?«

»Ich find mein ganzes Leben okay. Also, na ja, ich fand mein ganzes Leben okay. Jetzt muss ich erst mal wieder Freunde finden und in der neuen Schule klarkommen.« Er mustert mich, als würde er doch noch für einen Moment daran denken, ob ich einer von diesen neuen Freunden werden könnte, schüttelt dann aber unmerklich den Kopf. »Aber das wird schon.«

»Und wenn nicht?«

»Ich bin nicht wie du. Ich sehe immer positiv in die Zukunft.«

»Dann bist du leicht zu enttäuschen.«

»Oder zu überraschen.«

»Wieso bist du umgezogen?«

»Mein Vater hat einen neuen Job hier.«

»War der alte nicht mehr gut genug, dass er für den neuen seine Kinder entwurzeln musste?«

»Es gab keinen alten. Vorher gab's nur Hartz IV.« Jetzt trommelt er wieder mit den Fäusten.

»Doch einen Keks?«

»Weil ich so arm bin?« Er grinst.

»Weil ich mir sonst alleine einen Speckbauch anfresse.«

Er nimmt einen, lässt sich sogar neben mich auf den Boden sinken. Er sieht gar nicht aus wie jemand, dessen Eltern Hartz IV bekommen. Jedenfalls nicht so, wie ich es mir vorstellen würde.

»Habt ihr für nichts Kohle gehabt?«

»Ich lebe ja noch.« Er grinst wieder.

»Voll hart, oder?«

»Wir hatten immer uns. Und man kann auch mit wenig kreativ werden.« Er nestelt an den Engelsflügeln herum, legt sie sich schließlich auf den Kopf und sieht aus wie ein kitschiger Elefant.

Ich muss lachen.

»Ah, sie kann es«, sagt er. »Sieht hübsch aus, wenn du die Mundwinkel hochziehst.«

»Wenn du so bescheuert aussiehst, dann ist das wie ein Reflex! Bedeutet nichts.«

Er nimmt zwei Vanillekipferl und schiebt sie sich rechts und links zwischen die Lippen. Kitschiger Elefant mit Stoßzähnen.

Ich muss wieder lachen.

»Wahrscheinlich bist du ein Fall von harte Schale, weicher Kern«, sagt er und kaut seine Stoßzähne.

»Wunschdenken.«

Für eine Weile ist nur das Malmen unserer Zähne zu hören. Dann hallende Schritte. Schließlich Stimmen.

»Das ist meine Familie. Hörst du, die piepsige Stimme, das ist meine Schwester.«

»Meine Eltern sind auch dabei.«

Sie kommen näher. Wir hören unsere Namen.

»Hier! Wir sind hier im Aufzug! Wir stecken fest!« Er trommelt wieder gegen die Tür.

»Paul?«

»Anna?«

Sie sind über uns.

»Ist alles in Ordnung?«

»Ja, alles gut. Wir sind zusammen hier drin. Luft genug. Keiner verletzt. Keine Panik.«

»Was für eine detailverliebte Zusammenfassung unserer Lage.«

»Anna?«

Jetzt muss ich auch was sagen.

»Die Kekse sind gleich alle!«, rufe ich. »Nächstes Jahr doppelte Ration backen, bevor ihr mich im Aufzug einsperrt.«

Das dürfte meinen Eltern genügen, um zu wissen, dass ich okay bin.

»Komm, ich heb dich mal hoch, dann kannst du sehen, wo genau wir stecken.«

»Du denkst aber an die Kekse in meinem Bauch.«

»Komm schon.«

Er ist stark. Ich trete in seine Räuberleiter und er wuchtet mich mit Leichtigkeit hoch bis zum Lichtschein. Ich schaue durch den Ritz und glotze direkt in ein Auge.

»Da ist ein Auge«, erkennt auch die piepsige Stimme auf der anderen Seite.

Und schon liegen sie alle auf dem Boden und starren mich einer nach dem anderen an.

»Hier ist zu wenig Platz, um durchzukommen«, erkläre

ich. »Ihr müsst in den Keller und dort Licht anmachen. Wenn irgendwie die Tür aufgeht, können wir vielleicht da unten raus.«

Sie trippeln sofort los.

»Du kannst ja richtig konstruktiv sein.«

»Wir müssen sie irgendwie bei Laune halten, sonst drehen die durch.« Ich schiebe mir den letzten Keks rein.

»Überleg doch mal«, sagt er. »Mal abgesehen von irgendwelchen Träumen von Lofts und Rockstars. Ich meine, etwas, was du jetzt schon in deinem Leben hast. Gibt es da nichts, was du richtig, richtig gut findest?«

Ich lege die Stirn in Falten. Ungefähr für eine Sekunde. »Nein.«

»Deine Eltern?«

»Sind harmlose Langweiler, die nicht einen Hauch von Ahnung haben, wie es in mir aussieht.«

»Wie denn?«

»Komplex.«

Er schüttelt wieder den Kopf. »Komm schon, eine Sache!«

»Kekse?«

»Nicht so eine. Eine richtige. Dein Freund?«

»Negativ.«

»Er ist auch ein Langweiler?«

»Es gibt keinen.«

»Deine beste Freundin.«

»Negativ.«

»Gibt es auch nicht?«

»Doch. Aber sie hat einen Freund und ist seit Neuestem nicht mehr in der Lage, sich mit meinem komplexen Innenleben zu beschäftigen.«

»Ein Haustier?«

»Nur dieser kitschige Elefant, der seine Stoßzähne gefressen hat.«

Er grinst.

Unsere Familien haben den Keller erreicht. Durch den unteren Teil des Ritzes dringt jetzt Licht.

»Der Notdienst kommt jeden Moment«, ruft Pauls Mutter.

»Ich versuch mit irgendwas die Tür aufzuhebeln«, ruft Papa.

»Kannst du mir meine Flügel durchschieben?«, fragt die Piepsstimme.

Nach einer Weile ist denen da draußen die Unterhaltung mit uns da drinnen zu anstrengend. Die Damen plaudern miteinander, die Herren werkeln an der Tür herum.

»Ich warte immer noch«, sagt Paul. »Eine Sache. Gib dir Mühe.«

»Hartnäckig.«

»Ist schließlich Weihnachten. Eine gute Tat am Tag. Und Heiligabend sowieso.«

»Ah, Pfadfinderweisheiten. Und du denkst, es wäre eine gute Tat, irgendwas aus mir rauszuquetschen, das ich mag.«

»Jesus wäre stolz auf mich, wenn ich das schaffe. Also? Eine Sportart?«

»Zu anstrengend.«

»Ein Hobby?«

»Zu eintönig?«

»Ein Schulfach?«

»So was von negativ.«

»Dein Zimmer.«

»Zu klein.«

»Die Natur!«

»Zu kalt. Zu nass. Zu heiß. Zu schmutzig. Zu verseucht. Zu pollenlastig. Reicht das?«

Er schüttelt den Kopf. Das scheint seine typische Bewegung für mich zu werden.

»Ich hab's«, sagt er dann. »Dich selbst.«

»Wie bitte?«

»Dich und deine schreckliche Miesmacherei. Die findest du doch voll klasse, oder?« Er sieht richtig hoffnungsvoll aus. »Also? Hab ich recht?«

Hat er recht?

»Na?«

Er müsste recht haben. Alles spricht dafür, dass er recht hat.

»Ist das etwas, was du richtig super findest?«

Ich zucke die Schultern.

»Nicht?«

Ich stöhne.

Er grinst. »Dann besteht noch Hoffnung.«

Und tatsächlich dringt plötzlich ein größerer Lichtstrahl zu uns herein.

»Hauruck!«, ruft mein Vater und sämtliche Familienmitglieder fangen an zu klatschen. Zentimeter um Zentimeter öffnet sich die Tür. Paul schiebt von innen. Ich stelle, weil ich dem Fortschritt misstraue, schnell das Preiselbeerglas und die Keksdose in den Spalt. Dann ist er so groß, dass wir hindurchschlüpfen können.

Ich werde zerquetscht. Nicht von den Türen. Von Eltern. Sie tun, als hätte ich wochenlang in einer Kohlengrube ausgeharrt. Sie küssen und streicheln mich. Über Mamas Schulter hinweg sehe ich Paul, dem es nicht anders ergeht. An ihm hängt zu allem Überfluss auch noch ein kleiner Engel mit Elefantenohrenflügeln. Aber im Gegensatz zu mir scheint Paul die Prozedur zu genießen. Er strahlt geradewegs wie der olle

Rauschgoldengel, der gerade zwischen Papa, Mama und mir zu Pappe wird.

»Wenn das kein Schicksal ist«, lacht Mama. Und dann fällt sie – ich fasse es nicht – Paul um den Hals. Und Papa fällt Pauls Papa um den Hals. Und Pauls Mama fällt mir um den Hals. Und allen fällt dann auch noch der Engel um den Hals. Es ist nicht auszuhalten.

»Dann müssen wir jetzt aber auch zusammen feiern!«, fabuliert Pauls Mama.

Und kurzerhand wird über meinen Kopf hinweg entschieden, dass Heiligabend heute mit allen bei uns stattfindet.

»Wir holen nur noch den Braten«, rufen Pauls Eltern.

»Und wir glasieren noch die Gans und machen schon mal den Wein auf«, freuen sich meine Eltern.

»Und ich zieh mir noch mein Prinzessinnenkostüm an!«, ruft der Engel.

»Ich fasse es nicht«, ist das Einzige, was ich rausbekomme, als ich mit Paul im Flur zurückbleibe.

»Etwas, was ich sehr mag«, sagt er. »Spontane Feste sind immer die besten.« Er marschiert los. »Kommst du?«

»Einer muss doch auf den Greis vom Notdienst warten.«

»Ich mach ihm einen Zettel dran, dass er bei euch klingeln und mitfeiern soll.«

Ich sag nichts dazu. Es ist hoffnungslos. Er ist ein hoffnungsloser Fall. Ein hoffnungsloser Fall von Optimist. Ich trotte mit hängendem Kopf neben ihm her.

»Mir ist was eingefallen«, sagt er.

»Dass du auch noch Mascara-Jenny und die Ratte aus dem Keller zu uns einladen könntest?«

»Etwas, das du magst. Nein, sagen wir, etwas, das du mögen wirst. Du weißt es nur noch nicht.«

»Den Prinzessinnenengel, der sich gleich auf mein nichtvorhandenes Smartphone setzt?«

»Nein. Mich.«

»Hä?«

»Du wirst mich mögen. Und zwar volle Kanne. Und weißt du auch, warum?«

»Nein, aber du wirst es mir sicher gleich sagen.«

»Weil ich dich auch mag. Trotzdem.«

Ich schüttle den Kopf. »Niemals«, sage ich, kann mir aber ein Grinsen nicht verkneifen.

»Das war nicht sehr überzeugend.«

»Negativ! Never ever!«, sage ich bitterböse.

»Sorry, aber das ist nicht glaubwürdig.«

»Ich kann dich nicht leiden. Gar nicht!«, posaune ich.

Dann muss ich lachen. Und er lacht auch.

Bilderrahmen

Ein persönliches Geschenk für die Familie oder Freunde ist doch fast am schönsten!
Hier findest du ein paar Inspirationen, wie du einen einfachen Holzbilderrahmen als Geschenk toll in Szene setzen kannst. Dazu brauchst du nur einen Holzrahmen, Dekomaterial deiner Wahl und einen Sekundenkleber.

- Deinen Bilderrahmen kannst du ganz nach deinem Geschmack verzieren. Hast du beispielsweise noch Muscheln aus dem Urlaub herumliegen? Dann beklebe doch einfach den Rahmen damit und du hast ein tolles mediterranes Geschenk.

- Wenn du gerade ein hübsches Geschenkpapier zur Hand hast, kannst du auch das nehmen, und damit den Rahmen verzieren. Oder vielleicht hast du Servietten gesehen, die dir gefallen? Auch die kann man nutzen, um einen Rahmen zu verschönern.

- Den Bilderrahmen kann man beispielsweise auch mit Knöpfen, Glitzer, Pailletten oder Perlen bekleben.

- Es muss auch nicht immer ein Foto sein, das in einem Rahmen verschenkt wird, schön gestaltete Sprüche machen sich auch ganz wunderbar darin.

Viel Spaß beim Basteln!

IRENE ZIMMERMANN

23

Geschenke-Recycling

Weihnachten sah ich ganz entspannt entgegen. Bei mir würde es dieses Jahr kein hektisches Geschenkekaufen in letzter Minute mehr geben, keine Verlegenheitsbasteleien kurz vor der Bescherung oder so. Tanja hatte im Juli die Superidee gehabt, als in der Fußgängerzone gleichzeitig drei Geschäfte dichtmachten.

»Ich deck mich sofort mit Weihnachtsgeschenken ein«, hatte sie mir erzählt, als wir nach der Schule mit der Straßenbahn nach Hause fuhren. »So billig krieg ich die Sachen nie mehr. Machst du mit, Henri?«

Tom, der neben mir stand und mir mit dem Matheheft ganz lieb Luft zufächelte, grinste breit. Typisch Tanja, sagte sein Gesichtsausdruck, es ist Juli und wir haben mindestens 35 Grad und sie denkt an Weihnachtsgeschenke.

»Ich weiß nicht«, murmelte ich.

Am nächsten Tag allerdings änderte sich meine Meinung ganz schnell. Meine Schwester Anette kam plötzlich auf die Idee, dass ich mich eigentlich an der Telefonrechnung beteiligen müsste. Ich würde ja den lieben langen Tag nichts anderes machen, als mit Tom zu telefonieren, behauptete sie jedenfalls.

»Und was ist mit deinen Telefonaten mit Robert?«, entgegnete ich, aber meine Eltern fanden es plötzlich mehr als gerecht, wenn ich einen Teil der Telefonrechnung von meinem Taschengeld bezahlte. Das gab den Ausschlag. Mir wurde klar, dass Sparen angesagt war. Und bei den Weihnachtsgeschenken würde ich anfangen!

Entweder überhaupt keine Geschenke oder superbilligst einkaufen, überlegte ich mir daher. Weil ich Tom aber auf alle Fälle was schenken wollte und keine Lust mehr hatte, wie so oft in den letzten Jahren mir für die anderen Gutscheine zu überlegen (»Dreimal Garageaufräumen« für Paps und so ähnlich), schleppte ich mich mit Tanja am heißesten Julitag aller Zeiten durch die Fußgängerzone, kaufte unheimlich günstige Weihnachtsgeschenke für alle, dazu Geschenkpapier mit Tannenzweigen und roten Kerzen.

Bei gefühlten 40 Grad im Schatten saßen wir dann bei Tanja in der Küche, verpackten die Geschenke und aßen Zimteis, weil das, wie Tanja meinte, irgendwie zu Weihnachten passte.

»Du kannst die Sachen alle hierlassen«, meinte Tanja, als wir, erschöpft von diesem Weihnachtsstress, schließlich zu Zitroneneis übergingen. »Es wäre nämlich äußerst blöd, wenn irgendjemand die Geschenke vorzeitig findet. Dann gibt es überhaupt keine Überraschung mehr.«

»Ich hab den Eindruck, dass Anette immer mal wieder in meinem Zimmer rumsucht«, sagte ich, als wir unsere Weihnachtsgeschenke in Tanjas Schrank versteckten. »Sei froh, dass dein Bruder nicht so neugierig ist.«

Tanja lachte. »Simon interessiert sich nur für Autos und seit Kurzem für Flohmärkte. Und natürlich für seine neue Freundin. Die kennt übrigens Pit Wilhelmi. Den Schauspieler, von dem ich dir erzählt habe«, fügte sie hinzu, weil ich so verständnislos guckte. »Der ist einfach grandios. Meine Mutter hat gesagt, wenn ich die nächsten Monate in der Schule gute

Noten schreibe, dann krieg ich zu Weihnachten ein T-Shirt mit Widmung von ihm oder so.«

Klar, dass Tanja sich anstrengte, vor allem, weil an Weihnachten eine große Gala mit Pit Wilhelmi stattfinden würde und sie natürlich auf eine Eintrittskarte hoffte.

Ab dem dritten Advent ging bei uns zu Hause die große Geheimniskrämerei los.

Als ich in Anettes Zimmer nach meinem Geodreieck suchte, flippte meine Schwester fast aus. »Ich hab alle Weihnachtsgeschenke hier rumliegen und du marschierst einfach so rein. Hast du schon mal was von Anklopfen gehört?«

Ich warf einen raschen Blick auf das blaue T-Shirt, das sie gerade einzupacken versuchte. Hoffentlich nicht für mich, dachte ich, aber vielleicht hatte ich ja Glück und das T-Shirt war für meine Schwester Babette gedacht.

»Ich hab da noch einen Tipp für dich«, rief Anette mir nach, als ich, mit dem Geodreieck in der Hand, ihr Zimmer verließ. »Falls du ein Weihnachtsgeschenk für mich suchst: Ich hab da einen wahnsinnigen Schal entdeckt, in ganz tollen Rottönen, der würde prima zu meiner neuen Haarfarbe passen. Und Babette würde der übrigens auch gut stehen, aber dann bitte nicht in Rot.«

Ich wandte mich um. »Weihnachtsgeschenke kann man sich nicht aussuchen. Leider«, fügte ich mit einem raschen Blick auf das T-Shirt hinzu, das inzwischen fertig verpackt auf Anettes Schreibtisch lag.

Am nächsten Tag fragte mich Paps, ob er mir einen Taschengeldvorschuss für Geschenke geben sollte. »Mama wünscht sich nämlich eine Karte fürs Thermalbad. Nur so als Idee, falls dir nichts einfällt.«

Ich lächelte freundlich. War ich froh, dass ich schon alle Geschenke hatte.

An Heiligabend kam meine älteste Schwester Babette mit Anthony, ihrem Mann, aus Freiburg. Gegen Mittag traf dann auch Anettes Freund Robert ein – es würde also eine richtig große Familienfeier werden. Und am allermeisten freute ich mich, dass mein Tom zur Bescherung eingeladen war.

Gegen halb zwei klingelte ich bei Tanja, um meine Geschenke abzuholen. Frau Ostertag öffnete – in Küchenschürze und mit Teigresten an den Fingern.

»Simon, stell endlich die Weihnachts-CD leiser«, rief sie durch den Flur. »Entschuldige, Henri, aber hier ist mal wieder die Hölle los. Der Hund hat sich über die Plätzchen hergemacht und jetzt muss ich noch mal eine ganze Ladung backen.«

»Welcher Hund?«, fragte ich erstaunt.

»Simon hat mir zu Weihnachten einen Hund geschenkt«, jubelte Tanja. »Aus dem Tierheim. Ist er nicht süß?«

Sie stand mit einem Dackel im Arm in der Diele und strahlte mich an. »Eigentlich sollte das ja eine Überraschung sein, aber weil Purzel die Plätzchen genialerweise aufgefressen hat …«

Frau Ostertag verdrehte die Augen. »Und weil der Hund dauernd bellt und nicht stubenrein ist … Simon wollte ihn eigentlich in seinem Zimmer lassen, aber irgendwie ist er ausgebüxt und hat so einiges angestellt.« Sie kraulte den Dackel am Kopf und lachte. »Wollen wir mal hoffen, dass die anderen Geschenke nicht auch so stressig sind. Müsst ihr noch irgendwas verpacken? Tesa ist leider alle, habe ich gerade festgestellt.«

Meine Freundin zwinkerte mir zu. »Wir haben das schon längst organisiert«, meinte sie lässig und zog mich in ihr Zimmer. »Sieh dir Purzel an. Wie er guckt! Diese Knopfaugen! Ich hab mich sofort in ihn verliebt.«

»Ich dachte, du bist immer noch in Pit Wilhelmi verliebt!«

Tanja seufzte. »Gegen Purzel kommt kein Mann an, das kannst du mir glauben.«

»Stimmt!« Ich grinste. »Ich kann mir kaum vorstellen, dass ein Mann so auf einem Kissen rumkaut.«

Mit einem unterdrückten Schrei stürzte Tanja sich auf Purzel, der ein Kissen von ihrem Bett geholt hatte und fröhlich darauf herumbiss.

»Mit der Erziehung hapert es noch ein bisschen«, gestand sie. »Weißt du, eigentlich müsste ich jetzt mit ihm schimpfen, aber er ist bestimmt nur so ungezogen, weil er aus dem Tierheim kommt. Wer weiß, was er schon alles mitgemacht hat, der Arme. Stell dir vor, irgendjemand hat ihn einfach ausgesetzt, und das bei der Kälte.«

Sie nahm Purzel hoch und vergrub ihr Gesicht in seinem Fell.

»Tanja«, sagte ich nach einer Weile. »Deshalb brauchst du doch nicht zu heulen. Jetzt ist er schließlich bei dir und da hat er es unheimlich gut. Du, bevor ich es vergesse, vor lauter Hund und so: Ich brauch meine Geschenke. Sonst gibt es bei meiner Familie lange Gesichter.«

»Ich hol sie, wenn du Purzel mal kurz nimmst.« Sie lächelte mich an und setzte ihn auf meinen Schoß. »Du musst bloß aufpassen, weil er nicht so richtig stubenrein ist.«

Purzel knabberte an meinem Pullover herum, bellte kurz, als Tanja »nein, nein« rief, und sprang dann wieder aufs Bett, um sich dem nächsten Kissen zu widmen.

»Erziehung ist später. Jetzt müssen wir erst mal schauen, wem welches Geschenk gehört«, meinte Tanja mit einem kurzen Blick auf Purzel. Sie hielt einen länglichen Karton in die Höhe. »Könnte da drin der Schal sein, den du für deine Mutter gekauft hast?«

»Für Anette und Babette sind die Schals dort, meine Mutter kriegt das Buch, Paps den Kalender und Tom den Bildband.«

»Dann sind die zwei kleinen Päckchen für Anthony und Robert.«

»Ich hab gar keine Ahnung mehr, was drin ist«, sagte ich nach kurzem Nachdenken. Dann kicherte ich. »Ist 'ne echte Überraschung, nicht nur für die beiden. Meinst du, Tom freut sich über den Bildband?«

»Tom freut sich über alles, wenn es nur von dir ist«, gab Tanja zurück. »Das ist eben wahre Liebe.« Sie seufzte leicht. »Weißt du, vielleicht lerne ich ja einen Jungen kennen, wenn ich mit Purzel Gassi gehe. Es muss auf jeden Fall jemand sein, der Hunde mag. Meinst du, ich sollte mal in der Nähe des Theaters spazieren gehen? Vielleicht treffe ich ja Pit Wilhelmi und dann würde …«

»Die Plätzchen sind jetzt fertig«, rief Frau Ostertag aus der Küche. »Henriette, wenn du noch ein paar Minütchen Zeit hast, dann setz dich zu uns. Wir wollen Weihnachtstee trinken und schon mal die Plätzchen testen. Die lachen uns richtig an, finde ich.«

»Komm, gehen wir zu deiner Mutter«, sagte ich zu Tanja. Ich hatte wirklich wenig Lust, über Pit Wilhelmi zu spekulieren, und außerdem zog inzwischen der Duft von frisch gebackenen Plätzchen durch die ganze Wohnung.

Tanjas Bruder saß bereits am Küchentisch und schenkte Tee ein.

»Na, was sagst du zu meinem Geschenk?«, wollte er wissen, als er uns den Teller mit Plätzchen rüberschob. »Das ist doch mal was anderes als die seelenlosen Geschenke sonst. Die meisten Leute gehen einfach in ein Geschäft, kaufen was und das war's dann.«

Er schüttelte den Kopf, aber Frau Ostertag lachte nur und meinte, letztes Jahr habe er es genauso gemacht. Sie deutete auf die Vase mit Tannenzweigen. »Die Vase ist doch von dir, stimmt's?«

»Letztes Jahr«, murmelte Simon und griff nach den Zimtsternen. »Aber dieses Jahr ist mir klar geworden, dass man nicht einfach was schenken soll, damit geschenkt ist. Sondern weil man dem anderen eine Freude machen will.«

»Dann lass uns vielleicht auch noch ein paar Zimtsterne übrig. Damit kannst du uns eine zusätzliche Freude machen.« Tanja wandte sich an mich. »Aber er hat ausnahmsweise mal recht. Purzel als Weihnachtsgeschenk, das ist einfach genial.« Sie beugte sich über den Tisch und gab Simon einen Kuss auf die Wange.

Er lachte und meinte, dass er genial sei, würde er von seiner Schwester zum ersten Mal hören. »Purzel macht es möglich. Ich glaub es nicht.«

»Apropos Purzel!« Frau Ostertag war aufgestanden und horchte. »Was macht eigentlich der Hund? Er ist so merkwürdig ruhig.«

»Bestimmt schläft er. Unser Hund legt sich immer unters Sofa und schläft. Und manchmal schnarcht er auch ganz laut«, erklärte ich. »Was meinst du, Tanja, ob unsere Hunde sich vertragen? Dann können wir immer zusammen spazieren gehen.«

»Jetzt muss ich aber los«, sagte ich schließlich. »Tom kommt in einer Stunde und wir müssen meinen Eltern bei den Vorbereitungen fürs Essen helfen.«

»Fröhliche Weihnachten, Henriette«, rief Frau Ostertag mir nach, als ich mit Tanja die Küche verließ. »Hier hab ich noch eine Tüte mit Plätzchen für euch. Und sag deinen Eltern schöne Weihnachten.«

»Pst!« Tanja legte den Zeigefinger auf die Lippen. »Purzel schläft tatsächlich. Ich hab seinen Korb hier in die Dielenecke gestellt, damit er es schön gemütlich hat.«

Ich streichelte Purzel am Kopf, aber er schaute nur kurz auf und schloss dann wieder die Augen. »Heute brauchst du jedenfalls nicht mehr mit ihm rauszugehen. Er hat sich schon ausgetobt.«

»Ja«, sagte Tanja. Ihre Stimme klang irgendwie merkwürdig. »Du hast recht. Er hat sich wirklich ausgetobt.«

Ich drehte mich um. Meine Freundin stand an ihrer halb geöffneten Zimmertür und starrte entgeistert auf den Boden. »Henri, ich befürchte, es ist was ganz Entsetzliches passiert ...«

Auf ihrem Zimmerboden ein Durcheinander von zerfetztem Geschenkpapier, zerfledderten Schals (für Anette und Babette), einem ehemals edlen Bildband über Kalifornien (für Tom), den Resten eines Kalenders (»Die schönsten Oldtimer«, für Paps) und einem angeknabberten Buch für Mama (»Fit und schön durch den Tag«) – und mittendrin Tanja und ich, fassungslos.

»Du kannst von mir die Geschenke kriegen, die ich für Simon und meine Mutter besorgt habe, ein Modellauto und ein Kochbuch«, heulte Tanja los. »Bitte, Henri, es tut mir so wahnsinnig leid.«

Ich starrte auf das, was Purzel von meinen Weihnachtsgeschenken übrig gelassen hatte. Einen Moment lang war mir echt zum Heulen zumute – in zwei Stunden würde bei uns zu Hause Bescherung sein und ich würde mit leeren Händen dastehen.

Jemand stupste mich an. Purzel, mit typischem Dackelblick, sah zu mir auf.

Ich schluckte. »Ach, was sind schon so komische Geschenke«, sagte ich, als ich den Hund auf den Arm nahm. »Weißt du, Simon hat schon recht. Purzel ist ein lebendiges Wesen und das waren doch nur seelenlose Dinge.«

Tanja schniefte so heftig, dass Purzel sie erschrocken ansah. »Aber es tut mir so leid«, schluchzte sie. »Purzel kann nichts dafür, er ist ja ein kleiner Hund und weiß es noch nicht besser. Aber ich hätte aufpassen müssen …«

Ich legte den Hund in ihre Arme. »Tanja, du bist meine Freundin, vergiss das nicht. Alles andere ist doch nicht so wichtig.«

Tanja fiel mir um den Hals. »Und du bist die beste Freundin der Welt. Das werd ich dir nie vergessen.«

»Ich versteh gar nicht, was Henri mit dem vielen Taschengeld macht«, sagte Anette, als wir nach der Bescherung im Wohnzimmer zusammensaßen. »Sag mal, Robert, hat sie vielleicht bei dir in der Bank ein Konto eröffnet? Mit ein paar Millionen? … Für Weihnachtsgeschenke hat sie ihr Geld jedenfalls nicht ausgegeben.«

Tom legte den Arm um mich. »Irgendwas zusammenkaufen kann doch jeder. Ich finde Henris Idee mit den Gutscheinen einfach genial.«

Mama und Paps nickten und Paps ergänzte, in der heutigen Zeit seien Dinge, die von Herzen kommen, doch das wirklich Wertvolle.

»Dreimal Garageaufräumen finde ich jedenfalls eine gute

Idee. Bei der Menge Gerümpel, die sich angesammelt hat.« Er sah mich nachdenklich an. »Ich weiß nicht mehr genau, aber kann es sein, dass ich letztes Jahr einen ähnlichen Gutschein bekomme habe? Und den nicht eingelöst habe?«

Ich lachte nur, aber ich sagte lieber nichts. Meine Familie musste ja nicht erfahren, dass ich die Gutscheine vom letzten Jahr, die alle irgendwann in der Schublade im Küchenschrank gelandet waren, recycelt hatte. Ich hatte sie sorgfältig gebügelt und mit einem roten Band versehen. Eigentlich waren sie so gut wie neu, dachte ich, es hatte sie ja noch niemand eingelöst.

Anette lachte ebenfalls. »Ich wette mit euch, sie überredet Tom, ihr beim Garageaufräumen zu helfen. Stimmt's?«

Tom und ich sahen einander an.

»Und wann kann ich meinen Gutschein bei dir einlösen?«, flüsterte er. »Gleich?«

»Nicht unbedingt, solange meine ganze Familie dabei ist. Und wir brauchen auch etwas mehr Zeit«, gab ich zurück. »Immerhin sind es 1002 Küsse.«

Gutscheinvorlage zum Ausschneiden

Es ist schon fast Heiligabend, und du hast vergessen, ein Geschenk zu besorgen? Oder in letzter Minute hat der Hund das Geschenk gefressen?
Hier kommt die schnelle Lösung: eine Gutscheinvorlage zum Ausschneiden.
Wenn du magst, kannst du sie noch bunt verzieren, so bekommt der Gutschein eine persönliche Note.

Gutschein

Für:

....

Von:

....

Und das schenke ich dir:

....

MARTINA SAHLER

24

Weihnachtswunder im Aufzug

In die Bücherabteilung muss ich. Obergeschoss. Mein großer Bruder Henry liest gern. Ein Lesezeichen wäre genau das Richtige.

Und zu den Spielzeugen will ich. Untergeschoss. Für meinen jüngeren Bruder Tino suche ich einen Mini-Bausatz von Lego.

Für Papa brauche ich einen Schlüsselanhänger, für Mama Trüffelschokolade und einen Bilderrahmen für die Collage. *Oh my god*. Die Collage muss ich noch fertigstellen!

Es ist drei Uhr am Heiligabend. Eigentlich dachte ich, ich wäre die letzte Kundin im Kaufhaus. Aber wie es aussieht, gibt es mehr Chaoten in dieser Stadt, die sich abhetzen, während alle anderen sich schon auf einen gemütlichen feierlichen Abend unterm Weihnachtsbaum einrichten.

Ich bin zwar in jedem Jahr um den 24. Dezember herum spät dran, weil ich es nicht früher schaffe, aber dieses Jahr toppe ich meine eigenen Rekorde. Ich sehe schon die Kaufhaus-Wachmänner in der blauen Uniform auf- und abmarschieren, höre sie mit den Schlüsseln klimpern.

Dass ich diesmal sogar für meine Verhältnisse extrem spät dran bin mit dem Geschenkekaufen liegt wahrscheinlich daran, dass ich extrem wenig Lust auf Weihnachten verspüre.

Frederik hat vor einer Woche mit mir Schluss gemacht. In

einer SMS. *Es geht nicht mehr mit uns. Sorry!* Auf nichts hat er mehr reagiert und zwei Tage später habe ich kapiert, dass es ihm ernst war. Wir waren zwei Monate zusammen. Das tut weh so kurz vor dem *Fest der Liebe.*

Und dann verkündete Papa, dass wir dieses Jahr den 24. Dezember nicht bei uns zu Hause verbringen, sondern bei seinem früheren Klassenfreund Frieder Jakobsen, der im Spätherbst in die Stadt gezogen ist. Er wohnt zwei Straßen von uns entfernt im Märchenweg.

Um ihm das Einleben zu erleichtern, sollen wir den Heiligabend gemeinsam feiern. Und weil er sooo eine nette Familie mit reizenden Kindern hat.

Na, danke.

Für mich fühlt es sich an, als ginge nun alles den Bach runter. Bei fremden Leuten unterm Tannenbaum sitzen! Das geht ja gar nicht. Erst recht nicht, wenn ich mich nicht damit trösten kann, dass ich am ersten Feiertag mit Frederik verabredet bin.

Im Erdgeschoss kaufe ich ein Paket weihnachtlich duftende Teelichter. Kommt Duft, kommt Stimmung. Vielleicht.

Prompt fällt mir das Portemonnaie mit dem Kleingeld aus den Händen, weil ich so zappelig bin. Die Kassiererin tippt mit den Nägeln auf den Tresen und verzieht den Mund. Die will heim.

Mir fehlen das Lesezeichen und der Bilderrahmen und in den Gängen des Kaufhauses wird es immer leerer. Die Leute strömen in ihren Wintermänteln, vollgepackt mit Tüten, aus dem Kaufhaus. Eine Seite der Schwingtür hat der Wachmann bereits geschlossen. Rein lässt der jetzt niemanden mehr.

Ich hechte zum Aufzug und wippe auf der Stelle, während ich darauf warte, dass die Tür sich öffnet. Da macht es *Pling* und ich springe hinein, wähle die zweite Etage und starre auf die Anzeigetafel, als könnte ich mit bloßer Willenskraft die Fahrt beschleunigen. Die Tür gleitet zu und – schwupps, steckt einer seinen Fuß hinein. Sie geht wieder auf.

Ein Typ mit Baseballkappe und Sweatshirtjacke jumpt herein. Er trägt ein längliches Paket unter dem Arm und grinst mich an.

Was gibt es da zu grinsen? Beeilen soll der sich!

Wir stehen nebeneinander, schauen auf die blinkenden Zahlen, passieren den ersten Stock.

Plötzlich ruckelt es und der Fahrstuhl steht still.

Alle Zahlen auf der Anzeigetafel blinken. Alle Geräusche verstummen.

Ach du Schande, wir sitzen fest! Das darf nicht wahr sein!

»Tja, schlechtes Timing«, sagt der Typ und lacht.

»Findest du das lustig?«, fahre ich ihn an. Ich kann's nicht glauben.

Der Typ fängt an, herumzuspringen.

»Was tust du da?«, frage ich entsetzt.

»Vielleicht funktioniert es wie bei einem alten Fernseher, auf den man klopfen muss, damit er wieder läuft?«

»Bist du verrückt?« Ich packe ihn an den Oberarmen. »Lass das. Sonst rauschen wir runter!« Ich erlebe unseren Sturz in den Abgrund in meiner Fantasie. Meine Schreie höre ich im Universum verhallen. Mein Puls rast.

Er lacht schon wieder. »War nur ein Joke. Lass uns mal die Notruftaste probieren.«

Ich drücke auf den roten Knopf mit dem Telefonsymbol. Wir hören ein Tuten wie von einem ganz normalen Anruf.

Keiner nimmt ab. Bis das Besetztzeichen erklingt, lassen wir es tuten.

»Was machen wir jetzt?« Mich packt die nackte Angst. Die schließen das Kaufhaus gerade ab – und vergessen uns hier über die Feiertage!

Ich ziehe mein Handy hervor – kein Empfang. Ein Naturgesetz. Handys haben *niemals* Empfang in brenzligen Situationen.

Weltklasse, echt.

»Jetzt entspann dich. Wahrscheinlich ist gerade Schichtwechsel und der arme Kerl mit dem Heiligabend-Dienst sitzt noch nicht an seinem Platz. Was ist in deinen Tüten und in deinem Rucksack? Müssen wir verhungern und verdursten, oder hast du was dabei?«

Ich setze mich auf den Boden und krame aus meinem Rucksack eine angebrochene Plastikflasche Wasser und einen schrumpeligen Apfel. Das hatte ich vor dem letzten Handballtraining eingepackt. Ich lege meine magere Ausbeute vor mich und fische dann mit einem »Ta-da!« die Trüffelschokolade aus einer der Tüten.

»Na, geht doch.« Wir grinsen uns an. »Ich heiße übrigens Ben«, sagt er.

»Ich bin Lara«, sage ich. »Kannst du auch was zu unserer Versorgung beisteuern?« Ich weise mit dem Kinn auf den Karton unter seinem Arm.

Ben setzt sich neben mich und öffnet das Paket. Er zieht einen künstlichen Weihnachtsbaum hervor. Die LED-Lämpchen leuchten schwach, als er den Schalter umlegt.

Er stellt das Bäumchen auf. Zwei Äste hängen schlapp herunter. Was für ein mickriges Teil! Ich muss lachen.

Ben seufzt. »Ich wollte das für unsere Nachbarin umtauschen. Die alte Dame war kreuzunglücklich, dass man ihr ein kaputtes Bäumchen angedreht hat. Ich habe ihr versprochen, vor Heiligabend ein prächtiges Exemplar vorbeizubringen. Sie hat sich gefreut wie eine Schneekönigin. Wie es aussieht, hat sie nun nicht mal diesen Witz von einem Bäumchen, sondern gar nichts. Das tut mir echt leid. Hoffentlich lädt meine Mom sie ein, damit sie am Weihnachtsabend nicht allein und ganz ohne Baum dasitzt.«

»Wie nett von dir«, sage ich und betrachte ihn unter seiner Schirmkappe zum ersten Mal genauer. Seine Haare haben die Farbe von Herbstlaub, auf seiner Nase leuchten ein paar Sommersprossen, aber das Schönste an ihm sind seine hellblauen Augen, die von langen braunen Wimpern umgeben sind. Wenn er lächelt, zeigt er schneeweiße Zähne, die ein kleines bisschen vorstehen. Niedlich.

»Ja, nett, was? Und welche guten Taten vollbringst du über Weihnachten?«

Ich verdrehe die Augen. »Ich wünschte, es würde ausreichen, wenn ich nett zu einer älteren Dame sein dürfte. Aber meine Eltern spulen gleich das volle Programm ab. Wir verbringen Heiligabend bei einem alten Bekannten meines Vaters, der neu in der Stadt ist und mit seiner Familie gern Anschluss finden würde. Ich darf gar nicht daran denken! Wahrscheinlich haben die die Hütte voller plärrender kleiner Kinder, die mit der Blockflöte antreten.«

Der Mini-Tannenbaum steht schimmernd vor uns. Ein trauriger Anblick. Aber irgendwie heimelig in der Aufzugkabine. Ich greife in meine Tüte und stelle die Teelichter dazu. Selbst wenn sie nicht brennen, verströmen sie einen Duft nach Zimt und Bratapfel.

Ben und ich sitzen Schulter an Schulter davor. Es ist kein bisschen peinlich. Meine Unruhe hat sich merkwürdigerweise gelegt und Angst habe ich auch nicht mehr. Mit der Trüffelschokolade kommen wir ein, zwei Tage durch, und wenn wir uns das Wasser einteilen …

Es knackt aus dem Lautsprecher. Ben und ich wenden die Köpfe und starren uns an. Ich springe auf und drücke auf den roten Knopf, einmal, zweimal, da endlich höre ich eine Stimme.

»Ja, bitte?«

»Hallo!!! Wir sitzen im Aufzug fest! Bitte helfen Sie uns!«, rufe ich.

»Zwischen dem ersten und zweiten Stock«, ergänzt Ben und kommt mit seinem Gesicht dicht neben meines, um in das Mikro sprechen zu können.

»Ah, verstehe. Da hakt wohl wieder die Tür im ersten Stock. Wird gleich behoben!«

Keine fünf Minuten später ruckelt der Aufzug und wir gleiten ins Erdgeschoss. Wir haben Bäumchen und Kerzen, Schrumpelapfel, Wasserflasche und Edelschoko wieder eingepackt. Auf weitere Einkäufe oder Umtausch hat keiner von uns mehr Lust – und das geht auch gar nicht mehr. Kein Verkäufer, kein Kunde in Sicht.

Wir sind happy, als uns unten ein Wachmann in blauer Uniform in Empfang nimmt und die Tür des Kaufhauses aufschließt. Er tippt grüßend an seine Kappe. »Frohes Fest!«

Es hat angefangen zu schneien. Die kühle Abendluft weht uns in die erhitzten Gesichter. Unschlüssig bleiben wir stehen.

»Tja, dann …«, sage ich.

»Hey, so ein Abenteuer verbindet. Wir sollten in Kontakt bleiben, oder?« Ben zückt sein Handy. Auch auf meinem sind inzwischen die Balken wieder gefüllt. Ich gebe ihm meine Nummer, er klingelt mich an, somit habe ich nun auch seine Nummer.

»Lara Leitner«, sage ich. »Erlenweg 17.« Immer gut, die Daten komplett zu haben.

»Ben Jakobsen«, sagt er. »Märchenweg 134. Fröhliche Weihnachten, Lara!« Er drückt mir einen Kuss auf die Wange und düst ab.

Ich bleibe noch einen Moment stehen, während Schneeflocken auf mich herabrieseln und der Schein der Festbeleuchtung in der menschenleeren Fußgängerzone so warm wirkt wie selten zuvor.

Ich blicke auf den neuen Eintrag in meinem Adressbuch. Mein Herzschlag hämmert leise.

Familie Jakobsen im Märchenweg.

Ich simse: *Fröhliche Weihnachten, Ben. Man sieht sich.* Vielleicht wird dieser Heiligabend doch nicht so übel wie befürchtet.

Die besten Weihnachtsfilme

Die schönsten Weihnachtsfilme, die du unbedingt gesehen haben musst. Schnapp dir eine kuschelige Decke, mach es dir vor dem Fernseher gemütlich und bereite am besten noch Heiße Schokolade und Plätzchen vor – dann kann der Film starten!

Das letzte Einhorn

Tatsächlich Liebe

Drei Haselnüsse für Aschenbrödel

Liebe braucht keine Ferien!

Die Eiskönigin – Völlig unverfroren

Sissi

Charlie und die Schokoladenfabrik

Mein persönlicher Weihnachtscountdown

1

2

3

4

5

6

7

8

9

10

11

12

13

14

15

16

17

18

19

20

21

22

23

24

GESCHENK FÜR:	GESCHENKIDEEN:	TATSÄCHLICHES GESCHENK:	☑

GESCHENK FÜR:	GESCHENKIDEEN:	TATSÄCHLICHES GESCHENK:	☑

QUELLENVERZEICHNIS

Both, Sabine: »Es ist für mich eine Zeit angekommen«.
Aus: *Freche Mädchen – frecher Adventskalender*. 2009.

Both, Sabine: »Schicht im Schacht«.
Aus: *Freche Mädchen – frecher Adventskalender*. 2013.

Both, Sabine: »Besuch von Joseph«.
Aus: *Freche Mädchen – frecher Adventskalender*. 2014.

Brinx, Thomas/Kömmerling, Anja: »Scharfe Plätzchen«.
Aus: *Freche Mädchen – freche Adventsgeschichten*. 2008.

Sahler, Martina: »Verliebte Jungs«.
Aus: *Freche Mädchen – freche Adventsgeschichten*. 2008.

Sahler, Martina: »Prettige Kerstdagen«.
Aus: *Freche Mädchen – frecher Adventskalender*. 2010.

Sahler, Martina: »Der Adventskalender der magischen Momente.
Aus: *Freche Mädchen – frecher Adventskalender*. 2011.

Sahler, Martina: »Mein Nikolaus«.
Aus: *Freche Mädchen – frecher Adventskalender*. 2014.

Sahler, Martina: »Weihnachtswunder im Aufzug.
Aus: *Freche Mädchen – frecher Adventskalender*. 2014.

Schreiber, Chantal: »Die Sache mit dem Mistelzweig«.
Aus: *Freche Mädchen – freche Adventsgeschichten*. 2008.

Schreiber, Chantal: »Glückssache«.
Aus: *Freche Mädchen – freche Adventsgeschichten*. 2008.

Schreiber, Chantal: »Weihnachtsshopping, außerirdisch«.
Aus: *Freche Mädchen – frecher Adventskalender*. 2010.

Schreiber, Chantal: »Weihnachten auf Rezept«.
Aus: *Freche Mädchen – frecher Adventskalender*. 2010.

Schreiber, Chantal: »Senior Xmas«.
Aus: *Freche Mädchen – frecher Adventskalender*. 2011.

Schreiber, Chantal: »4 Hufe + 1 Jesuskind«.
Aus: *Freche Mädchen – frecher Adventskalender*. 2012.

Ullrich, Hortense: »Das Weihnachtsfoto«.
Aus: *Freche Mädchen – freche Adventsgeschichten*. 2008.

Ullrich, Hortense: »Der Glückskeks«.
Aus: *Freche Mädchen – freche Adventsgeschichten*. 2008.

Ullrich, Hortense: »Aladdins Weihnachts-Wunderlampe«.
Aus: *Freche Mädchen – frecher Adventskalender*. 2014.

Zimmermann, Irene: »Geschenke-Recycling«.
Aus: *Freche Mädchen – freche Adventsgeschichten*. 2008.

Zimmermann, Irene: »Engelchen oder Bengelchen«.
Aus: *Freche Mädchen – freche Adventsgeschichten*. 2008.

Zimmermann, Irene: »Die Weihnachtsoma«.
Aus: *Freche Mädchen – frecher Adventskalender*. 2010.

Zimmermann, Irene: »Weihnachtsküsschen«.
Aus: *Freche Mädchen – frecher Adventskalender*. 2011.

Zimmermann, Irene: »Weihnachtsfrühstück mit Schokoherz«.
Aus: *Freche Mädchen – frecher Adventskalender*. 2012.

Zimmermann, Irene: »Gutschein, Kuss und Weihnachtsplätzchen«.
Aus: *Freche Mädchen – frecher Adventskalender*. 2013.

Mehr über unsere Bücher, Autoren und Illustratoren auf:
www.planet-verlag.de

Both, Sabine/ Brinx, Thomas/ Kömmerling, Anja/ Schreiber, Chantal/
Sahler, Martina/ Ullrich, Hortense/ Zimmermann, Irene:
Alle Jahre wieder – Liebeschaos zur Weihnachtszeit
ISBN 978 3 522 50569 7

Einbandgestaltung: Maria Seidel
Innentypografie: Kadja Gericke
Unter Verwendung von Motiven von iStock: istockphoto/sidop
(iStock-619544566), istockphoto/natianis (iStock-498949140),
istockphoto/reportman1985 (iStock-621998860),
istockphoto/artisticco (iStock-155887374)
und Shutterstock: Shutterstock/Alicia in Wonderland
Reproduktion: Medienfabrik GmbH, Stuttgart
Druck und Bindung: CPI Books GmbH, Leck

MIX
Papier aus verantwortungsvollen Quellen
FSC www.fsc.org FSC® C083411